KB251063

감정에 이름 붙이기

감정에 이름 붙이기

감정에 이름 붙이기

초판 2쇄 발행 2026년 5월 10일

지은이 윤주은
펴낸이 한승수
펴낸곳 문예춘추사

편집 구본영
디자인 스튜디오 페이지엔
마케팅 박건원, 김홍주

등록번호 제300-1994-16호
등록일자 1994년 1월 24일
주소 서울특별시 마포구 동교로 27길 53, 309호
전화 02 338 0084
팩스 02 338 0087
메일 moonchusa@naver.com

ISBN 978-89-7604-797-7 03810

감정에 이름 붙이기

흔들리는 마음의 중심을 잡는 28가지 감정 처방전

윤주은 지음

문예춘추사

더는 감정에 당하지 않기를

〈인사이드 아웃〉이라는 영화를 본 관객들은 감정에 이름을 붙이는 것만으로도 그것을 객관화할 수 있다는 사실을 알게 되었습니다. 기쁨, 슬픔, 버럭, 까칠, 소심이라는 캐릭터가 머릿속 감정 조종실에서 분주히 움직이는 모습은 우리에게 단순히 재미나 위로를 주는 데 그치지 않고, 내 안에서 요동치는 감정을 한 걸음 떨어져 바라볼 수 있게 하는 '객관적인 관찰자 시점'을 제시해주었습니다.

'객관적인 관찰자의 눈'으로 우리가 감정의 실체라고 믿어왔던 '가슴의 요동'을 느끼면, 감정의 진원지가 가슴이라 확신합니다. 하지만 뇌과학은 이미 우리 가슴 언저리에는 감정을 만들어내는 그 어떤 물리적 실체도 없다는 사실을 밝혀냈습니다. 가슴은 단지 뇌에서 보낸 신경전달물질의 신호를 수신하여 반응하는 '전광판'에 불과합니다.

결국, 감정은 생각입니다.

생각은 감정을 일으킬 때도 있고 일으키지 않을 때도 있습니다. 감정이 일어났다는 것은 비록 스스로 의식하지 못할지라도, 우리 내면에서 자동적으로 '어떠어떠한 생각'이 작동했다는 증거입니다. 가슴 언저리가 불편하다면, 감정이 요동친다면, 지금 어떤 생각을 하고 있는지 들여다보아야 합니다. 감정은 신체적으로 느껴지는 반응이자 역동이기에, 보이지 않는 생각을 알아차리는 것보다 훨씬 빠르게 감지할 수 있습니다.

우리가 속한 문화의 생각, 조상으로부터 대물림되는 생각, 인류 역사에 저장된 정보들 모두 생각입니다. 이 책에서는 그 거대한 뿌리까지 다루지 않을 것입니다만, 적어도 우리가 스스로 알아차리고 다스릴 수 있는 선까지의 감정을 만든 생각을 안내하려 합니다.

만약 불안한 감정이 들었다면, 그것은 불안에 관한 생각을 했기 때문입니다. 미래에 벌어지지 않은 막연한 생각을 하면 감정은 자연히 불안해집니다. 그 막연한 생각에 또 다른 생각을 더하고 더하다 보면 불안은 두려움으로, 두려움은 마침내 죽음의 공포로 점점 더 깊어집니다.

불편한 감정을 느꼈다면 우리는 가장 먼저 어떤 생각을 했는지 관찰해야 합니다. 감정을 요동치게 만든 원인이 생각이기에, 요동치게 한 생각부터 알아차리며 그 생각에 이름을 붙이거나 흐름을 관찰해야 합니다. 생각의 흐름을 끈기 있게 관찰하다 보면 감정의 요동을 지배하는 생각의 구조, 즉 인지도식을 발견할 수 있습니다. 발견한 생각을 객관화하여 바라보며 그것이 타당한지 논박하는 새로운 생각습관을 만들면, 감정은 점점 평온을 찾아갈 것입니다.

사실 이것은 그저 연습에 불과합니다. 하지만 이 연습을 반복하다 보면, 연습의 양에 비례하여 요동치던 감정은 어느새 안(安)해질 것입니다.

이 책은 전작 『마음의 안부를 묻는 시간』 출간 이후 기획되었습니다. 전작에서 우리가 마음의 안부를 묻고 그 상태를 살피는 데 집중했다면, 이번 책은 한 걸음 더 나아갑니다. 마음의 안부가 불편할 때, 감정의 늪에서 도무지 헤어나오지 못할 때 우리는 대체 무엇을 해야 할까? 그 구체적인 '실천적 처방'이 이 책의 시작이었습니다.

요즘 '마음공부'가 유행처럼 번지고 있습니다. 많은 이들이 마음을 다스려 평온을 얻고자 합니다. 하지만 마음에는 아무것도 없습니다. 우리가 마음이라 믿고 부여잡으며 고통스럽거나 즐겁거나 했던 것은 사실 실체가 없습니다.

마음은 생각입니다.

생각이 뇌를 자극하여 신경전달물질을 내보내면, 우리 몸은 그 화학적 반응을 수신하여 '마음'이라는 이름으로 번역해낼 뿐입니다. 우리가 느끼는 고통은 결국 생각이라는 원인이 만들어낸 결과물입니다. 그러므로 고통을 없애겠다며 마음만을 들여다보려는 시도는 어쩌면 번지수가 틀린 일일 수 있습니다. 우리가 진짜 들여다봐야 할 것은 마음이라는 결과가 아니라, 그 결과를 만들어낸 '생각'이라는 원인입니다. 그래서 마음공부를 좀 더 엄격히 표현한다면 '생각공부'라고 해야 하지 않을까요? 내 마음을 불편하게 만든 생각의 밑바닥을 들여다보면, 그곳엔 우리가 외면하고 싶었던 불편한 진실들이 똬리를 틀고 있습니다.

그 진실의 정체는 지독하게 나 위주로만 세상을 해석하는 자기중심적인 사고, 무조건 그래야만 한다는 강박적인 당위성, 나의 욕구와 결핍만을 앞세우는 신생아적, 유아적 사고입니다. 또한 간절히 바라면 이루어진다는 식의 근거 없는 마술적 사고, 혼자서 비극의 결말을 미리 써내려가는 비련의 여주인공 놀이를 하는 망상소설, 세상을 흑백으로만 나누는 이분법적 사고와 작은 실패를 인생 전체의 낙인으로 찍어버리는 과잉 일반화입니다.

내가 지금 어떤 생각의 굴레에 갇혀 있는지 똑바로 응시하고, 그 생각에 정확한 이름을 붙여 흐름을 바꾸는 공부, 즉 나의 생각을 공부하는 것이 진정한 마음공부의 본질입니다.

이 책에서는 '생각 구조'와 '인지도식'이라는 열쇠로 우리 안의 무의식적인 생각들을 의식화하는 과정을 담았습니다. 실질적인 사례들을 통해 마음의 고통에서 해방되는 구체적인 경로를 보여드리고자 합니다.

물론 우리가 자기중심적 생각을 하게 된 뿌리에는 상처받은 내면아이가 자리 잡고 있을 수 있습니다. 하지만 내면아이에 대한 치유와 위로를 다룬 좋은 책들은 세상에 충분히 많습니다. 그래서 이 책은 그 단계를 넘어, 감정을 증폭시키는 '생각에 생각을 더하는 구조' 그 자체에 집중하려 합니다. 나를 가두고 있는 인지도식을 명확히 파악하고, 그 단단한 껍질을 스스로 깨고 나올 수 있도록 실질적인 도움을 드리고 싶습니다.

수행의 증명과 자유로의 초대

무의식적이며 자동적으로 튀어나오는 생각의 습관이 우리의 감정을 흔듭니다. 만약 우리가 불편한 감정에서 진정으로 해방되고 싶다면, 가장 먼저 이 생각의 습관을 정면으로 마주해야 합니다. 생각 습관을 바꾸는 연습을 시작할 때, 우리는 비로소 안(安)해질 수 있습니다. 연습하면 됩니다. 이것이 곧 '수행'의 본질입니다.

저는 이 답을 찾기 위해 7년이라는 시간 동안 가부좌를 틀고 앉아 제 안의 생각들을 끊임없이 회의하고 의심했습니다. '이 생각이 나에게 정말 도움이 되는가? 나는 어쩌다 이런 생각을 하게 되었는가?' 스스로 질문을 던지며 생각의 틀을 깨는 연습을 거듭했습니다. 그렇게 지독하게 나를 관찰한 끝에 마침내 2022년 말, 나를 옥죄던 생각의 연쇄 고리가 통째로 끊어지는 경이로운 경험을 했습니다.

비합리적인 생각인지도 모른 채 '사는 대로 생각하던' 습관을 고치기 위해서는 먼저 배워야 했습니다. 스승이 없을 때는 스스로 질문하며 배움의 길을 찾아야 합니다. 그 길 위에서 저를 살린 한 권의 책은 앨버트 엘리스의 『화가 날 때 읽는 책』이었습니다. 이 책은 제 안의 막연한 괴로움에 '비합리적 당위성이구나'라는 명확한 이름을 붙일 수 있게 해주었습니다. 내 생각이 비합리적인 고집을 부리고 있다는 사실에 이름을 붙여 인식하자, 그다음부터는 감정이 나를 거칠게 몰아붙일 때 훨씬 빠르게 그 정체를 알아차릴 수 있었습니다.

세상의 의식은 높아졌고 우리가 사용할 수 있는 언어는 더욱 세밀해졌습니다. 나의 생각습관에 정확한 단어를 붙이는 것만으로도, 우리는 감정의 소용돌이에서 빠져나올 힘을 얻습니다. 물론 연습이라는 과정은 반드시 필요합니다. 하지만 내가 나의 생각을 객관적으로 바라보는 힘이 생기면, 어떤 생각이 일어나고 감정이 울렁거리더라도 그것들을 있는 그대로 응시할 수 있게 됩니다. 저는 이 경지에 가고 싶었고, 마침내 그 경지에 닿았습니다.

저의 치열했던 수행 연습과 수많은 내담자, 그리고 강의 참여자 분들의 사례가 그 증거입니다. 독자 여러분도 자신의 생각을 들여다보고 생각의 흐름을 파악하여 인지도식을 바꾼다면, 누구나 감정의 횡포에 당하지 않는 사람이 될 것입니다. 감정에 당하지 않는다는 것은, 결국 내 머릿속에서 벌어지는 '생각놀이'에 더는 당하지 않는다고도 표현할 수 있습니다.

장담합니다. 누구든지 본인의 생각놀이에서 자유로워질 수 있

습니다. 우리 중 누구라도 해낼 수 있습니다. 오직 연습량의 차이가
있을 뿐, 길은 이미 열려 있습니다. 이제 그 길을 걸어가기만 하면
됩니다.

차례

친구가 미워졌어요

우리는 때때로 가까운 사람의 예상치 못한 성공 앞에서 복잡하고 불편한 감정에 휩싸이곤 합니다. 40대의 가안 씨 역시 고등학교 시절부터 오랜 우정을 이어온 친구의 갑작스럽고도 놀라운 경제적 성공 앞에서 혼란스러운 감정을 느껴 상담실을 찾았습니다. 그녀는 친구를 향한 애정과 질투 사이를 끊임없이 오가며 힘겨워했고, 이 감정의 뿌리를 찾고자 했습니다.

친구가 성공한 것이 좋기도 하고 자신만이 뒤떨어지는 것 같아 미워지기도 하는 양가감정이 하루에도 몇 번씩 왔다갔다해서 힘들다는 호소였습니다. 몇 달 전부터 친구로 인해 마음이 불편해진 계기는 친구가 부산 해운대의 랜드마크로 이사를 가면서부터라고 했습니다. 그동안은 친구가 본인보다 못사는 줄 알았다고 합니다. 그런데 대출 하나 없이, 그것도 부산의 랜드마크로 이사를 가니, 그동안 친구에게 기만당했다는 느낌이 들고, 더 나아가 친구가 자신을 이용하는 것만 같다고 했습니다. 그 친구마저 잘살게 되면 친구들 중에서 자신의 인생이 가장 바닥이라는 생각에 억울한 울분이 있다고 흥분하며 토해냈습니다. 친구이기에 잘살기를 바라고, 응원해주고 축복해줘야 하는데, 계속 억울하고 분한 감정이 사라지지 않는다는 것이 주 호소였습니다.

친구가 잘되기를 바라는 마음이 있으나, 막상 친구가 **나보다** 잘

되면 이상하게 불편한 감정이 올라옵니다. 마음의 폭풍우가 불안하게 일어납니다. 나의 인격에 대한 회의도 듭니다. 질투라는 감정인데, 저도 이 감정이 그렇게도 불편했습니다. 불편한 감정을 들여다보고 그 감정에 **질투**라는 이름을 붙여도 도무지 그 감정에서 헤어나오는 것이 힘들었습니다. 검은 늑대*에게 밥 주지 말아야지 하면서도 어느새 질투라는 감정에 온 정신이 빼앗겨 마음이 불편합니다. 이성적으로는 축복해야 한다고 생각하지만, 감정은 이미 질투로 불타오르고 있습니다. 더 나아가 친구의 삶을 축복하지 못하는 자신이 싫고 혐오스러워지기까지 합니다. 친구가 잘되는 것을 축복해주는 마음으로 하나가 되지 못하는 자신의 비인격이 원망스러워지기까지 합니다.

가안 씨의 이야기를 들으면서 과거의 제 모습이 떠올랐습니다. 저도 질투라는 감정만 해결한다면 해탈할 것만 같은 심정일 때가 있었습니다. 질투가 휘몰아칠 때면 뇌를 깨끗한 냇물에 씻어버리고 싶다는 생각까지 한 적도 많았습니다. 질투라는 감정은 분노, 억울함, 열등감, 자기혐오, 자기비난까지의 생각들이 동반되기에 더더욱 힘들었습니다. 지난날이 회고되면서 가안 씨의 양가감정이 무릇

* 흰 늑대와 검은 늑대가 싸우면, 내가 밥을 많이 준 늑대가 이깁니다. 어둠의 감정(생각)을 검은 늑대, 밝은 감정(생각)을 흰 늑대라 이름 붙였습니다.

나의 것만 같아, 그 심정에 쓰윽 동일시될 정도였지요.

알랭 드 보통의 『불안』이라는 책에서는 불안의 원천을 이렇게 정의합니다.

"우리가 현재의 모습이 아닌 다른 모습일 수도 있다는 느낌. 우리가 동등하다고 여기는 사람들이 우리보다 나은 모습을 보일 때 받는 그 느낌. 이것이야말로 불안의 원천이다."

같이 희희낙락거리면서 고만고만하게 지내던 친구가 어느 날 집 한 채를 대출 1원도 없이 샀을 때, 동등하다고 아니 나보다 못하다고 여겼던 친구가 **나보다** 나은 모습으로 등장했을 때 받는 느낌, 이런 느낌을 알랭 드 보통은 '불안의 원천'이라고 했습니다.

질투는 녹슨 칼과 같아, 마음 깊은 곳을 베일 듯 베이지 않는 무딘 칼날로 찌르는 듯한 고통이 있습니다. 친구의 성공을 바라보며 찾아오는 불편함은 단순히 타인의 성취를 보고 느끼는 감정이 아닙니다. 친구의 성공은 마치 나의 부족함과 미완성을 마주해야 한다는 아픔과 같습니다. 가안 씨 이야기는 내면의 폭풍, 나를 마주해야 하는 아픔의 폭풍을 적나라하게 보여줍니다. 친구를 경쟁 상대로만 바라보던 가안 씨의 생각은 자신에게조차 자기혐오라는 상처로 스스로를 갉아먹고 있습니다.

내가 먼저 잘나지 않은 것에 대한 불안, 나보다 무리의 누군가가 먼저 잘났을 때 생기는 불안, 타인과 자신을 **비교하는** 생각습관이 나를 불안하게 합니다. **비교하는** 생각이 없다면 열등감이나 우월감을 느끼지 못합니다. 우월감에 있을 때는 이 자리를 지켜야 한다는 강박적인 불안감, 열등감에 있을 때는 저 자리에 가야 한다는 조바심의 불안이 우리를 덮칩니다.

내가 오롯이 나로 있지 못하고, 타자와 비교하면서 타자의 시선에서 나를 입증하려는 생각습관이 자신을 질투라는 불안의 감옥에 가두게 됩니다.

우리나라는 경쟁 사회입니다. 그러니 이 경쟁에서 이겨야 한다는 문화가 있습니다. 문화가 보편적이라는 것은 사실이지만, 보편적인 것이 진리는 아닙니다. 그럼에도 마치 이것이 진리인 양 우리는 경쟁이라는 문화가 주는 생각의 틀 안에 갇혀버렸습니다. 아무리 문화로 있다 하더라도 내가 선택하지 않을 수 있습니다. 내가 선택하지 않으려면 우선 내가 어떤 생각을 하고 있는지 들여다보아야 합니다. 그리고 그 생각에 단 한 번이라도 반박을 해보아야 합니다. 이것이 과연 나의 고유한 생각인지? 문화가 부여한 생각인지?

그리하여 나는 어떤 생각을 잡았고, 나는 무엇에 갇혀 있는지 내 생각을 관찰해보아야 합니다. 부정적인 감정을 일으키는 실체를 찾아야 합니다.

부정적 감정을 일으키는 실체는 부정적인 생각입니다. 또한 본인의 생각을 회의해보지 않고 사는 대로 생각하는 습관이 실체입니다. 보편적인 것이 진리라는, 남들이 그러니까 나도 그래야만 한다는, 이것이 일반적이라는 생각이 나를 경쟁하게 만들고 나를 질투라는 감정에 휘몰아치게 하며 나를 불안하게 합니다.

『마음의 안부를 묻는 시간』이 출간된 뒤 아주 오랜만에 고등학교 동창 A와 책을 선물로 주는 핑계로 만나는 시간을 가졌습니다. 동창들이 보고 싶은데, 어떤 계기가 없어 차일피일 미루다가 책이 나오기도 했고 선물로도 주고 싶어 설레는 마음으로 A를 만나러 갔습니다. A와 B, 그리고 저는 고등학교 2학년 때부터 매우 친하게 지냈습니다. 이렇게 친했던 사이가 B가 결혼하면서 점점 멀어지더니, 어느새 거의 B와는 연락을 안 하는 지경에 이르렀습니다. 나보다 결혼을 잘했다고 생각하여 B를 많이 질투했거든요. 그 시절 나라는 인간은 소유형 인간으로 살며 학벌, 재산 등을 보고 인간을 평가하는 비인격의 생각들을 가지고 있었습니다. 그때 당시는 그것이 질투라는 불안의 감정인 줄도 모르고 그저 B가 싫다며 A에게 B의 험담을 했습니다. B도 알았는지, A에게 저의 험담을 했나 봅니다. 그리고 A는 B와 저 사이에서 점점 지쳐갔습니다. 그렇게 저는 B와 인연을 끊고, A와는 소원한 사이가 되어버렸습니다.

아주 오랜만에 만난 A는 저에게 과거 이야기를 소환하며, 물었습니다. "주은아, 우리 친구 아니었나? 친구면 결혼 잘한 거 등등 다 축복해줘야 하는 것 아니었나?"

저는 이렇게 대답했습니다. "그래, 네 말이 백번 맞아. 그런데 친구가 아니었나 보다. 네 말대로 친구였다면 잘사는 것을 축복했을 텐데, 나에게 B는 친구가 아니었나 보다. 친구가 아니라 경쟁 상대였나 보다. 내가 그때는 친구가 무엇인지도 몰랐던 것 같아. 그저 친하게 지낸다는 것만으로 친구라고 생각했던 것 같아. 친구가 무엇인지도 몰랐던 그때가 부끄럽다. 진짜 친구라고 생각했더라면 그러지 않았을 텐데…."

저는 친구가 무엇인지 몰랐습니다. 친구에게는 어떤 마음이어야 하는지도 몰랐습니다. 그저 친하면 친구라고 생각했던 것 같습니다. 아무리 어렸지만, 친구에게는 어떤 마음이어야 했나? 한 번쯤은 생각했어야 했습니다. 그러나 저는 그러지 못했습니다. 그저 싫었습니다. 나보다 잘사는 사람을 보는 것이 싫고 괴로웠습니다.

마치 내가 패배자가 된 것 같고 내가 상대보다 못난 것만 같았습니다. 나의 부족한 부분을 녹슨 칼날로 찌르는 듯했습니다. 나보다 잘사는 타자들이 싫었고, 축복해주지 못하는 나의 미성숙한 모습에 혐오감이 일어 헤매던 적이 한두 번이 아니었습니다.

가안 씨에게 알랭 드 보통의 불안에 대한 말을 전하고 나의 부끄러웠던 과거를 고백했습니다. 가안 씨는 진중하게 제 말을 경청했습니다. 지난날 부끄러웠던 제 모습과 지금 자신의 모습이 조우하는 듯 연신 고개를 끄덕이며 들어주었습니다.

그러고는, "선생님, 저도 그 친구가 진짜 친구가 아닌가 보네요. 실은 저도 친구라는 게 뭔지도 모르는 것 같아요. 그저 만나자고 하면 만나고 놀러가자고 하면 놀러가고. 나보다 잘나가면 싫고 밉고 나를 이용한다는 오해를 자동적으로 하고. 되돌아보면 모두가 나의 경쟁 상대였던 것 같아요. 그 속에서 조금 잘나면 우월감을 느끼고 조금 못나면 열등감을 느꼈던 것 같네요. 미움의 싹이 터서 그 친구가 엄청 미워 밤잠을 설쳤는데, 나는 친구가 뭔지도 모르는 인간이었네요"라며 두 눈이 시뻘겋게 충혈되어 눈물이 금방이라도 뚝 떨어질 것 같은 것을 억누르며 자신을 되돌아보았습니다.

가안 씨의 고백이 있은 다음, 저는 알랭 드 보통의 『불안』을 펼쳐, 다음 구절을 읽어주었습니다.

"속물의 독특한 특징은 단순히 차별을 하는 것이 아니라, 사회적 지위와 인간의 가치를 똑같이 본다는 것이다."

이 구절을 읽어주고 말했습니다.

"가안 씨, 이 구절 어때요? 저도 그랬습니다. 제가 속물이었더라고요. 사회적 지위와 인간의 가치를 똑같이 본 속물이었더라고요. 만일 그때 제가 B를 그렇게 보지 않았더라면 지금 나와 B는 예전처럼 좋은 친구 관계였을 거예요. 그 친구에게도 배울 점들이 많았거든요. 이 구절을 읽고 저는 제 속물근성을 되돌아보았답니다. 부끄러웠어요. 친구(人)로 대하지 않고 한낱 대상(物)으로 대했던 과거의 내가 부끄러웠습니다. 저도 사람이 무엇인지를 몰랐습니다. 더 나아가 인간 존엄이 무엇인지, 인간 존중이 무엇인지를 몰랐습니다. 인간은 그저 나에게 경쟁 대상일 뿐, 내가 먼저 잘나가야 한다는 무지의 경쟁심만 있었습니다. **무지했습니다.** 모른다는 것을 모르고 있었습니다. 적어도 모른다는 것을 알고 있었으면 무엇을 모르는지 찾기라도 했을 텐데 말입니다. 부끄러움을 알아야 합니다. 부끄러움을 안다는 것은 좋은 것입니다. 부끄러움을 느낀다는 것은 이미 사람이 무엇인지, 인간 존엄이 무엇인지에 대해 생각하기 시작했다는 증표니까요. 본인이 그간 얼마나 속물이었는지, 자신의 민낯을 보았다는 증표니까요. 이제 출발입니다. 부끄러움을 알았으니, 이제 흰 늑대를 만들어 다시 출발하면 됩니다. 내 안에 검은 늑대와 흰 늑대가 있다고 했지요? 내가 밥 많이 준 놈이 이긴다고 했습니다. 부끄러움을 알았으니, 이런 자신을 외면하고 회피하지 않으면 됩니다. 부끄러움을 직면하면 됩니다. 이제 내 안의 자기중심적인 어둠, 검은 늑대를 찾았습니다. 속물의 어두움을 찾았습니다. 모르던 것을 알게 되었습니다. 속물이라고 명명하게 되었습니다.

알랭 드 보통 덕분에 저는 친구를 사람으로 보지 않고 물건으로 보았으며, 사회적 지위와 인간의 가치가 같다고 생각하는 이상한 소유형적 어둠의 생각을 하고 있었다는 것을 알아차렸습니다. 이제 이런 생각이 올라오면 검은 늑대의 생각이 올라왔구나 하고 알아차립니다. 그리고 사유를 좀 합니다. 친구를 경쟁 상대로 본 것, 사람을 물건으로 본 것에 대해 성찰하는 시간을 갖습니다. **반성적 사고의 시간**을 갖습니다. 그래야 인간성을 회복할 수 있습니다. 부끄러움을 알아야 인간성을 회복할 수 있습니다.

그리고 **비교하는 생각습관**을 계속 알아차립니다. 나의 가치와 목표를 타인이 아닌 나 자신으로 정해야 합니다. 나는 나만의 길을 걸으면 됩니다. 비교가 나를 고통으로 만드는데, 이제 나를 고통스럽게 하는 그 길을 포기합니다. 이것이 자기 사랑입니다. 자신을 고통스럽게 하는 요인 중에 비교하는 생각습관이 있다는 것을 알아차렸으니, 자기 사랑으로 이 중독에서 빠져나옵니다. 자기 사랑은 자기 절제입니다. 비교 생각 습관을 **생각 중독**이라고 이름 붙입시다. 그리고 나는 나만의 길을 비교 없이 간다면 질투라는 녹슨 칼에 찔리는 고통은 사라질 것입니다.

마지막으로 친구와 비교하는 생각이 올라와 감정의 격동을 느낄 때, 딱 그 순간에 축복의 마음을 내는 연습을 해보세요. 저를 믿고 딱 다섯 번만 해보세요. 딱 그때 정신을 똑바로 차리고, 딱 그때 축복의 마음을 내는 연습을 해봅니다. 처음에는 도통 그 마음이 내어지지 않을 것입니다. 그럼에도 또 연습합니다. 그 친구와 좋았던 추억들을 생각하며 인간성을 회복하는 연습이라는 자각을 하면서요. 연이어 다섯 번 축복을 내는 연습을 하면 흰 늑대가 이깁니다. 인간성이 회복되고 축복하는 마음이 생기면, 나는 이제 자동적으로 흰 늑대에게 밥을 주는 사람이 됩니다. 그러면 내가 좋습니다. 내 마음이 선해지면, 내가 인간성을 회복하면 내가 좋습니다. 생각이 바뀌었으니, 내 감정이 편안해집니다. 내가 좋습니다. 이런 말씀을 드리면 그 사람을 위해 내가 이렇게까지 할 필요가 있냐고 하시는 분들도 계십니다. 그를 위한 작업이 아닙니다. 나를 위한 작업입니다. 내가 속물(物)에서 사람(人) 되는 작업입니다. 내가 아름다워지는 작업입니다. 사람이 될수록, 아름다워질수록 나는 점점 자유로워지고, 궁극에는 대자유라는 경지에까지도 다다를 수 있습니다."

가안 씨는 한마디도 놓치지 않으려는 자세로 노트 위에 제 말을 빠짐없이 빼곡히 메모했습니다. 저의 부끄러웠던 고백을 들은 후, 가안 씨가 '본인도 친구라고 생각하지 않았다'고 고백했을 때, 가안 씨는 비로소 진정한 친구가 되는 길을 향해 첫걸음을 떼었을 것입니다. 질투와 불안을 넘어, 가안 씨는 타인의 성공을 축복하고 자기 자신을 사랑할 준비가 되었습니다. 감정의 폭풍이 지나가면, 그 자리에 남는 것은 더 깊고 진실한 우리 자신입니다. 비록 진실한 우리 자신의 모습이 부끄럽다 할지라도 내 모습이기에 인정합니다. 부끄러움을 안다는 것은 매우 좋은 것입니다. 다행한 일입니다.

가안 씨는 다행히 자신을 인정하며 친구를 축복하는 연습을 했습니다. 1주 뒤에 가안 씨는 환하고 가벼운 표정으로 센터를 들어오더니, 말했습니다.

"선생님, 사유의 시간을 가져보라고 하신 말씀 잡고 가멸차게 들여다보았네요. 인정하고 싶지 않았던 나의 부끄러운 모습을 제대로 만났습니다. 비교 속에서 저를 잃어버리고 있더군요. 길을 잃어버리고 있더군요. 친구의 성공을 시기하며, 내 삶의 고유한 가치를 망각하고 있었습니다. 만일 선생님께서 선생님의 흑역사를 말씀해주시지 않았다면, 저는 제 민낯을 찾지 못했을 것입니다. '자기고백이 자기치유다'라고 말씀하신 부분이 크게 와닿았습니다. 선생님 고백으로 얼떨결에 나를 고백했습니다. 부끄러움의 고백이 우선 저를 자유롭게 했습니다. 상대를 사람으로 보지 않고 물건으로 본 것에 깊은 반성의 시간을 가졌습니다.

타자와 비교하여 나의 부족함을 보는 것보다, 내 안에 이런 비인격이 그림자로 숨어 있는 것이 더 아팠습니다. 인정하니 많이 아팠습니다. 어떤 종양 같았습니다. 계속 방치하여 썩을 대로 썩어버린 종양 같았습니다. 종양을 짜는 마음으로 친구를 사람으로 보지 않았던 부분을 많이 반성했습니다. 짜고 나니, 시원해졌습니다. 이제 어둠은 뒤로 물러난 것 같습니다. 밝음의 희망이 보입니다. 제 길을 찾을 수 있겠다는 빛이 보입니다. 저는 제 길을 가야겠습니다. 그러나 아직 그 길이 어떤 길인지는 모르겠습니다. 탐색해야겠지요. 내가 무엇을 좋아하는지, 무엇을 할 때 가슴이 뛰는지, 비교하지 않고 저만의 길을 가야겠다는 생각이 많이 들었습니다."

불과 1주일 만에 이만큼 성장해오는 내담자들을 만날 때면 이 직업, 참 좋습니다. 제 앞에 있는 가안 씨가 기특하고 예쁩니다. 절로 엄마 같은 미소가 지어집니다. 이런 미소가 염화미소가 아닐까 하며 가안 씨를 바라봅니다.

"가안 씨. 비교 속에서 길을 잃었다는 것을 알아차리셨네요. 다행입니다. 저 친구가 이루어낸 성취는 어떤 과정에서 가능했을까? 나는 지금 나의 삶에서 어떤 목표를 세우고 어떻게 노력할 수 있을까? 이런 질문으로 전환할 때, 질투는 나의 성장을 이끄는 자극이 됩니다. 불안 역시 마찬가지입니다. 불안은 종종 우리가 변화해야 할 시점을 알려주는 경고음과 같습니다. 불안을 무작정 피하거나 억누르지 말고, 그것이 전하는 메시지를 배우는 기회로 삼아야 합니다. 배우는 기회로 삼으셔서 다행입니다. 이제 나는 무엇을 좋아하는지, 무엇을 할 때 가슴이 뛰는지, 가안 씨만의 길을 찾는 탐색의 시간을 가지면 됩니다.

질투는 나쁜 감정만이 아닙니다. 그것은 가안 씨가 아직 이루지 못한 꿈을 가리키는 이정표일 수 있습니다. 불안은 당신 내면이 더 큰 변화를 갈망하고 있음을 알려주는 신호이기도 합니다. 당신의 질투가 당신을 미워하게 만드는 도구가 아니라, 당신을 성장으로 이끄는 날개가 될 수 있음을 보여주세요. 비교 속에서 길을 잃었던 나 자신을 다시 찾기까지의 여정이, 가안 씨에게도 희망의 빛으로 다가서기를 바랍니다. 질투는 단지 어둠의 그림자가 아니라, 그것은 당신이 진짜 원하는 빛을 가리키는 손가락일 것입니다. 그 손 끝을 따라가보세요. 그 끝에서 당신은 자신을 발견할 것입니다. 지금이 스스로를 성장시키는 중요한 과정임을 깨닫길 바랍니다.”

가안 씨는 자신만의 길을 탐색하는 여정을 떠났습니다. 그리고 그녀는 지금 초등학교 방과후 돌봄교실 선생님이 되었습니다. 돌봄교실에서 그림책을 읽어주며 그 아이들에게도 비교하며 자신을 갉아먹지 말았으면 좋겠다는 염원을 자주 이야기해준다고 합니다.

1. 감정 이면의 '속물성'을 먼저 인정해보세요.

질투는 사람을 인격(人)이 아닌 비교 대상(物)으로 바라볼 때 시작됩니다. 내 마음이 괴롭다면, 내 안에 타인을 나의 가치를 증명할 도구로 이용하려 했던 '속물적 사고'가 숨어 있지는 않은지 가만히 들여다보는 용기가 필요합니다.

2. 부끄러움을 회복의 신호로 받아들이세요.

자신의 민낯을 마주하며 부끄러움을 느끼는 그 찰나가 바로 인간성을 회복하는 '반성적 사고'가 시작되는 순간입니다. 이 부끄러움을 피하지 않고 있는 그대로 직면할 때, 비합리적인 생각의 고리를 끊어낼 수 있습니다.

3. '비교 중독'에서 벗어나 나만의 길을 가야 합니다.

타인의 성공을 나의 실패로 번역하는 비교 습관은 영혼을 갉아먹는 중독과 같습니다. 타인의 시선에서 벗어나 내 삶의 고유한 가치를 세우는 '자기 사랑'의 연습을 시작해야 할 때입니다.

4. 나를 위해 기꺼이 '축복'의 마음을 내보세요.

질투가 차오르는 순간, 의도적으로 축복의 마음을 내는 연습을 해보세요. 이것은 상대를 위해서가 아니라, 나 자신의 평온과 대자유를 되찾기 위해 나에게 주는 가장 강력한 처방전입니다.

자동화된 비교의 틀, 질투를 낳다

동갑내기 지인 나안 씨와는 막역하게 지내는 사이였습니다. 그러나 나안 씨를 만나고 되돌아오는 길이 매번 기분이 좋지만은 않았습니다. 종종 불편한 마음이 들 때가 있었어요. 왜 불편한지를 들여다보았습니다. '혹시 질투인가? 혹시 부러움인가? 내가 못 가진 것을 그녀가 가지고 있으니 내가 질투하나? 부러워하나?'라며 나를 들여다보았지만, 좀처럼 그 실체를 찾을 수 없었습니다.

어느 날, 또 마음이 불편하여 마음을 들여다보면서 '질투인가? 부러움인가?' 하고 있는데, 이때 알아차렸습니다. 계속 '○○인가? 아닌가?'만 반복하고 있다는 것을요.

"어허, 계속 인정하지 않고 질문만 하고 있구나. 그러니 더 들어갈 수가 있나? 계속 맴돌며 집중이 안 되는 이유를 드디어 알았다. 그러면 이제 '질투인가? 부러움인가?' 물음표를 '질투다! 부러움이다!'로 바꾸어보자"라고 했더니, 내 안에서 반발하는 소리가 어찌나 시끄럽던지요.

'질투이다!'라고 단정지으니까, '그럴 리 없다. 내가 그녀보다 못난 것이 뭐가 있어서 질투하나? 그녀가 나를 질투하면 했지. 내가 왜? 나는 직업도 있고 그녀는 직업도 없는데 내가 왜 그녀를 질투해?'라는 난리를 치며 나안 씨와 나를 비교하는 생각으로 내 안을 온통 시끄러움으로 가득 차게 하고 있음을 알아차렸습니다.

나의 자동적인 생각은 비교였습니다. 비교하여 그녀를 나보다 못한 사람으로 두고 싶었던 게지요. 나보다 못한 사람으로 두고 싶었으나 막상 현실에서는 나안 씨가 나보다 나은 부분이 명백히 있으니, 계속 불편했던 겁니다. 나의 열등한 부분을 그녀도 가지길 바라는 생각, 실은 명명백백히 그녀가 나보다 못했으면 하는 열등한 생각으로 '나안 씨가 나보다 못한 사람인데, 내가 왜 질투를 하겠어? 그럴 리 없어?'라며 자신의 모습을 부정했던 겁니다.

'질투인가?'라는 물음표, 불안한 눈빛으로 타인을 좇던 나의 시선을 '질투다.'라는 단호한 마침표로 바꾸는 순간, 비로소 깊숙이 숨겨왔던 열등감의 실체와 마주할 수 있었습니다. 습관처럼 이어져 온 비교하는 생각은 무의식적으로 그녀와 나를 저울질하며, 내가 갖지 못한 그녀의 능력, 외모, 혹은 환경에 대한 씁쓸한 부러움을 키워왔습니다. 그 부러움 이면에는 단순히 '나도 갖고 싶다'는 욕망을 넘어, '마땅히 내가 누려야 할 것을 그녀가 대신 차지하고 있다'는 은밀하고 강렬한 소유욕이 자리 잡고 있었습니다. 이러한 소유욕은 충족되지 못한 나의 결핍감을 더욱 선명하게 드러내며, 스스로를 무능력하고 부족하다고 느끼게 만드는 열등감이라는 깊은 뿌리가 되어 자리를 차지하고 있었습니다.

'마땅히 내가 누려야 할 것을 그녀가 대신 차지하고 있다'는 생각을 찾고는, 화들짝 놀랐습니다. 이런 생각을 가지고 있었다니요? 이기적인 욕망이며 비합리적인 소망이었습니다. 이렇게 자신에 대해서 모르다니요? 모른다는 것조차 모르고 있었다는 사실에 더 화들짝 놀랐습니다.

상담할 때 한 가지 주제로만 상담하지 않을 때가 많습니다. 일상의 소소한 걸림돌들을 나눌 때, 자주 등장하는 화제가 '친구가 이상하게 걸려요. 질투일까요? 부러움일까요?'입니다. 우리 모두가 사회적 동물이기에 극복해야 하는 주제이기도 합니다. 친구나 지인이 걸린다고 할 때면, 매번 위의 이야기를 해드립니다. '질투인가?'를 '질투다'라고 바꾸어보자고 제안하며 제 안에 있었던 민낯의 생각을 끄집어올려 보여드립니다.

'마땅히!라는 생각이 있었다. 나부터!여야 한다는 생각이 있었다. 나라는 인간이 꽤나 괜찮은 인간이라고 착각했었다. 걸릴 때는 그 속에 이런 이기적인 욕망이 있었다'라고 질투라는 이름 아래에 생각했던 것들을 나열하여, 눈에 보이게 생각들을 펼쳐 보여줍니다. 상담 노트에 생각을 글로 써서 이름 붙이는 길을 안내해줍니다.

예를 들어 친구가 여행을 다녀왔습니다. 친구에게 '여행도 다녀오고 부럽네'라고 말하는데, 그 아래에 있는 '나도 그곳에 가고 싶은데, 나는 미처 못 가본 곳인데…'라는 마음까지는 부러움이라고 할 수 있습니다. 하지만 이 마음에서 '왜 네가 먼저 그곳을 갔어? 나부터 가야 하는데? 나는 네가 나보다 못하다고 생각했는데 왜 네가 먼저야. 내가 먼저여야지…'라는 마음에 미움과 불편한 감정까지 일어난다면 그것은 질투라는 감정까지 갔다고 볼 수 있습니다.

질투는 간혹 부러움이라는 부드러운 단어로 둔갑해서 표현되기도 합니다. 누군가가 걸린다면 한번 들여다볼 일입니다. 걸리는 그 마음에 부러움이 있는지, 더 아래에는 질투가 있는지를. 그리고 명명합니다. 저처럼 '부러움일까? 질투인가?'라며 자신을 인정하지 않는 것에 많은 시간을 허비하지 않기를 바랍니다. '부러움이다. 질투다.'라고 마침표를 찍으면서 인정해야, 이 감정을 어떻게 다스려야 할지, 그다음 단계로 나아갈 수 있기 때문입니다.

인간이 느끼는 다양한 감정들 중에서 저는 질투라는 감정이 가장 불편했습니다. 누군가를 축복해줘야 한다는 도덕적 자아가 앞장서면서 질투하는 자신을 인정하기가 좀처럼 쉽지 않았습니다. 비교하며 내가 상대보다 얼마나 더 나은 존재인지를 스스로 평가합니다. 내가 더 나은 존재라며 기뻐하지만, 진실을 나는 압니다. 내가 그(녀)보다 못한 존재라는 것을. 비교하며 괴롭습니다. 내가 가져야 하는 것을 그(녀)가 가졌다는 분함, 내가 먼저 가졌어야 한다는 억울함, 왜 네가 먼저 가져서 나를 이렇게 힘들게 하냐는 원망, 이것조차 내 것이 아니라는 절망감, 나보다 잘난 꼴을 보기 싫은 미움, 내 것이고 싶은 욕망, 내 것으로 만들어야 한다는 욕심, 보여주리라는 오기, 무너트리고 싶은 복수심, 현실에서는 내 것일 수 없는 좌절감, 좌절감으로 인한 무기력감.

질투에는 이렇듯 많은 불편한 감정들이 도사리고 있습니다. 분함, 억울함, 절망감, 미움, 복수심, 오기, 욕망, 좌절감, 무기력 등등. 이 모든 감정들(생각들)을 포함하고 있으니, 질투라는 감정이 얼마나 버거웠겠습니까? 여기까지 알아차렸을 때, 다시 역풍이 붑니다. 이렇게 다양한 이기적 욕망과 비합리적 소망을 가진 내가 혐오스럽습니다. 또 생각은 이어집니다. 소주잔보다 작은 마음을 가진 자신에 대한 비난, 친구를 축복해주지 못한다는 혐오감, 이것밖에 안 되는 인간이라는 자기 비하, 지기 비난 등으로 더욱 엉망진창이 되어버립니다. 마음에 폭풍우가 일어나고 감정이 쓰나미에 휩쓸려 제 정신을 차릴 수 없는 지경까지 되어버립니다. 생각이 널을 뛰고, 이제 이 생각을 멈추게 하는 방법조차 모르겠습니다. 그저 생각해낸다는 것이 고작 머리의 뇌를 씻고 싶다 정도입니다.

감정이 격동일 때, 그 감정을 일으킨 생각을 알아차립니다. 감정을 멈추게 하고자 한다면 좀 더 구체적으로 생각을 멈추고 싶다고 명명합니다. 감정을 멈추고 싶다는 생각을 멈추고 싶다입니다. 어떤 생각이 일어났는지를 관찰합니다. 관찰하는 자세로 바꾸면, 바로 이것이 멈춤입니다. 누구나 할 수 있는 작업입니다. 어렵지 않습니다. 그러나 저처럼 '○○인가?'라고 에둘러 가면, 프로이트가 말하는 무의식에서 우리의 값진 보물을 찾지 못할 수도 있습니다.

나의 생각을 찾아야, 어둠의 생각을 찾아야, 프로이트가 말하는 이기적인 욕망과 비합리적 소망을 찾아야, 반성을 하든 생각을 바꾸든 다음 작업이 있습니다. **감정은 생각**이기 때문입니다.

질투라는 감정이 일어났다는 것은 어떠어떠한 생각을 했다는 것입니다. 그 생각을 관찰해보면 전부가 **비교**입니다. 나보다 못한, 나보다 잘하는, '나'라는 인간을 중심으로 타자와 비교하며 행복했다가 괴로웠다가 합니다. 더 관찰해보면 비교한 거의 모든 것들이 **소유**에 관한 것들입니다. 돈, 집, 명예, 직업, 지식, 외모, 인기, 명성, 권력 등. 모두가 보여지는 것들입니다. 보여지는 것들을 '나'라고 생각합니다. 이러한 생각들로 나의 감정들이 불편했습니다. 검은 늑대가 올라와 나를 불편하게 했습니다. 이제 흰 늑대를 마련합니다. 흰 늑대를 마련하여, 사는 대로 생각하고 살았던 삶을 생각하며 사는 삶으로 바꾸어봅니다.

만일 우리가 **비교**라는 문화에 학습되지 않았다면 어떻게 되었을까요? 만일 우리가 경쟁사회에서 비교하여 경쟁하지 않으면 도태된다는 교육을 받지 않았다면 어떻게 되었을까요? 그리고 이런 교육을 스스로가 **회의**해보았다면 어떻게 되었을까요? 존재하는 것이 무엇인가, 소유하는 것이 무엇인가라는 질문을 스스로에게 던졌더라면 어떻게 되었을까요? 남들 따라 하는 생각, 회의 없이 하는 생각, 질문하지 않는 생각, 사는 대로 생각하며 사는 삶이 '나'라는 한 인간의 생각 구조를 '비교'로 돌아가게끔 자동화시켜놓았습니다. 검은 늑대가 자동으로 돌아가게 만들어놓았습니다. 누구의 잘못도 아니지만, 나의 책임입니다.

소유형 존재방식으로 체화되어, 그 방식대로 생각하고 살아가는 삶. 그래서 에리히 프롬은 『소유냐 존재냐』에서 소유적 존재방식을 버리고 존재적 실존양식으로 살아가자고 역설했는지도 모릅니다. 그는 인간이 겪는 다양한 고통의 근원 중 하나가 바로 이 소유형 존재방식이며, 그러한 삶은 필연적으로 고통이라는 결과를 낳을 수밖에 없다고 했습니다. 그럼에도 불구하고 에리히 프롬은 인간에게 존재적 삶으로 나아갈 수 있는 가능성을 보았고, 이러한 희망을 뒷받침하기 위해 매슬로의 말을 빌려 다음과 같이 이야기합니다.

"우리 인간은 존재하고자 하는, 뿌리 깊이 타고난 욕구를 지니고 있다. 자신의 능력을 표출하려는 욕구, 활동하고자 하는 욕구, 타인과 관계를 맺으려는 욕구, 이기심의 감옥에서 빠져나가려는 욕구 등등."

이제 질문합니다. 소유가 무엇인지, 존재가 무엇인지, 그리고 나는 어떤 삶의 존재방식을 선택해야 하는지. 내 마음에 있는 검은 늑대와 흰 늑대를 들여다봅니다. 내가 밥을 많이 준 놈이 이기는 게임. 이제 내가 밥을 줍니다. 나의 의지로, 나의 생각으로 선택합니다. 자동으로 돌아가는 검은 늑대 생각 구조의 핵심 신념인 비교와 함께 질투라는 감정으로, 고통스럽게 사는 검은 늑대를 선택할 것인지, 검은 늑대를 선택하지 않는 선택을 할 것인지를 이제 내가 선택합니다.

그리고 그동안 무지하여 나에게는 없었던 흰 늑대를 마련합니다. '내 안에도 존재하고자 하는 뿌리 깊은 타고난 욕구'가 있다는 말을 잡으며 그 뿌리를 찾아봅니다. 이 뿌리가 흰 늑대입니다.

그리고 이렇게 마련된 흰 늑대에게 평소에 밥을 많이 줍니다. 이것을 **사유**라고 합니다. 평소에 **존재적 실존양식**에 대한 사유를 합니다. 어떻게 존재해야 하는지를 깊게 사유합니다. 사유를 돕는 좋은 도구는 '책'입니다. 대대손손 내려오는 좋은 양서로 그동안 부재했던 흰 늑대를 마련합니다.

자신을 표출하려는 욕구, 활동하려는 욕구에 귀를 기울입니다. 가안 씨처럼 자신만의 길을 찾아봅니다. 타자와 비교하지 않고 자신을 표출할 수 있는 일에 집중해봅니다.

또한 우리에게는 매슬로의 말처럼, 타인과 관계를 맺으려는 욕구, 이기심의 감옥에서 빠져나오려는 선한 욕구들도 있습니다. 맹자의 성선설처럼 인간은 이기적인 감옥에서 나와 타인과 잘 관계를 맺으려는 선한 존재들입니다. 이 선한 욕구를 실현하기 위해서 타자의 인생을 축복하는 마음을 내는 연습을 합니다. 질투라는 감정이 올라오면 좋은 공부의 기회로 삼습니다. 검은 늑대를 없앨 수 있는 좋은 기회입니다.

질투라는 감정이 그토록 힘겨운 이유는 미움과 분함을 동반하기 때문입니다. 누군가를 미워하지 않고 사랑하는 사람이 되기를, 이해하고 보듬는 사람이 되기를 기원했지만, 번번이 나보다 잘난 사람, 나보다 잘나가는 사람, 내가 가지지 못한 것을 가진 사람들이 앞에 나타나면 무너져버립니다. 미움이라는 감정은 참으로 자신을 힘들게 합니다.

'나보다'라는 자동적 생각의 근원을 이해하면, 즉 우리 안에 이기적인 욕망, 비합리적인 소망의 검은 늑대가 있음을 인정하고 받아들이면 '나보다! 나부터!'였던 것들에 대한 부끄러움을 알게 되고, 나보다 잘난 이들을 질투했던 마음들이 가라앉습니다. 점점 덜 미워지고 덜 분해집니다.

어떤 예능인의 "너희들은 늙어봤냐? 나는 젊어봤다"라는 말이 유행했던 적이 있습니다. 만일 지금의 나에게 과거의 젊은 시절로 되돌아가겠냐고 물어본다면 '아니요'라고 대답할 것입니다. 지금의 내게 젊은 시절 아이 둘을 데리고 일본 유학 갈 때처럼 불도저 같은 도전과 모험심은 없지만, 만일 그때로 되돌아가라고 한다면 되돌아가기 싫습니다.

무딘 칼로 찌르는 격동적이었던 '질투'라는 감정, 사람을 사랑할 줄 몰라서 미워했던 마음이 사라진 지금의 이 나이가 좋습니다. 나이가 주는 여유라는 것도 있습니다. 살아보니 별것 없더라, 살아보니 인간 사는 것 거기서 거기더라, 좀 더 주위를 둘러볼걸, 좀 더 그 순간 순간에 집중하여 더 많은 사람들을 사랑할걸. 이런 사유의 시간들은 나이가 주는 선물입니다. 사유한 만큼 인연이 된 사람들을 감사하며 사랑하는 삶, 이런 삶이 좋습니다. 젊은 시절 내가 먼저 가져야 한다는 경쟁의식과 비교, 질투와 미움으로 괴로웠던 마음들은 **나이 듦**이라는 선물로 여유가 생겨 나누고 베풀 줄 알게 됩니다. 나이 듦의 과정에서 사유하고 스스로를 피드백하며 성찰했기에 받을 수 있는 선물이었습니다. '사돈이 땅을 사면 배 아프다'는 속담 그대로 살아왔던 젊은 날의 장면 장면들이 생각날 때면 부끄럽습니다. 이제 사돈이 땅을 사면 축복해주는 나이 든 사람이 되어 다행입니다.

내가 잘못되었을 때 위로해주는 사람은 많습니다. 잘될 수 있다면서 응원해주는 사람도 많습니다. 그러나 막상 내가 잘되었을 때, 진짜 나를 축복해주는 사람이 몇 명이나 있을까요? 나 또한 그(녀)가 잘되었을 때 진심으로 축복해줄 수 있나요? 진짜 내 사람이라면? 내가 그(녀)의 진짜 사람인지도 되돌아볼 일입니다. 질투를 극복하고 그(녀)의 성공을 축복하는 삶, 내가 좋습니다. '나보다'라는 비교하는 마음이 없어진 삶, 내가 좋습니다. 그 누구를 위해서가 아니라, 자신을 위하여 비교하는 생각습관을 알아차리며 내려놓는 연습을 합니다.

평소에 흰 늑대에 대한 사유를 아무리 많이 해두었다 하더라도, 비교하는 생각습관을 알아차리고 내려놓는 공부를 했다 하더라도, 어느 순간 또 검은 늑대가 나를 휘감을지도 모릅니다. 그때를 일종의 테스트라고 생각합시다. 검은 늑대가 앞장서 질투라는 감정으로 휘몰아칠 때, 그동안 사유하며 공부해두었던 흰 늑대는 보이지도 않을 것입니다. 어디로 숨어버린 듯합니다. 이때 '검은 늑대가 앞장 섰다'라고 알아차리기만 해도 충분합니다. 이 검은 늑대는 **학습된 나**입니다. 엄격하게 말하면 **진짜 나**가 아닙니다. 진짜 나는 그저 존 재하려 합니다. '경쟁으로 학습된 나, 비교의 생각을 하는 습관적인 나'입니다. 검은 늑대가 올라왔을 때, **가짜 나**임을 알아차리고 딱 그 때, 질투하는 대상자를 축복하는 마음을 냅니다.

저는 내담자들에게 딱 그때 정신 차리고 '5회'만 연습해보라고 권유하면서, 포르티아 넬슨의 시 「다섯 장으로 된 짧은 자서전」을 읽어드립니다.

1. 난 길을 걷고 있었다.
길 한가운데 깊은 구덩이가 있었다.
난 그곳에 빠졌다.
난 어떻게 할 수가 없었다.
그건 내 잘못이 아니었다.
그 구덩이에서 빠져나오는 데 오랜 시간이 걸렸다.

2. 난 길을 걷고 있었다.
길 한가운데 깊은 구덩이가 있었다.

난 그걸 못 본 체했다. 난 다시 그곳에 빠졌다.

똑같은 장소에 또다시 빠진 것이 믿어지지 않았다.

하지만 그건 내 잘못이 아니었다.

그곳에서 빠져나오는 데 또다시 오랜 시간이 걸렸다.

3. 난 길을 걷고 있었다.

길 한가운데 깊은 구덩이가 있었다.

난 미리 알아차렸지만 또다시 그곳에 빠졌다.

그건 이제 하나의 습관이 되었다.

난 비로소 눈을 떴다. 난 내가 어디 있는가를 알았다.

그건 내 잘못이었다.

난 그곳에서 얼른 빠져나왔다.

4. 내가 길을 걷고 있는데 길 한가운데 깊은 구덩이가 있었다.

난 그 구덩이를 돌아서 지나갔다.

5. 난 이제 다른 길로 가고 있다.

흰 늑대까지 다 마련했음에도 검은 늑대가 올라올 것입니다. 첫 번째는 100% 질 것입니다. 이제 막 겨우 흰 늑대를 마련했기에 흰 늑대가 힘이 없습니다. 졌을 때 주의사항이 있습니다. 자기비난 금지입니다. 질 수 있습니다. 이제 겨우 만들어진 흰 늑대이기에 첫 싸움에 실패합니다. 딱 그때 상대를 축복하는 마음을 내는 연습을 한 번도 한 적이 없기 때문입니다. 딱 그때 연습해야 한다며 자신에게 힘을 주고, 여유를 가지고 자신을 바라봅니다. 딱 다섯 번만 정신 차리고 축복의 마음을 낸다면, 검은 늑대와의 싸움에서 흰 늑대가 승리하는 날은 기필코 옵니다. 왜냐하면 본래 인간은 **존재**하기 때문입니다. 학습된 나, 사회나 문화에 대물림된 '나'는 진짜 '나'가 아니기 때문입니다. 가짜 '나'와 진짜 '나'가 싸워 진짜 '나'가 승리하는 것은 당연한 진리입니다.

1. 망설이는 물음표를 단호한 마침표로 바꾸세요.

'질투인가?'라는 질문은 감정을 회피하는 수단이 되기도 합니다. '질투다!' 라고 명확히 마침표를 찍고 인정하는 순간, 비로소 감정을 다스릴 힘이 생깁니다.

2. 자동화된 '비교의 틀'을 관찰하세요.

소유를 기준으로 타인과 나를 저울질하는 습관은 학습된 '가짜 나(검은 늑대)'의 작동 방식입니다. 이 비교의 틀이 작동하고 있음을 알아차리는 것이 자유의 시작입니다.

3. 사유를 통해 '존재의 힘'을 기르세요.

비교가 올라올 때마다 생각을 멈추고 '어떻게 존재할 것인가'를 깊이 사유하세요. 양서를 읽고 질문을 던지는 과정은 본연의 선한 자아(흰 늑대)를 키우는 가장 좋은 방법입니다.

4. 축복으로 '다른 길'을 선택하세요.

구덩이에 빠졌음을 알아차렸다면 이제 돌아가야 합니다. 습관적인 질투 대신 의도적인 축복을 선택함으로써, 가짜 나를 이기고 '진짜 나'로 살아가는 승리의 경험을 쌓아가세요.

자주 자존심이 상해요

다안 씨는 스스로를 매우 자존심이 강한 사람이라고 표현했습니다. 누가 말 한마디라도 지적하면 참을 수 없는 격노가 올라와 다 부숴 버리고 싶고, 자기 마음대로 하고 싶은데, 그럴 수 없음이 괴롭다는 호소였습니다.

과거의 저도 누군가에게 어떤 지적을 들으면 견딜 수 없어 했습니다. 내가 권위를 준 사람 외의 사람이 나에게 지적하면 자존심이 그렇게 상할 수 없었습니다. 지적당한 말에 갇혀 몇 날 며칠을 헤매어야 겨우 정신 차리며 일상을 살 수 있을 정도였습니다.

그때 제 속마음은 이랬지요. '당신은 얼마나 잘나서 나를 지적하냐? 내가 어떻게 살아왔는지 네가 나의 아픔을 아냐? 당신이 나를 얼마나 알아서 나에게 지적질이냐? 너도 그때 이것도 잘못했고 저것도 잘못했지 않나. 너도 못하는 주제에, **감히** 네가. 너부터 완벽하게 잘하고 나에게 지적질해라.' 네가 **틀렸고** 나는 **맞다**는 분별하는 마음과 시비하는 마음으로 누군가의 지적을 견디지 못하고 몸서리 친 날들이 많았습니다.

나를 지적한 사람에게 밟히는 느낌, 뭉개지는 느낌, 땅으로 꺼지는 느낌, 부정당하는 느낌, 가치 없는 느낌, 쓸모없는 느낌, 무능력감, 무가치감. 이런 감정을 느끼게 한 그 사람이 밉고 싫고 원망스럽습니다. 내가 만일 그때 그런 실수를 하지 않았더라면 그런 사람에게서 그런 지적을 받지 않았을 텐데, 왜 그런 실수를 해서 그런 말들을 듣게 되었는지, 후회하며 자기 경멸, 자기혐오로 괴로워했습니다. 또한 그 사람이 나의 실수를 온 주위에 퍼트릴 것만 같아 부끄럽고 수치스러워서 쥐구멍에라도 숨고 싶은 마음으로 나의 실수를 들킬까봐 불안해했습니다. 나에게 불안한 마음을 일으킨 그 사람이 밉고 싫었습니다. 원수 같았습니다. 만나서 따져 묻고 싶었습니다. '너는 뭘 그렇게 잘하냐? 너는 실수 안 하냐? 너는 완벽하냐?'로 투사가 멈출 줄 몰랐습니다.

나의 잘못이고 실수라고 인정하는 것은 정말이지 너무도 자존심이 상하는 일이었습니다. 나는 바르고 네가 나를 오해한 것이고, 네 생각이 왜곡되었고, 오로지 너의 견해로 나를 판단해서는 안 된다며, 그 사람을 원망했습니다. 그 사람이 잘못 생각한 것이라고 해야 그나마 마음이 가라앉았습니다. 그 사람이 지적한 대로 내가 그렇게 몹쓸 사람이라고 인정하는 것은 더욱 죽을 맛이었습니다. 나의 전체를 부정한 그 사람이 밉고 원망스러웠습니다.

나의 어떤 한 부분을 지적한 것인데, 나는 나의 전체를 부정당했다는 생각으로 분노에 시달렸습니다. 그의 지적일 뿐인데, 그 사람이 온 세상에 나의 잘못을 욕하고 다닐 것만 같은 불안감에 세상

자체가 두려웠습니다. 생각은 점점 과잉되어 온 세상이 나의 잘못을 알고 지적하는 것만 같았습니다. 밤에 잠을 이룰 수 없을 지경에 다다르며 악몽에도 시달렸습니다. 꿈에서 누가 나를 쫓아오는 꿈, 아무리 도망가려 해도 그 자리인 꿈, 절벽에서 떨어질 것만 같은 꿈, 도망가는 길을 못 찾는 꿈, 꿈속에서의 느낌도 온통 불안이었습니다.

이렇게 시달리며 살 수는 없었습니다. **자존심**이라는 고통에서 나와야만 했습니다. 일단 자존심이 상할 때마다 나의 생각을 관찰해보기로 했습니다. 면밀하게 관찰해보니, 특히 많이 쓰는 것이 '감히'라는 생각이었습니다. '감히 네가 나에게 지적을 해. 감히 네가 나를 평가해'라고 생각하는 것을 알아차릴 수 있었습니다. '감히'라고 생각할 때, 나는 그(녀)보다 한참을 위에 서서 꼿꼿하게 그들을 내려다보며 무시하는 느낌이었습니다. 나 자신에 대한 메타인지가 되는 순간이었습니다.

늘 내가 피해자였는데, 사람들이 나를 괴롭히고 내가 당하는 느낌이었는데, 사람들이 나를 하대하고 무시한다고 생각하며 괴로웠는데, 내 안에 이렇게나 큰 '감히'라고 생각하는 교만의 자아가 있다니요? 내가 무시당한다고 생각했지만, 실은 내가 그들을 무시하고 있었습니다. '감히'라고 떠오른 생각은 그동안 내가 얼마나 사람들을 교만하게 내려다보며 무시하고 있었는지를 알아차리게 해주었습니다. 무언가에 늘 쫓기며 강박적으로 도망가려 하지만 도망가지 못하던 꿈들은 내가 나를 옥죄었고 내가 나를 가두어둔 꼴이었습니다. 사람들에게 무시당해서 괴롭다고 생각했는데, 괴로운 만큼 내가 사람들을 무시했던 교만한 자아가 교묘하게 숨어 그(녀)의 지적을 받아들이지 못하고 있었습니다.

세상 사람들에게 나의 실수를 들킬까봐 두려웠던 것은 실은 내 안에 있는 타인을 무시하는 교만한 자아를 들킬까봐였습니다. 어쩌면 내가 그토록 그들의 잘못으로 돌리며 탓을 하고 있을 때, 그들은 알았는지도 모르겠습니다. '지금 네가 네 꼴을 보면서 이야기하고 있냐? 지금 네가 내뱉고 있는 모든 말들은 다 너의 꼴이다'라고 타자들은 이미 알아차렸는지도 모르겠습니다. 나 자신으로 거울을 돌려 비추지 못하고 그저 타인의 잘못으로만 알고 탓하며 괴로워했던 것을 들켜버렸습니다. 그들이 그토록 미웠던 건 내 안에 있는 **감히라는 자아**를 들켜버렸음에도 들켰다는 것을 인정하고 싶지 않다는 몸부림이었습니다. 나에게 이런 교만한 자아가 있을 리 없다는 부정과 회피는 자존심이라는 괴물을 더욱 강하게 만들었고, 나는 괴물의 밥이 되어버렸습니다. 결국은 내 모습이라는 것을 알아차리자, 심히 부끄러워졌습니다.

박완서의 『부끄러움을 가르칩니다』라는 소설에 이런 구절이 있습니다.

"그것은 부끄러움이었다. 그 느낌은 고통스럽게 왔다. 전신이 마비됐던 환자가 어떤 신비한 자극에 의해 감각이 되돌아오는 일이 있다면, 필시 이렇게 고통스럽게 돌아오리라. 그리고 이렇게 환희롭게, 나는 내 부끄러움의 통증을 감수했고, 자랑을 느꼈다."

탓하며 욕하고 마음의 시끄러움으로 폭풍우에 시달렸건만, 실은 누구의 잘못이 아니었습니다. 나의 그림자였습니다. 나의 그림자에 '희한하고 이상한 나'가 있었습니다. 타인의 모습이 아니라, 내 모습입니다. 이것이 나의 모습임을 인정할 때 상당히 아픕니다. 가슴을 무딘 칼로 꾸욱 찌르는 듯한 통증이 옵니다.

인정할 인(忍)을 파자하면 칼 도(刀)에 삐침(ノ)과 마음 심(心)으로 되어 있습니다. 심장을 칼로 찌르는 것으로 해석해봅니다. 인정하는 것은 심장에 칼이 꽂히는 것처럼 아픕니다. 곪아 오래된 종양을 짜는 듯합니다. 누런 고름과 썩은 피가 어우러져 시커먼 피가 뚝뚝 떨어지는 것만 같습니다. 나의 민낯을 만났을 때 느껴지는 부끄러움에 대한 통증을 인내하며 인고할 때, 어른이 되는 것 같고 양심이 회복되는 듯하여 한편으로는 그것이 기쁨이고 환희입니다. 통증

을 극복했을 때는 자신이 자랑스럽습니다. 이렇게 아름다울 수 있어서 다행이라는 생각이 듭니다.

다안 씨와 이런 이야기를 나누었습니다. 제 안에 있었던 생각들을 종이 위에 글로 쓰면서 보여주었습니다. '감히'라는 단어에 동그라미를 쳐가며 설명했습니다.

"다안 씨. 자존심 상할 때의 느낌을 누구보다 잘 압니다. 바로 제가 그랬으니까요. 뭉개지는 느낌, 밟히는 느낌, 아무리 상대 탓을 해도 기분이 가라앉지 않는 악순환. 마음의 폭풍우로 얼마나 고통스럽습니까? 저는 머리를 쪼개고 싶을 정도였습니다. 쓰레기가 가득 차 있는 느낌을 깨끗한 물로 씻고 싶은 심정이었습니다. 이제 알아차립시다. '감히'를 하고 있는 교만한 나라고 만들어놓은 자아상을 알아차립시다. 내가 뭐간데요? 내가 뭐간데 사람들을 아래로 본다는 말입니까? 박완서의 책에서 가르쳐준 것을 우리 배웁시다. 자존심이라는 고통에서 나오는 일은 내가 뭐간데요?라는 마음을 내는 것입니다. 그러면 자존심으로부터 자유로울 수 있습니다. 자존심이 강했던 만큼 열등감이 컸습니다. 나의 열등감을 그렇게 보기 싫었던 것입니다. 받아들입니다. 열등하면 어떻습니까? 열등할 수 있습니다. 비교가 없다면 열등도 없습니다. 비교로 인하여 생긴 열등, 내가 보듬습니다. 어쩌겠습니까? 이것도 내 모습인 것을요. 나라도 내 편이 되어주어야 하지 않겠습니까? 존재하는 나를 있는 그대로 보듬읍시다. 시비하지 말고, 분별하지 말고, 있는 그대로의 모습을 보듬읍시다. 못생겨도 괜찮습니다. 못나도 괜찮습니다. 부족해도 괜찮습니다."

다안 씨는 자존심이 올라올 때마다 '내가 뭐간데요?'를 잡으며, 그간 '감히'라고 사람을 아래로 보았던 것들을 성찰했습니다. 반성했습니다. 하심(下心)의 연습, 내가 위에서 내리는 연습을 더하고 더했습니다. 또한 자신을 있는 그대로 수용하는 사유를 성실히 했습니다. 그리하여 다안 씨는 이제 자존심이 올라올 때, 딱 그때 하심의 알아차리는 연습으로 다안 씨 머리에 '감히'라는 생각은 사라졌습니다. 평소에는 있는 그대로의 자신을 수용하는 연습을 하고, 딱 자존심이 상하는 그때는 '내가 뭐간데요?'를 읊조립니다. 이것도 5회독입니다. 딱 그때 정신을 바짝 차리고 '내가 뭐간데요? 지적받을 수 있어요. 욕먹을 수 있어요. 비난받을 수 있어요. 지적받은 것 개선하면 된다. 지적받은 것은 부분에 불과하다. 나 전체가 아니다. 정신 차리자. 나는 지적받을 수 있어요'를 읊조립니다. 이렇게 하면 자존심의 산을 넘을 수 있습니다. 내가 만들어놓은 산은 나만이 넘을 수 있습니다. 내가 만들었으므로 내가 허물면 됩니다. 나만이 허물 수 있습니다.

내 마음 저 밑바닥, 어둡고 깊은 곳에는 남에게 들키고 싶지 않은 '신생아적 생각'이 있습니다. 저는 이것을 경상도 사투리를 빌려 '쌍알라'라고 명명합니다. 아이를 뜻하는 '알라' 중에서도 아주 막무가내인 갓난쟁이 같은 녀석이라는 뜻입니다. 쌍알라는 오직 자기중심적으로만 세상을 바라보며, 마음속으로 억지 대사를 읊조립니다.

'나는 실수할 수 있어. 잘못할 수도 있고, 못할 수도 있지. 하지만 내 허물을 들추는 건 용납 못해. 너희는 날 인정하고 존중하고, 날 추앙해야만 해!'

만약 여기까지 알아차렸다면 강력한 저항이 일어납니다. '나에게 이런 마음이 있을 리 없어. 저 사람이 무례한 거지'라며 펄펄 뛰게 됩니다. 하지만 기억하십시오. 이 거부감이야말로 에고가 자신을 보호하려고 내놓는 강력한 '방어기제'입니다. 우리가 자존심이 상해 견딜 수 없는 이유는, 사실 이 '쌍알라'의 정체를 들켰기 때문입니다.

날것의 나를 만나는 이 작업은 의외로 재미있고 짜릿합니다. 내 안에 괴물 같은 알라가 있었다는 걸 인정하는 순간, 역설적으로 그 알라는 힘을 잃기 때문입니다. 이제 우리는 쌍알라를 방치하거나 숨기지 말고, 부드러우면서도 따뜻하게 그러나 엄격하게 키워내야 합니다.

1. 내 안의 '감히'라는 단어를 찾아내세요.

누군가의 지적에 격분한다면 그 이면에는 '감히 네가 나를?'이라는 교만한 생각이 숨어 있을 것입니다. 내가 무시당한다고 느낄 때, 사실은 내가 상대를 무시하고 있었음을 직면하는 것이 치료의 시작입니다.

2. 부끄러움의 통증을 기꺼이 감수하세요.

인정(忍)은 심장에 칼이 꽂히는 아픔을 동반합니다. 하지만 내 안의 종양을 짜내는 그 부끄러움의 통증을 통과해야만 진정한 어른의 양심이 회복됩니다. 그 통증 끝에 환희가 기다리고 있습니다.

3. '내가 뭐간데요?'라는 주문을 외워보세요.

자존심이 나를 옥죄어올 때, 스스로 물으십시오. '내가 뭐라고 지적받으면 안 되는가?' 내가 대단한 존재여야 한다는 강박을 내려놓고 하심(下心)을 연습할 때, 자존심의 산은 허물어집니다.

4. 지적받는 자신을 있는 그대로 수용하세요.

지적은 나의 '부분'에 대한 조언일 뿐 '전체'에 대한 부정이 아닙니다. '나는 지적받을 수 있고, 부족할 수 있다'라고 스스로 보듬어줄 때, 타인의 시선으로부터 자유로운 경지에 다가설 수 있습니다.

자존심 아래의 열등감

'감히'라는 생각은 내가 타자보다 위에 있는 우월감입니다. 우월과 열등의 생각 전 생각에는 **비교**가 먼저 있습니다. 무엇과 비교했기에 우월하다는 것은 무엇과 비교했기에 열등하다는 것입니다. 비교하지 않는다면 우월의식이나 열등감이 올라올 리 없습니다. 빛의 속도로 내 생각은 비교의 메커니즘으로 돌아갑니다. 돌아가버리면 나는 그 안에 갇혀버립니다. 비교하여 우월했다가 비교하여 열등했다가 하면서 감정은 좋았다가 나빴다가 하는 널을 뜁니다.

프로세스가 이렇게 되어 있습니다. '비교 → 우월 또는 열등 → 좋음 또는 나쁨', 이러한 인지도식으로 생각이 돌아갑니다.

우월과 열등은 비례합니다. 동전 앞뒤와 같습니다. 동전 앞면이 우월이라면 동전 뒷면은 열등입니다. 우월한 만큼 그 뒷면에는 **열등한 나**가 누구에게도 들키고 싶지 않아 숨어 있습니다. 비교하여 우월하다는 것은 비교하여 열등한 내가 있다는 것입니다. 비교하는 생각이 없었다면 우월도 열등도 없습니다.

감정은 생각입니다. 자존심이 상했다면 이 감정을 일으킨 것은 생각입니다. 여러 생각들 중 열등감이 있었음을 알아차릴 수 있습니다. '자존심 상했다 = 열등감이 건드려졌다'입니다. 열등감을 찾았다면 이건 행운입니다. 이때가 절호의 기회입니다. 열등한 나를 만나 따뜻하게 보듬을 귀한 기회입니다. 부족하고 찌질하고 보잘것 없고 쓸모없다고 생각하며, 내가 만들어놓은 들키고 싶지 않은 **열등한 나**를 만날 절호의 기회입니다.

저를 들여다보니, 그(녀)의 지적으로 자존심이 상했던 것은 바로 타인에게 들키고 싶지 않은 모습들, 잘나 보이고 싶어서 잘난 척, 아는 척, 있는 척했지만, 누구보다 내가 못났다고 생각하는 모습이 들켜버렸다고 생각한 것 때문이었습니다. 열등한 나를 마치 그(녀)가 알았을 것만 같은 두려움이었습니다. 들키고 싶지 않아 그렇게 꽁꽁 묶어두었건만 마치 그(녀)가 판도라 상자를 연 것처럼 열등한 나가 툭 상자 밖으로 나와 세상에 몰매를 맞는 형상이었습니다. 들키고 싶지 않아 갖은 잘난 척, 아는 척을 했건만 그(녀)로 인해 벌거벗겨짐을 당한 기분이었습니다. 몹시 불편했고 몹시 화가 났습니다. 금단의 영역을 그(녀)가 넘었기에 화는 분노로 점차 휘몰아쳤습니다. 타의로 발가벗김을 당할 때의 수치심을 준 그(녀)를 용서할 수 없을 만큼 분노가 올라왔습니다. 이 분노가 때로는 '불안'으로 둔갑합니다.

저는 지적을 받을 때마다 이런 다짐을 했던 것 같습니다. '두 번 다시 이런 모습을 들키지 않으리라. 그(녀)에게 두 번 다시 이런 지적을 받지 않으리라.' 이렇게 오기를 내면서 지적받은 것들을 하나씩 고쳐가기 시작했습니다. 더 이상 욕먹기 싫어서 오기의 마음으로, 두고 보자는 마음으로 고쳐가기 시작했습니다. 선한 마음으로 반성하면서 개선하면 좋았으련만, 독한 마음으로 욕먹기 싫어서 고치기 시작했습니다.

그런데 어느 날 되돌아보니, 지적을 받기 싫어 오기로 고치고 있었는데, 사람들의 피드백이 좋은 겁니다. 지적받은 부분들을 개선하자, 그(녀)들에게서 되돌아오는 피드백은 긍정이었습니다. 감사함으로 받아주는 사람들도 있었습니다. 오히려 더 존경하게 되었다고 해주는 사람들도 있었습니다. 개선 과정을 '오기로 하지 말걸' 하는 후회가 들었습니다. 겸허하게 받아들이고 좋은 마음으로 개선했더라면 누구보다 내가 좋았을 텐데라는 아쉬움이 남아, 애먼 낙엽을 발로 차며 마음을 달래던 기억이 납니다.

열등감이라는 개념을 체계적으로 사용한 최초의 심리학자 아들러는, 인간을 계통발생학적으로나 개체발생학적으로나 본래 열등한 존재라고 규정했습니다. 그는 이 열등감을 치료할 수 있는 단 하나의 방법으로 '직면'을 제시했습니다. 스스로 삶의 고통과 마주하고, 문제를 해결할 능력이 자신에게 있음을 깨닫게 해야 한다는 것입니다.

열등감을 치료할 수 있는 능력이 나에게도 있었습니다. 자존심을 세우며 열등감을 극복하지 못하는 것보다는 '직면'하여 개선하는 것이 '나에게' 좋은 일이었습니다. 이제는 마음을 달리 먹습니다. 오기가 아닌 받아들임으로 마음을 바꿉니다. 직면하여 개선했던 자신을 토닥토닥 잘했다고 격려해줍니다.

그러고는 하나의 기준을 세웠습니다. '모든 지적은 옳다'라는 기준을 세우고 어떤 지적이든 환영하는 흰 늑대를 마련했습니다. 실은 누군가에게 무엇을 지적할 때 용기라는 것이 필요할 때가 있습니다. 그(녀)는 그때 나름의 용기를 내었을지도 모릅니다. 상대가 안 받아들일까봐, 지적한 본인을 싫어할까봐 생각에 생각을 거듭했을지도 모릅니다. 물론 그저 자기중심적인 눈으로 상대를 분별하고 시비하여 함부로 지적할 수도 있습니다. 그러나 상대 의도와는 관계없이 '모든 지적은 옳다'라는 기준을 세우며 마음가짐을 달리하자, 이제 그 어떤 지적도 그렇게 자존심이 상하지 않았습니다. 순간 훅 올라오는 마음도 있지만, '아니야, 기준을 세웠잖아. 기준을 지키자'라고 하며 훅 올라오는 감정을 흰 늑대에게 밥을 주며 다스리는 연습을 했습니다. 하나씩 점점 개선하자, 자존심 상하는 일도 거의 사라지고 참 편안합니다. 누구보다 '나를 위해' 좋은 일이라는 것을 깨닫게 되었습니다.

『미움받을 용기』의 저자 기시미 이치로는 말했지요.

"평범함을 거부하는 것은, 아마도 자네가 '평범해지는 것'을 '무능해지는 것'과 같다고 착각해서겠지. 평범한 것은 무능한 것이 아니라네. 일부러 자신의 우월성을 과시할 필요가 없는 것뿐이야. 있는 그대로의 '이런 나'를 받아들이는 것, 그리고 바꿀 수 있는 것은 바꾸는 용기를 내는 것. 이것이 자기수용이야."

저 역시도 기시미 이치로의 지적처럼 '평범한 것은 무능한 것'이라는 인지 오류가 있었던 것 같습니다. 평범하면 남보다 뒤처지는 것 같아 무엇이든 잘나 보여야 하고 있어 보여야 하고 유식해 보여야 하는, '척'하는 삶을 살았습니다.

우선 '열등한 나'를 있는 그대로 받아들이는 것부터 시작했습니다. 부족해도 괜찮고, 완벽하게 해내지 못해도 괜찮고, 실수해도 괜찮고, 떨어도 괜찮고, 무엇보다 '척'하지 않아도 괜찮다는 편안해지는 자기암시를 계속 주었습니다. '척'하느라 애쓰며 살았던 삶을 위로해주었고 '척'으로 자기를 기만하지 않기로 했습니다. 애쓰며 살았던 삶, 들키지 않으려 조마조마하며 살던 삶이 얼마나 힘겨웠는지를, 그 마음을 읽어주며 토닥여주었습니다. 그리고 자존심을 세우며 '내가 맞다'로 주장할 것이 아니라, '모든 지적은 옳다'를 기준으로 지적을 받을 때마다 바꿀 수 있는 것은 바꾸는 용기를 내었습니다. 순간 자존심은 상할지 모르지만, 결국은 '나에게' 좋은 일이라는 경험이 쌓이면서 '척'에서 자유로워질 수 있었습니다.

그리고 아들러는 한 개인의 정신세계인 마음을 구성하는 것이 바로 이 '노력'이며, 우월성을 향한 노력은 절대 멈추지 않는다고 했습니다. 나의 자아가 더 나아지려는 모습, 우월하여 교만하고 자만하는 것이 아니라, 인격 수양으로 모난 자아를 갈고 닦는 우월성을 향한 노력을 절대 멈추지 않아야겠다는 다짐을 하면서, 딱 그때 알아차리고 다짐한 흰 늑대에게 밥을 주는 연습을 하자, 저는 이제 '자존심'에서 자유로워졌습니다.

제 주위 사람들은 다 압니다. 제가 얼마나 '자존심'이 센 사람이었는지를. 그때 사람들은 저를 긴장하며 만났다고 했습니다. 하지만 이제는 편안해진, 자존심을 내세우지 않고 수용하며 다정해진, 이렇게 개선된 나의 모습에 감사함을 표현해줍니다. 누구보다 외로웠습니다. 상처받기 싫어서 보호 기제로 나를 지킨다는 것이 오히려 더 자신에게 상처를 준 꼴이 되어버렸습니다. 나라는 에고를 내려놓자, 외로움은 사라지고 주위의 많은 사람들로 외로울 틈이 없는 사람이 되어 있습니다. 이제 누구보다 내가 참 좋습니다. 이런 내 모습이 좋습니다. 자신을 위하여 자존심을 내려놓고 지적을 겸허히 받아들여 개선하는 노력을 하는 내 모습.

1. '자존심 상함 = 열등감의 발현'임을 인식하세요.

자존심이 상했다는 것은 내가 숨기고 싶었던 열등한 모습이 건드려졌다는 뜻입니다. 이를 화내야 할 사건이 아니라, '나를 보듬어 줄 기회'로 인식의 전환을 이루어야 합니다.

2. '모든 지적은 옳다'는 기준을 세워보세요.

상대의 의도를 따지기 전에 지적 자체를 수용하기로 결심하십시오. 지적을 성장을 위한 정보로 받아들이는 순간, 자존심의 고통은 사라지고 실질적인 자기 개선이 시작됩니다.

3. '척'하는 삶을 멈추고 자신을 위로해 주세요.

잘난 척, 아는 척하며 가공된 이미지를 유지하는 삶은 고단할 수밖에 없습니다. '부족해도 괜찮다, 평범해도 무능한 것이 아니다'라고 스스로 안심시키며 있는 그대로의 나를 수용하는 연습이 필요합니다.

4. 우월성을 향한 건강한 노력을 멈추지 마세요.

타인보다 우월해지려는 욕심이 아니라, 어제의 나보다 더 나은 인격이 되려는 노력을 멈추지 마세요. 나를 위한 겸허한 개선이 쌓일 때, 비로소 자존심의 감옥에서 벗어나 타인과 다정하게 연결될 수 있습니다.

'열등한 나'의 원인이 되는 내면아이

‘내면아이’라는 단어는 이제 대중적인 용어가 되었습니다. 처음 이 개념을 접했을 때, 마음의 갈등을 풀 열쇠가 여기에 있다고 믿었습니다. 불편한 감정의 원인을 ‘내 안의 상처받은 아이’ 탓으로 돌리고 나면, 상처받은 내면아이로 명명하고 위로하는 것만으로도 안식의 시간을 가질 수 있었기 때문입니다.

하지만 내면 공부가 깊어질수록 과거의 결핍 뒤에 숨어 살 수 없다는 사실을 깨달았습니다. 내면아이는 지금의 나를 이해하는 도구로는 유용합니다. 그러나 삶의 주체로 앞장서게 해서는 안 됩니다. 상처받은 내면아이가 현재의 모든 선택을 좌지우지하도록 내버려두는 것은, 결핍이 만든 비뚤어진 자아상에게 삶을 통째로 내어주는 일과 같습니다.

내면아이는 과거의 경험으로 만들어진 관념이자 사념이지만 **‘당분간’**은 그 존재를 붙들고 들여다볼 필요가 있습니다. 내면아이를 외면하지 않고 다가가 안아주어야만 비로소 요동치던 감정이 조용해지기 때문입니다. 과거의 결핍된 나와 제대로 마주하는 시간은 과거의 독을 뽑아내는 ‘해독의 시간’이기도 하기에 들여다볼 가치는 충분합니다.

정서적 학대, 그 상처와 대물림에서 벗어나기 위한 자기치유 심리학 책으로 세계적 베스트셀러인『좋은 부모의 시작은 자기치유다』의 저자 비벌리 엔젤은 다음과 같이 말합니다.

"어린 시절 우리는 부모한테 사랑받고 인정받으려면 어떻게 해야 하는지 무엇이 요구되는지를 배웠다. 그 결과 자신에 대해 이상적이지만 비뚤어진 인식에 매달리게 되었다. 이상적인 자기는 우리가 어떤 사람이 되어야 하는가에 대한 마음속 이미지가 되어버렸다. 그런 모습이 되어야만 아무 말이 없고 사랑받을 수 있고 인정받고 가치 있는 존재가 될 수 있다고 믿게 된 것이다. 그런데 현실은 그렇지 않다. 아이였을 때는 이상적인 모습이 되려고 애쓴 것이 부모의 인정을 가져다주었을지 몰라도 마음속 평화를 가져다주지는 못했다. 끊임없이 자신의 모습을 이상적인 모습과 비교하게 되면서 불안이 생기고 진이 빠지게 된다."

우리는 부모가 바라는 이상적인 사람이 되어야 인정받을 수 있다는 조건부 각본 속에서 살았습니다. 나에 대한 비뚤어진 인식에 매달려 끊임없이 나를 검열하고 불안을 키웠습니다. 있는 그대로의 나를 사랑하기보다, '되어야 할 나'의 모습만 좇다보니, 현재의 나는 언제나 결핍투성이로 느껴질 뿐입니다.

자존심과 열등감은 동전의 앞뒷면과 같습니다. 자존심이 상했다는 것은, 열등감이 건드려졌다는 신호입니다. 열등감의 밑바닥에는 결코 마주하고 싶지 않은 '무가치감'이 도사리고 있습니다. 나라는 존재가 아무런 쓸모도 없다는 근원적인 무가치감에 짓눌리는 순간, 우리는 '무기력'의 늪으로 빠져들고 맙니다.

다안 씨는 지적에 유독 취약했습니다. 조언조차 자존심을 짓밟는 '비판'으로 받아들였습니다. 흔들리는 자아상의 균열 사이로 숨어 있던 열등감과 무가치감이 분노와 억울함으로 둔갑해 마음의 폭풍을 일으켰습니다. 그녀에게 열등감은 곧 무가치감이었습니다. 다른 사람보다 못하다는 느낌은 곧 내 존재가 아무 가치도 없다는 선언과 같았기에, 그것을 인정하는 순간 존재 자체가 무너질 것 같은 근원적인 두려움이 엄습했던 것입니다. 나를 지적했던 상대의 잘못이어야만 내가 분노하고 억울함을 호소할 명분이 생깁니다. 그렇게 상대에게 화살을 돌리는 분노는, 무너져가는 자아를 지키기 위한 내면아이의 처절한 생존 전략이었습니다.

어린 시절 부모를 실망시키지 않기 위해 억지로 세워둔 이상적인 자아는, 그 기준이 '존재'가 아닌 '조건'에 있습니다. 타인의 기대를 만족시켜야만 '괜찮은 나'가 되어 안심하고, 그 조건을 충족하지 못하면 '열등한 나'로 전락합니다. 다안 씨가 지적을 비판으로 받아들인 이유도 여기 있습니다. 상대의 조건을 만족시키지 못했다는 자책과, 그로 인해 드러난 열등한 자아를 감추고 싶은 감정이 처절하게 실랑이를 벌였던 것입니다.

이상화된 부모 아래서 자란 아이는 부모의 기준을 내면의 법전으로 삼아버립니다. 타인의 시선과 평가가 곧 나의 가치를 결정하는 유일한 잣대가 되어버린 것입니다. 다안씨에게 지적은 성장의 계기가 아니라 '나를 무가치하게 만드는 비난'이라는 절망적인 신호로 해석되는 패턴이 생겼습니다. 성인이 되었음에도 여전히 내면에서 부모님의 엄격한 목소리가 들린다면, 그 목소리의 주인공인 내면아이를 만날 때입니다. 저는 다안 씨에게 물었습니다. "다안 씨, 당신의 내면아이는 지금 어떤 모습으로 서 있나요?"

다안 씨는 아주 작고 왜소한, 무엇 하나 제대로 하지 못해 위축된 아이가 쭈그리고 있는 느낌이 든다고 했습니다. 그리고 저는 지적받는 순간, 내면아이가 어떤 기분을 느끼는지 물었습니다.

"또 혼나는구나, 사람들이 수근거리겠지. 내 잘못을 엄마는 언니에게 일러줄 것 같고, 언니는 엄마보다 더 저를 비난할 것만 같아요. 언니의 잔소리, 분노가 무서워요. 저는 그들의 조건에 응해야만 해요."

다안 씨는 내면아이가 되어 당시 상황에 깊이 몰입했습니다. 저는 그 아이에게 아주 천천히 다가가서 아주 서서히 안아주라고 했습니다. 다안 씨는 떨리는 마음으로 제 가이드를 따라갔습니다. 열등감에 사로잡혀 위축된 내면아이를 비로소 만난 것입니다. 그녀는 아무 말 없이 그 아이를 안아주었습니다. 속상하고 억울했던 감정을 가만히 들어주었습니다. 그날 다안 씨와 저는 마주 보고 한참을 고요 속에 머물렀습니다. 시간이 흐른 뒤, 다안 씨는 비로소 마음이 가벼워졌다고 말하며 옅은 미소를 지었습니다.

조건적인 사랑이라도 좋으니 인정받고 싶었고, 사랑받고 싶었으며, 칭찬받고 싶었습니다. 그 갈증이 해소되는 날에는 세상을 얻은 듯 행복하다가도, 기대가 좌절되는 날이면 감정의 폭풍우가 나를 사정없이 뒤흔들어놓았습니다. 내가 얼마나 목이 마른지, 그 허기의 깊이와 넓이를 정확히 아는 사람은 오직 본인뿐입니다. 그 갈증의 깊이를 이해하고 채워줄 수 있는 존재는 오로지 자기 자신뿐입니다. 그러니 아주 충분히 물도 주고 밥도 주고 따뜻하게 안아주세요. 내면아이의 한이 풀려야 합리적인 생각을 하는 힘이 생깁니다.

저는 내면아이를 우리나라 전래동화인 『장화홍련전』에 비유하곤 합니다. 억울하게 죽은 장화와 홍련은 혼령이 되어 사또를 찾아가고, 사또에게 한을 풀어달라고 처절하게 호소하지요. 사또는 도

망치는 대신, 그 목소리를 귀담아듣고 억울함을 풀어주었습니다. 우리 역시 마찬가지입니다. 내면의 아이가 혼령이 되어 나를 찾아와 호소할 때, 내가 사또가 되어 한을 풀어줘야 합니다. 억울하고 상처받은 내면의 목소리를 외면하지 않고 귀 기울여 들어주는 것, 그것이 바로 자기 치유의 진정한 시작입니다. 이러한 과정은 결국 가장 깊은 차원의 '자기 대화'입니다. 어린 시절, 이상화된 부모로부터 입은 상처가 무엇인지 제대로 들여다보고 충분히 '토닥토닥' 해주는 시간을 가지세요. 맺힌 한을 풀어내면, 마음은 깃털처럼 가벼워집니다.

하지만 **당분간**입니다. 당분간 충분히 위로하고 사랑해주어야 합니다. 평생 잡고 가는 것은 not o.k입니다. 내면아이가 앞장서는 순간 변화는 멈추기 때문입니다. 내면아이를 존중하는 것과 내면아이에게 권한을 주는 것은 전혀 다른 일입니다. 내면아이는 이해의 대상이지, 지금 선택의 결정 주체가 아닙니다. 내면아이의 슬픈 감정은 충분히 읽어주되, 삶의 중요한 결정을 내릴 때는 성숙한 어른인 '나'가 주도권을 쥐어야 합니다. 심정은 이해하되 미성숙한 방식에는 동의하지 않는 단호함이 있어야 합니다. 충분히 공감하고 위로해주었다면, 이제는 보내주어야 합니다. 그 아이가 아닌, 어른인 내가 삶의 주권을 잡고 당당히 나아가야 합니다.

저는 무려 7년이나 내면아이를 잡아뒀습니다. 내면아이를 보호한다는 명분 아래, 과거의 낡은 시나리오를 재생산하며 카타르시스만 즐기려 했습니다. 그 결과 삶의 운전대를 내면아이에게 넘겨주었고, 마음은 안전했을지 모르나 미래를 향한 생산성 있는 삶의 진도는 지지부진했습니다. 내면아이는 도전을 무서워하는 '피해자의 낡은 시나리오'를 결코 포기하려 하지 않았기 때문입니다. 상처받은 내면아이의 심정에 공감하는 것과, 내면아이의 미성숙한 방식에 동의해 삶의 권한을 내주는 것은 전혀 다른 차원의 문제임을 그때는 몰랐습니다.

내면아이를 제대로 직면하는 시간은 분명히 필요합니다. 그러나 그 시간을 거쳤다면 이제는 지금 여기를 살아야 합니다. 내면아이가 공감받고 싶어 하는 '심정'은 이해하되 그 방식에는 '동의'하지 않는 **연습을 통하여**, 비로소 어른으로서 책임지는 삶을 살기 시작했습니다.

내면아이를 만나고 그를 다룬 처절한 연습의 과정을 다안 씨와 나누었습니다. 7년이라는 시간 동안 어떻게 내면아이의 피해자 시나리오에 속아 삶의 주권을 방치했었는지, 공감과 동의를 구분하지 못해 얼마나 그 아이에게 끌려다녔는지 가감 없이 털어놓았습니다.

저의 고백을 듣고, 다안 씨의 눈빛이 비로소 자신의 삶을 직시하는 어른의 눈빛으로 바뀌기 시작했습니다.

"다안 씨, 우선 그 아이를 충분히 안아주세요. 그러나 그 아이가 카타르시스만 즐기며 다안 씨의 미래를 붙잡게 두지 마세요. 이제 다안 씨가 그 아이의 보호자가 되어, '울고 싶어 하는 마음은 알겠지만, 지금은 내가 나갈 차례야'라고 단호하고 엄격하게 말해야 합니다."

다안 씨는 한참 동안 침묵하더니, 깊은숨을 내뱉으며 대답했습니다.

"선생님, 저 이제 그 아이 뒤에 숨지 않을게요. 제가 운전대를 잡고 '모든 지적은 옳다'를 잡고 나아가보겠습니다."

그날 이후 다안 씨는 누군가의 지적을 '나를 더 단단하게 키울 성장의 거름'으로 읽기 시작했습니다. 내면아이가 공감받고 싶어 하는 심정은 이해하되 그 방식에는 동의하지 않는 연습을 통하여, 비로소 어른으로서 책임지는 삶을 살기 시작했습니다.

1. '이상적인 자기'라는 가짜 이미지를 내려놓으세요.

부모의 인정이라는 조건을 만족시키기 위해 만든 '이상적인 나'는 결국 나를 진 빠지게 합니다. 조건 없이도 가치 있는 '존재로서의 나'를 회복하는 것이 자기 치유의 시작입니다.

2. 내면아이는 '당분간'의 도구임을 기억하세요.

과거의 상처를 위로하고 한을 풀어주는 시간은 반드시 필요합니다. 하지만 내면아이는 이해와 치유의 대상일 뿐, 내 삶의 선택권을 쥐는 주인이 아님을 명심해야 합니다.

3. 나 자신의 '사또'가 되어 한을 풀어주세요.

누구도 당신의 결핍을 완벽히 채워줄 수 없습니다. 오직 당신만이 그 깊이를 압니다. 스스로에게 충분한 따뜻함을 건네고 자기 대화를 나누며 내면의 억울함을 달래주세요.

4. 공감하되 동의하지 않는 '어른의 삶'을 선택하세요.

내면아이가 불안해하는 심정에는 깊이 공감해주되, 그 아이가 삶의 운전대를 잡고 회피하거나 분노하게 두어서는 안 됩니다. 공감을 마쳤다면 이제 어른으로서 책임을 다하는 '지금 여기'의 삶으로 나아가십시오.

화를 참을 수가 없어요. 화를 넘어선 격노예요

화를 참을 수가 없어요. 화를 넘어선 격노예요

세 살, 두 살 연년생 자식을 둔 라안 씨와는 이렇게 만났습니다. 첫 책을 출간하고 출판강연회를 성공리에 치른 것을 자축하며 스태프와 함께 느긋하게 점심식사를 하고 있는데, "지금 상담 안 됩니까? 왜 상담센터에 사람이 없어요?"라며 다그치는 듯한 전화가 한 통 걸려왔습니다. 당장 부부 상담을 해야겠다는 겁니다. 보통은 상담 예약을 하고 오셔야 한다고 해도 마치 내일이 없는 듯 다급해했습니다. 센터까지 들어가려면 30분 정도 걸리니 기다릴 수 있겠냐고 물었고, 기다릴 테니 빨리 와달라고 했습니다.

느긋했던 식사를 급하게 마무리하고는 빠른 속도로 내달려 센터에 도착했습니다. 센터는 이층 주택 이층에 있습니다. 계단을 올라오자 부부가 멀찌감치 떨어져 씩씩거리고 있었습니다. 현관문을 열고 에어컨을 켜고 잠시 차를 준비하는데, 부부는 서로를 말로 잡아뜯어가며 격노했습니다. 남편은 남편대로 '너 같은 정신병자랑은 못 산다'는 비수에 꽂히는 말들을 퍼붓고, 아내는 아내대로 '공장 다니는 무능력한 남자인 줄 알았다면 결혼 안 했다. 나는 사기당했다'를 연거푸 퍼부었습니다. 서로가 '내가 맞다. 이 사람이 틀렸다'를 주장하며 활화산처럼 타오른 격노의 감정들은 좀처럼 사그라지질 않았습니다.

남편, 아내 이야기를 잠시 듣다가, "저는 재판관이 아니라 상담

사입니다. 누가 맞다 틀렸다를 시비하는 사람이 아닙니다. 재판관
이 필요하면 법원으로 가셔야 합니다. 저는 상담사입니다. 만일 계
속 이렇게 시비를 하실 것이면 저는 상담하지 않겠습니다"라고 정
중히 말씀드리자, 두 분은 좀 잠잠해지셨습니다. 그러다 먼저 남편
분께서 본인이 얼마나 억울한지를 들어봐달라며 본인 머리를 쥐어
뜯는 자학을 하며 말하고 싶었던 울분을 토해냈습니다. 그 옆에서
아내분은 지난 이야기를 끝도 없이 되풀이하냐며 남편의 한마디
한마디에 본인도 억울하다는 심정을 토로했습니다. 어느 한 분 말
부터 들어야 하는데, 두 분은 한 치의 양보도 없었습니다.

잠시 시원한 물이라도 드시게 하려고 다시 물을 준비하러 일
어나 탕비실로 가는데, 남편분 양말이 짝짝이인 것을 발견했습니
다. 갑자기 예전 어디선가 읽었던 소설의 한 장면이 생각났습니다.
등장인물의 슬픔을 묘사하는 장면이었는데, '신발을 짝짝이로 신
고…'로 표현된 장면과 오버랩되었습니다. 제목도 기억나지 않는
소설이지만 '신발 짝짝이'라는 은유적인 표현으로 슬픔이 더욱 마
음에 와닿았던 기억이 떠오르며, 남편분의 짝짝이 양말이 그 소설
의 주인공마냥 슬프게 느껴졌습니다.

'얼마나 다급했을까? 얼마나 문제를 해결하고 싶었을까? 얼마
나 누군가의 도움을 받고 싶었을까?' 등의 사념들로 눈시울이 뜨거

워지고 목구멍이 뜨끈하게 메어왔습니다. 찬물을 가지고 와 다시 제자리에 앉으며, 아내에게 남편분 양말을 보시라고 하면서 목이 메인 채 이야기를 이어갔습니다. 화제가 겨우 전환되고, 각자의 '내가 맞고 배우자가 틀렸다'는 말, 그동안 본인이 얼마나 억울했는지 알아달라는 하소연은 잠시 조용해졌습니다. 아내분도 남편의 짝짝이 양말을 보더니, 무엇인가 와닿은 것이 있는 듯 격노의 소용돌이 속에서 스스로를 가라앉히는 큰 호흡을 하더니 저의 말에 귀를 기울여주었습니다.

어느 정도의 격노인지를 알았으니, 한 분씩 따로따로 상담하기로 하고 바로 다음 날부터 개별 상담에 들어갔습니다. 라안 씨(아내)와의 첫 만남은 이렇게 생생하게 기억되어 있습니다.

그날 남편의 짝짝이 양말을 보면서 본인 감정을 가라앉히려 애쓰는 라안 씨의 눈빛, 그 어떤 말보다 짝짝이 양말을 신고 나올 만큼 다급했던 남편의 심정을 읽는 시뻘겋게 충혈된 눈동자. 그 눈빛에서 저는 이 가정이 회복될 것이라는 희망을 보았습니다. 바로 감정을 가다듬은 라안 씨는 조용한 목소리로 남편과 따로 상담받겠다는 상담 예약을 했습니다. 예약을 하고 되돌아가는 길, 저에게 유치원생들처럼 배꼽인사를 하며 거듭 서로 잘 부탁한다는 말을 하는 모습에서 남편이 아내를 사랑하고 있음이 느껴졌습니다. 이렇게 라안 씨와의 상담이 시작되었습니다.

라안 씨는 어떤 이유에서인지 한 번 화가 나기 시작하면 걷잡을 수 없는 격노로 자신의 감정을 제어할 수 없다고 호소했습니다. 본인이 화가 났을 때 남편이 좀 조용히 있으면 좋으련만, 계속 자기주장을 하는 남편을 보면 이 사람을 죽여야 끝이 난다는 생각이 들면서 자신도 모르게 싱크대로 가서 칼을 뽑아들고 협박까지 한 적이 있다고 합니다. 남편이 첫째보다 둘째를 더 좋아하는 것 같아서, 둘째를 아파트 아래로 던져버린다는 협박도 한 적이 있다는 것입니다. 차마 입에 담기 어려운 이야기지만, 그녀는 상담사에게 모두 솔직히 고백하고 방법을 찾아야 한다는 결의로 어렵게 말을 꺼냈습니다. 상담을 시작하고 약 두어 달 동안 그녀에겐 다행히 격노할 일이 별로 없었습니다. 격노할 일이 덜 일어나는 것 같다며 안도하던 중, 추석 명절에 다시 격노할 일이 터지고 말았습니다.

존 브래드쇼는 『수치심의 치유』에서 말했습니다.

"분노의 감정은 무의식적으로 자신을 보호하기 위해 밖으로 표현하는 것이다. 억압되고 수치심에 묶여 해결되지 못한 분노는 꼭 격노로 변한다. 격노는 수치심으로 묶인 분노의 산물이다. 가장 중독되기 쉬운 것은 우리가 격노라고 부르는 강력한 분노의 감정이다.

이런 격노는 주위에 있는 사람을 위협한다.”

그녀는 이미 격노의 중독자가 되어버렸습니다. 라안 씨에게 『수치심의 치유』를 권했습니다. 그녀는 이 책을 읽고 본인이 격노의 중독자인 것을 알아차렸습니다. 그리고 ‘격노 중독자’라고 스스로를 명명했습니다. 명명하며 알아차렸음에도 어느 순간 화가 나면 주위 사람을 칼로 위협하고 협박하는 격한 분노의 경지(?)까지 거침없이 에스컬레이터를 타고 쭉 올라가버리는 겁니다. 본인의 격노가 해로운 수치심에서 비롯되었다는 것을 알아차렸지만, 추석을 전후로 그녀는 다시 격노했습니다. 본인 모습이 퇴행하는 듯하여 그녀는 자신의 모습에 몹시도 실망했습니다.

어느 포인트에서부터 화가 났는지를 하나씩 짚어가보았습니다. 사건의 발단은 이렇습니다. 명절에 같이 친정에 가기로 했는데, 남편이 시댁에 먼저 일이 있어 다녀오겠다고 했고, 9시에 온다고 한 사람이 다시 전화가 와서 11시까지 온다고 하자 기분이 상함과 동시에 참을 수 없는 분노가 올라왔다고 했습니다. ‘미리 말만 했어도’ 그렇게까지 화가 치밀어오르지 않았을 것이라고 했습니다. ‘미리’ 말하지 않는 남편에게 참을 수 없는 분노가 일어나고, 번번이 ‘같이’ 하고 싶은 날마다 남편이 자신의 뜻에 따라주지 않는 것에 화가 치밀어오른다고 했습니다.

라안 씨가 하는 말을 저는 A4 용지에 받아적었습니다. 어느 정도의 토로가 끝나자, A4 용지를 바라보면서 그녀가 가장 많이 했던 말들을 체크해보았습니다. 그녀의 말에서 '같이 하고 싶었다'와 '미리 말했어야 했다'는 말이 가장 많다는 것을 발견할 수 있었습니다. 본인도 '같이 하지 않는 것'과 '미리 말하지 않는 것'이 화가 치밀어올라 참을 수 없는 격노의 포인트인 것 같다고 했습니다.

그녀는 격노라는 감정의 소용돌이, 마음의 초특급 폭풍우에서 자신을 구원하고 싶어했습니다. 감히 가늠할 수 없을 것 같은 고통임을 막연히는 공감하지만, 그 크기와 깊이에 대해 뭐라고 공감하기조차 조심스러웠습니다. 격노할 때 칼을 드는 두려움, 누군가를 죽일지도 모른다는 두려움, 격노할 때 멈추어지지 않는 자신에 대한 절망감, 하지 말아야지 결심하지만 이내 정신줄을 놓아버리고 격노하고 있는 자신을 바라보는 비참함, 이렇게 자신을 만들어버린 남편에 대한 원망, 분노, 피가 솟구치는 노여움, 죽여버리고 싶은 살기, 아버지에 대한 한, 원망, 격노라는 감정에 익숙한 자신에 대한 혐오감 등으로 그녀는 격노하는 날이면 후폭풍으로 가슴이 너덜너덜 찢겨나가는 것 같았을 겁니다. 자녀를 협박용으로 썼다는 죄책감, 칼 든 모습을 아이들이 보지 않아서 다행이었다는 안도감에 미어지는 슬픔으로 더욱 괴로워했습니다.

그녀와 얽혀 있고 꼬여 있는 감정들을 하나씩 풀어보기로 했습니다. 감정은 생각이므로 생각들을 관찰하고 합리적인 생각, 효율적인 지각으로 풀어보기로 했습니다. 그리고 우선 알아차리는 것을 알려주었습니다.

"라안 씨는 알아차리는 것을 할 수 있으시지요? 우선 먼저 알아차려야 하는 것이 있습니다. '미리 무엇무엇 했어야 한다'는 생각을 알아차릴 수 있으시지요? '같이 무엇무엇 해야 한다'를 알아차릴 수 있으시지요? 이 생각이 일어나면 급발진으로 화에서 분노, 분노에서 격노로 이어지니까, 이때 알아차립니다. 이 생각이 버튼이 되어, 계속 생각이 생각을 만듭니다. 생각이 이야기를 만듭니다. 계속 이야기를 만들지 않기 위하여, '미리'라는 생각이 올라올 때, 알아차립니다. 그리고 스톱합니다. 스톱하고 주위를 둘러봅니다. 스톱이 안 되면 남편과 같이 있는 공간에서 멀리 떨어집니다. 만일 집이라면 밖으로 나가서 바람을 쐬며 바람에 집중하세요. 스톱하면서 주위에 보이는 것들을 나열해보세요. 예를 들어 냉장고가 있다, 의자가 있다, 식탁이 있다. 이렇게 주위에 펼쳐진 것들을 나열하면서 계속 생각을 만들어 에스컬레이터 타는 감정을 만들지 않는 연습을 해봅니다. 일주일 동안 연습을 해오세요."

그녀는 지금도 매일 이 연습을 꾸준히 하고 있습니다. 그녀는 생각을 멈추는 연습을 하고 있습니다. 그녀의 격노는 하루아침에 사라지지 않을 것입니다. 그러나 분명해진 것이 하나 있습니다. 그녀의 격노는 갑자기 뜬금없이 휘몰아치는 감정이 아니라는 것을 그녀는 알아차렸습니다. '같이 해야 한다. 미리 말했어야 한다'는 생각이 격노가 시작되는 지점이라는 것을 알아차렸습니다. 이 생각은 버튼이 되고 버튼을 누를지 여부를 이제 선택하게 되었습니다. 에스컬레이터의 가장 아래층에서 알아차리게 되었습니다. 격노의 꼭대기에서 감정에 당한 후에 감정 속에 있는 것이 아니라, 격노로 가는 첫 생각의 입구에서 자신의 생각을 바라보게 되었습니다. 그 지점에서 멈출 수 있는 지금 그녀에게는 '선택지'가 생겼습니다. 격노가 올라올 때마다 완벽하게 멈출 수는 없겠지만, 그녀는 이 연습을 통해 화를 없애는 훈련이 아니라 자신을 구할 수 있는 시간 벌기를 하게 되었고, 조금 더 늦게 걷는 사람이 되어가고 있습니다. 조금의 지연이 아이를 지키고, 관계를 지키고, 무엇보다 자신을 지키는 힘이 되어가고 있습니다.

1. 격노의 '트리거(버튼)'가 되는 생각을 찾아내세요.

라안 씨에게는 '미리'와 '같이'가 격노의 버튼이었습니다. 나를 분노하게 만드는 특정한 생각 패턴이 무엇인지 명확히 알아차리는 것이 에스컬레이터에서 내리는 첫걸음입니다.

2. 감정이 에스컬레이터를 타기 전, '강제 멈춤'을 실행하세요.

화가 분노로, 분노가 격노로 치닫기 전에 생각을 끊어야 합니다. 자리를 피하거나 눈앞의 사물(의자, 냉장고 등)을 보이는 대로 나열하며 뇌의 집중을 감정에서 현실의 실체로 돌려놓으십시오.

3. '시간 벌기'는 가장 강력한 치유의 기술입니다.

격노하는 자신을 당장 뜯어고치려 하기보다, 격노가 터지기까지의 시간을 단 몇 초라도 지연시키는 연습을 하세요. 그 짧은 지연이 나를 구하고, 타인을 보호하며, 관계를 지키는 힘이 됩니다.

4. 수치심에 묶인 나를 직면하고 명명하세요.

자신을 '격노 중독자'라고 인정하는 것은 비하가 아니라 치료를 위한 정직한 이름 붙이기입니다. 격노가 습관화된 중독임을 인정할 때, 비로소 내 의지로 그 회로를 끊어낼 수 있는 통제권이 생깁니다.

불편하지만 익숙한 감정 – 거부, 배척

라안 씨는 미혼모, 미혼부의 아이로 태어났습니다. 엄마는 그녀를 낳자마자 아이를 버리고 사라져 그녀는 미혼부인 아버지와 친할머니 사이에서 자랐습니다. 그리고 라안 씨가 만 3세 때에 아버지가 결혼하여 양엄마 손에서 양육되었습니다. 양모와 친부 사이에서 남동생이 태어났고, 양모는 남동생과의 차별을 매우 심하게 했다고 합니다. 양모는 그녀에게 곁을 주지 않았고 늘 양모에게 다가가고 싶어 양모 근처에서 맴돌았지만, 양엄마는 남동생만 예뻐하고 본인은 배척하는 느낌에 외롭고 슬펐습니다. 아버지는 불같은 성격으로 딸이 늦게 들어오는 것, 친구들 사귀는 것에 일일이 간섭하면서 언어적 학대는 물론 물리적 학대까지 했습니다. 맞고 있는 모습을 양엄마는 모른 척하며 도와주지 않았기에 양모에게 아빠로부터 보호해달라는 말을 미처 할 수 없었습니다. 양엄마마저 자신을 버리고 떠날까봐 두려웠기 때문입니다. 자신을 보호해주지 않는 방관자 양모 앞에서 친부와 악을 쓰며 싸우면서 죽을 각오로 자신을 보호하는 것에 안간힘을 쓰고 살았습니다.

라안 씨는 친부와 싸웠던 장면을 회고하며 이야기할 때, 두 손을 서로 부여잡고 꼭 쥔 손바닥에 땀이 차, 손바닥을 휴지로 닦아가면서, 그때의 감정으로 되돌아가서 다음과 같이 말했습니다. "아빠가 죽든지 내가 죽어야 끝나는 싸움이었습니다. 내가 죽는 것은 억울하고 아빠를 죽이고 싶었습니다."

교류 분석의 창시자 에릭 번은 우리가 만 2세 무렵부터 '인생 각본'을 쓰기 시작한다고 했습니다. 각본은 성취를 지향하는 승리자 각본, 큰 굴곡 없는 삶을 택하는 평범한 각본(비승리자 각본), 배척과 좌절을 반복하는 실패자 각본으로 나뉩니다. 이 각본들은 저마다 정해진 결말을 향해 나아가는데, 특히 실패자 각본을 따를 때는 그 결말을 완성하기 위해, 자기도 모르게 '심리게임'이라는 불편하지만 익숙한 방식으로 소통합니다. 이 게임은 결코 혼자 할 수 없으며, 반드시 비극을 완성해줄 상대를 필요로 합니다. 심리게임의 바탕에는 '이면 교류'가 깔려 있습니다. 겉으로는 평범한 대화가 오가는 것 같지만, 보이지 않는 곳에서는 서로의 무의식을 자극하는 또다른 소통이 일어납니다. 대화는 나누었으나 헤어지는 길이 유쾌하지 않고 원인 모를 불쾌함이 남는다면, 그것이 바로 이면 교류가 남긴 흔적입니다.

소크라테스는 첫 번째는 우연일 수 있고 두 번째는 실수일 수 있으며, 세 번째가 진실이라고 했는데, 이것을 에릭 번은 첫 번째는 우연일 수 있고 두 번째는 실수일 수 있으며, 세 번째가 게임이라고 했습니다.

예를 들어 친구에게 빌린 돈을 갚기로 한 날, 지갑을 두고 오는 바람에 약속을 어겼습니다. 처음 한 번은 우연일 수 있습니다. 다음에 또 지갑을 깜빡했다면 그것은 실수일 수 있습니다. 하지만 세 번째에 이르러 지갑은 챙겼으나 현금이 없다며 돈을 갚지 못했다면, 더 이상 우연도 실수도 아닙니다. 에릭 번의 관점에서 보면, 이것은 '돈을 갚지 않겠다'는 무의식의 선택이 만든 결과입니다. 에릭 번은 이처럼 타당해 보이는 핑계를 대며 같은 상황을 반복하고, 결국 상대와 나 사이에 불쾌한 감정을 남기는 소통 방식을 '심리게임'이라 부릅니다.

심리게임 중에 'Kick me 게임'이 있습니다. '나를 차주세요'라는 게임입니다. 에릭 번은 우리가 '나를 차주세요'라는 스웨터를 입고 있는 사람을 단번에 알아보고 매력을 느낀다고 합니다. 배척할 사람을 한눈에 알아보고, 서로가 사랑에 빠지는 게임이 시작됩니다. 한 사람은 차는 역할을, 한 사람은 차이는 역할을 하는 게임이 '사랑'이라는 이름으로 둔갑하여 시작됩니다.

사디즘과 마조히즘이 만나서 사랑을 합니다. 마조히즘은 사디즘이 필요하고 사디즘은 마조히즘이 필요합니다. 임의로 사디즘은 S로, 마조히즘은 M이라고 하겠습니다. S는 M을 가스라이팅하고 술을 마시면 때리고 폭언하며 술이 깨면 다시 미안하다고 합니다. M은 참고 또 참습니다. 참으면서 스탬프에 도장을 찍습니다. 커피 쿠폰 10장을 찍으면 1잔의 커피와 맞교환할 수 있는 것처럼 M

은 쿠폰 10장이 모일 때까지 S의 갖은 학대를 참습니다. 그리고 어느 날 M은 S에게 한 통의 편지를 남기고 S가 찾지 못할 곳으로 도망갑니다. S는 왜 이런 일이 또 일어났지 하며 M을 원망합니다. S는 M에게 결국 차이고 말았습니다. M은 단번에 S를 배척할 수 있는 사람이라고 알아보았고 S도 M에게 배척당할 것을 단번에 알아보았습니다. 서로가 단번에 알아보았고 게임은 시작되어 S가 배척당하는 것으로 끝이 났습니다. 이 교류의 끝엔 찜찜함과 고통만이 남습니다.

그러면 왜 S와 M은 이런 심리게임을 하는 걸까요? 에릭 번은 게임은 재미가 없고 모두에게 고통스러운 감정만을 남기지만, 그런데도 게임을 하려는 이유는 '과거의 낡은 전략'을 따르기 위해서라고 합니다. 각본신념을 정당화하고 싶어하기 때문이라는 것입니다. 게임 마지막에 느끼는 감정을 통해 자신의 기존 각본신념을 정당화하고자 한다는 것이지요.

S는 배척당하고 거부당하는 고통스러운 감정만이 남지만, '과거의 낡은 전략'을 따르기 위해 M을 학대합니다. 학대당한 M은 S를 배척하고 거부할 것입니다. 나를 배척할 M을 단번에 알아보고 S는 사랑이라는 미명 아래 '심리게임'을 시작합니다.

S는 '불편하지만 익숙한 감정'인 **배척**과 **거부**라는 감정을 느끼고 싶습니다. 자신이 세운 실패자 각본의 결말을 향해 나아가고 싶어서 M을 가스라이팅하고 학대합니다. 배척과 거부라는 감정이 불편하고 고통스럽지만 S에게는 익숙한 감정입니다. S는 부모로부터 버림받았던 고통스러운 감정이 익숙한 감정이 되어, 누구든 자신을 배척하고 거부하게끔 하는 언행을 하여 결국은 파국화되는 각본대로 무의식적 삶을 영위하고 있습니다.

교류 분석을 처음 접했을 때, 복잡한 인간 심리가 수학 공식처럼 명확하게 맞아떨어지는 것을 보며 쾌감을 느꼈습니다. 그래서 라안 씨가 격노했다는 이야기를 듣고, 이 혼란스러운 감정을 에릭 번의 공식에 대입해 보기로 했습니다. 그녀의 분노가 성격 탓인지, 아니면 실패자 각본으로 향하는 '심리게임'의 일부인지 그 이면을 풀어내야겠다는 확신이 들었기 때문입니다. 그리고 라안 씨의 그와 격노에 따른 매우 충동적 행동들을 에릭 번의 교류 분석에 맞추어 분석해보는 시간을 가졌습니다. 라안 씨 사례도 에릭 번의 교류 분석에 나오는 S와 흡사한 사연이었기 때문입니다.

라안 씨도 태어나자마자 갓난쟁이였을 때 친모로부터 유기당한 경험이 있으며, 양모로부터는 가까이 갈 수 없는 아이, 늘 **배척**당하는 느낌으로 양육되었습니다. 그녀에게서 '불편하지만 익숙한 감정'은 **배척**이라는 감정이었습니다. 그녀 역시 그 누구에게도 **배척, 유기, 거부**당하고 싶지 않지만, 배척, 거부, 유기당하는 것이 불편하고 고통스러운 감정이어서 느끼고 싶지 않지만, 즉 불편하지만 익숙한 감정이기에 이 감정을 무의식적으로 느끼고 싶어합니다.

무의식 속에서 '불편하지만 익숙한 감정'이 앞장서자, 라안 씨는 이성으로 도저히 이해되지 않는 행위들을 자동적으로 저질렀습니다. 자녀를 남편을 협박하기 위한 도구로 삼아 격노의 끝을 보여주는 말을 서슴없이 내뱉었습니다. 심지어 칼을 집어들고 죽이고 싶다는 감정에 매몰되는 극단적인 언행들이 통제 불능 상태로 터져나왔습니다. 남편은 이 상황을 어떻게든 진정시키고 싶어 그녀에게 정신병원에 가야 한다고 말했지만, 그럴 때마다 라안 씨는 더 격노했습니다.

그녀는 어느새 '격노 중독자'가 되었고, 남편으로부터 배척과 거부를 당했습니다. 그와 끝장을 봐야 한다는 생각으로 치닫다 보면, 격노의 소용돌이에 갇혀버립니다. 라안 씨는 그때 진짜 남편을 죽일까봐, 스스로 제어할 수 없다는 사실이 가장 겁났다고 고백했습니다.

상담이 거듭될수록 라안 씨는 안정을 찾아갔습니다. 그녀는 격노에 휩싸였을 때 느낀 감정을 침착하게, 그리고 구체적으로 보고했습니다. 저는 그녀가 꺼내놓은 차분한 고백의 조각들을 종이 위에 적었습니다. 그러고는 교류 분석의 틀이 그녀의 삶과 어떻게 맞물리는지 맞춰보며 에릭 번의 이론을 설명했습니다.

"라안 씨, 인생 각본의 관점에서 보면 지금 상황은 매우 역설적입니다. 대개 관계가 안정될 때 평온을 느끼지만, 실패자 각본을 따르는 이들에게 안정은 생소하고 불안한 상태입니다. 오히려 관계가 깨질 위기에 처하고 타인에게 배척과 거부를 당할 때, 무의식은 '익숙한 세상'에 와 있다는 안도감을 느낍니다. 그 비극적인 순간에 역설적으로 살아 있음을 확인하는 것이지요."

라안 씨는 한동안 말을 잇지 못했습니다. 자신의 파괴적인 행동이 실패자 각본을 완성하려는 무의식적인 '심리게임'이었음을 비로소 이해하는 듯했습니다. 라안 씨와의 상담 목표는 명확했습니다. 자신이 지금 어떤 심리게임의 판을 짜고 있는지, 그 구조를 스스로 알아차리는 것이었습니다.

그날 이후, 라안 씨의 내면에서는 작은 변화가 일어났습니다. 가장 눈에 띄는 것은 그녀가 스스로에게 던지는 '질문'이 바뀌었다는 점입니다. 이전의 그녀는 폭발하는 감정 앞에서 '나는 왜 이렇게까지 화가 나지?'라며 자책과 비난이 섞인 물음을 던졌습니다. 하지만 이제 그녀는 질문의 방향을 틀었습니다. '내가 지금 또다시 배척과 거부라는 불편하지만 익숙한 감정을 느끼기 위해 심리게임의 판을 벌이고 있나?' 질문을 바꾸자 감정과 반응 사이에 미세한 '틈'이 생기기 시작했습니다. 그녀는 여전히 화가 나지만 이제 모든 화가 예전처럼 격노로 치닫지는 않습니다. 배척당하고자 하는 심리게임이 앞장서려는 순간을 알아차리기 시작했기 때문입니다.

그녀는 이제 감정이 시키는 대로 즉각 반응하지 않고, 감정과 나 사이에 '여백'을 두고 질문합니다. 질문이 주는 지연, 찰나의 멈춤이야말로 과거의 각본을 찢고 나와 새로운 인생을 선택할 수 있는 그녀만의 소중한 자리가 되었습니다.

1. 나에게 '불편하지만 익숙한 감정'이 무엇인지 찾아보세요.

배척, 무시, 결핍, 억울함 등 내가 유독 자주 느끼는 부정적인 감정이 있다면 그것은 나의 '낡은 인생각본'일 가능성이 큽니다. 그것이 비록 고통스러울 지라도 무의식은 '익숙함' 때문에 그 감정을 다시 찾게 됩니다.

2. 내가 반복하는 '심리 게임'의 결말을 확인하세요.

상대와 다투고 난 뒤 매번 비슷한 결말(유기, 싸움, 절망)로 끝난다면 내가 무의식적으로 그 결말을 유도하고 있지는 않은지 직면해야 합니다. 게임의 구조를 아는 것이 게임을 멈추는 첫 번째 열쇠입니다.

3. '불안한 평온'을 견디는 연습이 필요합니다.

각본에 익숙한 사람은 관계가 안정적일 때 오히려 불안해하며 사건을 만듭니다. 평온함이 낯설더라도 그 불안을 견뎌내야 합니다. 사건을 일으켜 익숙한 고통으로 돌아가려는 유혹을 뿌리쳐야 합니다.

4. 즉각적인 반응을 '지연'시켜 선택의 자리를 만드세요.

감정이 올라올 때 바로 내뱉지 말고 단 몇 초라도 늦춰보세요. "내가 또 익숙한 고통을 선택하려 하나?"라고 질문을 던지는 그 짧은 여백이 당신을 과거의 각본으로부터 구원해줄 것입니다.

진짜 마음 알아차리기

라안 씨에게 에릭 번의 교류 분석, 특히 '심리게임'의 원리를 설명하자 그녀는 바로 반응했습니다. 금방이라도 튀어나올 듯 동그래진 눈으로 저를 쳐다보던 그녀는, 한동안 깊은 생각에 잠겼습니다. 마치 방금 배운 이론이라는 거울에 자신의 삶을 하나하나 비추어보며 정교하게 매치하는 듯했습니다. 라안 씨는 '불편하지만 익숙한 감정'이라는 단어에 집중하는 것처럼 보였습니다. 한참 고정되어 있던 그녀의 눈동자는 과거부터 줄곧 이어져온 자신의 언행을 파노라마처럼 되감아 보는 듯했습니다. 정적 속에서 라안 씨는 평생 자신을 괴롭혀온 격노의 실체와 정면으로 마주할 수 있었습니다.

라안 씨는 상담 중 존 브래드쇼의 『수치심의 치유』를 접하며 큰 충격을 받았습니다. 통제할 수 없던 격노가 내면의 깊고 해로운 수치심에서 비롯된 '중독'이었다는 사실을 깨달았기 때문입니다. 처음 그 사실을 알아차렸을 때, 그녀는 모든 실타래가 풀렸다고 믿었습니다. 격노의 원인을 이해했으니, 파괴적인 감정도 저절로 멈추리라는 기대 섞인 안도를 느낀 것입니다.

하지만 현실은 달랐습니다. 감정의 파도는 곧바로 잠잠해지지 않았습니다. 그녀는 고통스럽게 고백했습니다. 격노라는 감정을 머리로 이해하는 순간, 그것이 더 이상 자신을 괴롭히지 않을 것이라는 '기만적인 생각'에 빠져 있었던 것 같다고 말입니다. 이해는 깨달음의 시작일 뿐, 습관적인 격노를 멈추게 하는 마법의 지팡이는 아니라는 사실을 그녀는 좌절을 통해 배워간다고 했습니다. 그리고 말했습니다.

"선생님, 가만히 생각해보니, 제가 즐기는 것 맞는 것 같아요. 화를 내는 것이 아주 오래전부터 중독이 되어버린 것 같아요. 고통스럽다면서 고치질 않고 있었네요. 상대를 고쳐야 내 화가 사라지는 줄 알고 남편을 고치려고 했습니다. 내 화였습니다. 심리 게임이라고 하셨나요? 나는 결국 배척당하고 거부당하고 싶어서 그에게 화, 더 나아가 격노했던 것일까요….

아! 맞아요. 선생님이 말씀하시는 '불편하지만 익숙한 감정'. 제게는 배척과 거부가 매우 익숙한 감정이 맞습니다. 음, 누가 나를 인정한다? 칭찬한다? 인정받고 싶고 칭찬받고 싶지만, 막상 받으면 매우 어색해요. 지적당하는 것이 몹시 기분 나쁘고 자존심 상해 화가 머리끝까지 나지만, 이것이 제게는 매우 익숙한 감정입니다.

선생님, 사실은 저 이 감정 말고는 모르는 것 같기도 하네요. 누가 나를 싫어하는 느낌을 아주 민감하게 잡아내는 것 같아요. 그러고는 기다렸다는 듯이 화를 내요. 누구든 나를 미워하고 싫어하고 피한다는 느낌을 잘 잡는 것이 화를 내고 싶어서 잡는 거군요. 내가 화를 내야 그들이 날 거부할 테니까요. 거부당하고 싶지 않다고 울부짖으면서도, 실제로는 거부당하고 배척당하는 짓을 자진해서 하고 있었네요. 이런 격노 중독자를 누가 반기고 좋아하겠어요. 누가 보듬을 수 있겠어요. 그 누가 나의 이런 가시를 보듬을 수 있겠어요.”

“맞아요. 누가 그 가시를 보듬을 수 있겠어요. 그 가시는 누구도 대신 보듬어줄 수 없어요. 자 조금 더 들여다봅시다. 라안 씨가 진짜 하고 싶은 말, 진짜 마음이 무엇인지를 들여다봅시다.” 저는 그녀에게 그림책 『가시 소년』을 읽어주었습니다.

가시 돋친 말을 하는 주인공은 점차 친구들이 자신을 멀리하자, “혼자 있는 건 눈물이 나는 일이야. 가시가 없다면 나도 웃을 수 있을까? 활짝 웃으면서 하고 싶은 말이 있거든. 나랑 놀자, 나를 안아주세요. 나는 너를 좋아해”라며 스스로 가시 옷을 벗는 내용의 그림책입니다.

“라안 씨. 남편에게 이 가시 소년처럼 하고 싶은 말이 있어요? 남편에게 어떤 말을 하고 싶어요? 저는 예전에 유학 갔다 와서 집이 망하고 형편이 매우 안 좋았을 때, 고등학교 때부터 아주 친한 친구였던 상희가 먼저 전화를 좀 해주었으면 하는 마음에 상희의 전화를 늘 기다렸지요. 그러다가 상희에게 전화가 오면 '가시나야. 이제야 전화를 하나? 손가락 깁스했나? 팔 부러졌나?'라고 핀잔을 주곤 했어요. 몇 번을 이렇게 핀잔을 주자, 더 이상 상희가 전화를 나에게 안 하는 거예요.

그때 전화를 기다리는 나를 알아차렸지요. 그리고 진짜 내가 원하는 마음이 뭔지를 들여다보았어요. 진짜 내가 원하는 마음은 친구 상희가 보고 싶고, 같이 이야기하고 싶은 것이었어요. 이 마음을 알아차리니까 눈물이 핑 돌더군요. 내가 사랑하고 아끼는 친구인데 괜스레 전화 올 때마다 핀잔을 줘서 미안하더군요. 그래서 바로 전화를 했어요. 그러니 상희가 반갑게 전화를 받아주었어요. '주은아 ~'라고 반갑게 전화를 받아주었어요. 반가운 목소리에 내 마음이 다 풀리더군요. '주은아~ 왜 전화했어?'라고 하길래, '나 너 목소리 듣고 싶어서 전화했어. 보고 싶어서 전화했어'라고 진짜 마음을 표현했어요. 자존심 세우면서 칼날이 선 핀잔을 계속 상희에게 했더라면 저는 소중한 친구 한 명을 잃었을지도 몰라요. 자 이제 가시 소년처럼 진짜 마음을 남편에게 이야기한다면 라안 씨는 뭐라고 말하고 싶은가요?"

"여보, 내 곁에 있어주세요. 내가 여보를 많이 좋아해요. 저와 함께 있어주세요, 라고 말하겠어요. 제가 남편을 아직 많이 좋아하네요. 남편을 미워하는 줄로만 알았는데. 선생님, 사실은 저 남편을 아직 많이 아주 많이 좋아하나 봅니다." 그녀는 한치의 망설임 없이 고백했습니다. 고백하는 얼굴이 발그스레 피어오르며 부끄러운 듯 고개를 숙이는 모습이 마치 여중생 소녀 같았습니다.

"이제 이렇게 말하는 거예요. 여보, 내가 당신을 많이 좋아해요. 많이 사랑해요. 이렇게 말하는 거예요. 말하는 나를 상상해보세요. 자존심 상해요?"

"자존심? 그 자존심이 뭐라고 여태껏 윽박질러서 내 곁에 두려고 했군요. 그럴수록 남편은 내 곁이 불편했을 것이고요. 내가 판 우물입니다. 누구를 나무랄 수도 없네요. 내가 파고 내가 빠진 형국이네요. 이제 자존심 내려놓고 윽박지르지 않고 나의 진짜 마음을 표현해보겠습니다. 지금 이 편한 마음이 바로 자존심이 없는 마음인 게지요? 그렇지요? 선생님."

"맞아요. 아주 잘 알아차리셨습니다. 자존심을 내세우지 않으니까, 지금 마음이 어때요? 편안하지요. 진짜 마음을 알아차리니까 어때요? 편안하지요. 이렇게 마음이 불편할 때 진짜 마음을 찾는 것으로 에너지를 본인에게로 돌립니다. 앞으로는 밖으로 돌리지 않고 본인에게로 거울을 돌려 본인을 들여다봅니다." 이렇게 진짜 마음을 들여다보고 표현하자, 라안 씨 표정은 한결 가벼워지고 편안해졌습니다.

라안 씨는 이제 격노로 향하는 치명적인 버튼, '미리 말했어야지, 같이 해야지'라는 생각이 고개 드는 찰나를 놓치지 않고 알아차립니다. 습관이 작동하기 전, 그 생각을 잠시 멈춰 세우는 연습을 치열하게 이어가고 있습니다. 또한 '배척과 거부'라는 불편하지만 익숙한 감정이 앞장설 때마다, 그녀는 그 흐름을 맹목적으로 따르지 않기로 결의했습니다. 여기에 더해 그녀는 가장 큰 용기를 내기 시작했습니다. 가시 뒤에 숨겨둔 진실된 마음을 남편에게 솔직하게 표현하기 시작했습니다. '날 무시하지 마'라는 가시 돋친 격노 대신, '사실 당신이 미리 말해주지 않아서 조금 서운하고 불안했어. 나는 당신이 좋은가봐'라고 진심을 건네는 법을 배워가고 있습니다.

이러한 작은 시도들이 모여, 라안 씨는 점차 '격노 중독'이라는 지독한 패턴에서 벗어나고 있습니다. 수십 년간 자신을 가둔 실패자 각본을 제 손으로 찢어내고, 비로소 진정한 정서적 자유를 향해 한 걸음씩 내딛고 있습니다. 그녀는 점점 자기 삶의 주인으로, 자유로워지고 있습니다.

1. 감정의 '이중 구조'를 이해하세요.

우리가 겉으로 내뱉는 화나 핀잔은 대개 진짜 마음을 보호하려는 '가시'인 경우가 많습니다. 상대에게 분노가 치밀 때, 그 아래 숨겨진 '외롭다, 보고 싶다, 사랑받고 싶다'라는 1차 감정을 찾아내야 합니다.

2. '불편하지만 익숙한 감정'에 속지 마세요.

지적당하고 거부당하는 것이 익숙한 사람은 무의식적으로 그 상황을 다시 만듭니다. 칭찬과 인정이 어색하게 느껴지더라도, 그 생경한 평온함을 받아들이는 연습을 해야 합니다.

3. 자존심 대신 '취약성'을 선택해보세요.

자존심을 세워 상대를 윽박지르는 것은 상대를 멀어지게 할 뿐입니다. 오히려 나의 약하고 간절한 마음을 솔직하게 고백할 때, 상대는 방어기제를 내리고 당신의 진심을 보듬어줄 준비를 합니다.

4. 거울을 밖이 아닌 '자신'에게로 돌리세요.

상대를 고치려 애쓰는 에너지를 나를 들여다보는 데 쓰세요. '내가 왜 이런 행동을 반복할까?'라는 질문이 '당신이 왜 나한테 그래?'라는 원망보다 훨씬 빠르게 우리를 고통에서 해방시켜줍니다.

혼자 남겨진 것만 같아요. 공허해요

마안 씨는 현장에서 활발히 활동하는 상담사였습니다. 상담학회를 꾸준히 다니며 슈퍼비전을 받고, 이론적으로 준비를 마친 상태였지요. 하지만 그녀는 내면 어딘가가 간질거리는 묘한 갈증이 있다고 털어놓았습니다. 혹시나 독서치료라는 새로운 통로를 통한다면, 답답한 안개 속에서 명쾌한 지점을 찾을 수 있을지 모르겠다는 실낱같은 기대로 상담실 문을 두드렸습니다.

마안 씨의 호소는 이랬습니다. "선생님, 상담사라는 역할을 하면서 좀처럼 '공허감'이라는 감정의 소용돌이에서 자유롭지 못합니다. 내담자가 많이 회복되어 상담을 마치고 헤어질 때면, 기쁜 마음보다 이상하게 버림받은 것 같은 감정이 올라옵니다. 머리로는 '이제 잘 해내실 거야'라고 생각하는데, 마음은 텅 빈 것처럼 힘이 빠지고 무기력해집니다. 휴대폰을 붙들거나, 약속을 급하게 잡거나, 쓸데없는 쇼핑을 하면서 시간을 흘려보내요. 내담자와의 헤어짐은 이상하게 버림받는 듯한 상처와 공허함으로 느껴지던 시간들이 있습니다. 몸과 마음이 마치 아무것도 남아 있지 않은 것처럼 텅 빈 듯, 무언가가 빼앗겨 텅 빈 듯, 뻥 하고 뚫린 듯한 마음으로 갑자기 힘이 빠지면서 서글퍼져 무기력해지던 날들이 많습니다. 슈퍼비전을 받으며 분석하지만, 이 문제가 좀처럼 풀리지 않고 간질거립니다."

공허함의 호소였습니다. 공허함을 호소하는 사람들은 연령도 상황도 달랐습니다. 초등학교 3학년 바안이는 유독 심심한 것을 참지 못했습니다. 친구들과 놀지 못할 때, 아빠가 회사 일로 출장을 가거나 하면 외로워서 슬프다면서 눈물을 보이며 아빠의 부재를 견디지 못할 정도로 슬퍼했습니다. 아빠가 없어서, 친구랑 놀지 못해서 심심하고, 아빠의 부재가 외롭고 힘들다며 꺼이꺼이 울며 진정을 못한 적이 꽤나 있었습니다.

고등학교 2학년 사안이는 혼자 집에 있는 시간을 견디지 못하고, 늘 친구들과 어울리며 혼자 있는 시간이 죽기보다 싫다는 표현들을 하곤 했습니다.

40대 중반의 아안 씨는 친구와 헤어져 되돌아오는 길에 외로워서 미쳐버리는 줄 알았다, 공허함이 밀려와 죽어버리고 싶었다, 이 정도도 견디지 못하는 나 자신이 한심스럽고 바보 같다면서 '공허'한 감정을 견디지 못해 자해와 자살까지 생각했다 했습니다.

50대 초반의 자안 씨는 함께 사무실을 쓰는 사람이 잠시 자리를 비우게 되면 혼자 남겨지는 것이 싫어서 친구들과 급하게 약속을 잡거나 하는데, 그때 친구랑 만날 수 없으면 그 친구가 밉다고 했습니다. 그리고 자신을 버리고 볼일 보러 간 동료가 미워진다고 했습니다. 볼일을 보러 간 것인데, 버렸다는 표현을 했습니다.

이들의 공통점은 분명했습니다. 혼자 있는 상태를 '외로움'이 아니라 '버림'으로 해석한다는 점이었습니다. 심심함, 외로움을 견디지 못하는 것입니다. 더 나아가 남겨진 것을 버림받았다고 생각하는 공통점도 있었습니다. '심심함 = 외로움'이라는 인지도식을 가지고 있었습니다.

또 하나의 공통점은 이들은 스스로를 '상처 잘 받는 사람'으로 규정한다는 것이지요. 또 있습니다. 스스로를 마음이 가벼워서 사람을 좋아하지만 좋아한 사람은 내가 좋아하는 만큼 나를 좋아해 주지 않고 내가 좋아하는 마음을 이용한다입니다. 그럼에도 불구하고 사람이 좋아서 금방 사람에게 넘어가는 자신을 미워하는 공통점도 가지고 있습니다. '나는 사람을 좋아한다, 내가 좋아하는 만큼 상대가 나를 좋아하지 않는 것 = 상처다!'라는 인지도식도 가지고 있습니다.

저 역시 다르지 않았습니다. 초등학교 3학년 여름방학 때가 생각납니다. 서울에 사는 사촌동생 윤희가 여름방학 때 우리 집에 머문 적이 있습니다. 몇 주나 함께 있으면서 같이 자고 놀고 밥 먹고 공부하며 참 즐겁고 재미있었습니다. 늘 혼자서 심심하게 놀던 나에게 매일 함께 놀아주는 사촌동생은 심심함과 외로움을 잊게 하는 존재였습니다. 무남독녀 외동딸인 나를 지켜보는 주위 어른들은 이구동성으로 '형제자매가 없어서 외롭겠네. 엄마가 한 명만 더 낳았어도 이렇게 외롭지는 않을 건데, 혼자 크는 애들은 외로워'라는 말을 했고, 그들이 그렇게 말하니, 내 생각도 외로운 것이었습니다. 엄마 아빠가 싸울 때, 아빠의 폭력으로 힘들 때, 이런 무서움을 함께 나눌 수 있는 단 한 사람이 있다면 얼마나 좋을까를 늘상 생각했습니다.

마음의 의지가 되고 힘이 되었던 사촌동생이 방학이 끝나자 서울로 되돌아가야만 했을 때, 목놓아 울었던 기억이 납니다. 엄마 치맛자락을 잡고 사촌동생 이름을 부르며, "엄마, 윤희 안 가면 안 돼? 윤희 여기서 나랑 학교 다니면 안 돼? 윤희 안 가게 해줘. 윤희야, 안 가면 안 돼?"라고 윤희에게 애걸했지요. 그러자 윤희는 이제 자신도 엄마가 보고 싶다며 엄마 보러 갈 거라고 하는 말에 엄청난 배신감과 상실감을 느꼈던 기억이 있습니다. 단 몇 주였지만 나의 것이었던 윤희가 내 곁에서 사라진다는 사실을 받아들이기 어려웠습니다. 결국 윤희는 서울로 갔고 저는 그만 병이 나고 말았습니다. 열이 40도 가까이 오르자 엄마는 나를 들쳐업고 큰 병이라도 난 줄 알고 대학병원을 갔고, 유명하다는 전국의 한의원을 찾아다니며 몸에 좋다는 것은 다 먹였던 기억이 납니다.

그때의 나로 되돌아가, 그때 내가 느낀 감정선을 따라가보겠습니다. 감정선을 따라간다는 것은 그때 내가 생각한 것을 순서대로 되짚어본다는 것입니다. 감정은 생각이므로, 그때 느꼈을 감정을, 일으킨 생각들을 나열하여 적어보겠습니다. 생각 흐름을 구체적으로 적어보면 다음과 같습니다.

'윤희가 자기 집으로 되돌아간다 → 윤희와 헤어진다(외로움) → 윤희는 나를 두고 엄마를 선택했다 → 나를 버렸다(배신감, 상실감) → 나는 또 혼자가 된다 → 혼자가 되는 것은 무섭다(공포, 두려움) → 혼자는 견딜 수 없다 → 혼자는 고통스럽다 → 혼자 있는 것은 죽기보다 싫다 → 이번 생이 이렇게 혼자일 바에야 차라리 죽는 것이 낫겠다(허무감, 무기력) → 죽고 싶다.'

이것이 나의 '생각 구조'였습니다. 생각의 흐름입니다. 생각의 흐름에 따라 흐르는 감정들입니다. 이 구조대로, 생각이 흐르는 대로 감정은 복받쳐오르고 분해지고 원망스러워지고 죽을 것만 같은 공포와 허무함과 무기력으로 흐릅니다.

생각은 빛의 속도로 흐르고, 순차적으로 흐르지만, 순차적으로 흐른 생각들은 감정을 남겨, 가슴에 배신감, 상실감, 원망, 공포, 허무, 무기력이라는 감정의 폭풍우를 일으켜 제정신을 차릴 수 없게 만들어버립니다. 감정의 소용돌이에서 나를 일으켜세우려면 나의 생각이 어떤 수순으로 돌아가는지를 관찰해야 합니다.

저의 어린 시절 생각 구조는 '윤희가 집에 되돌아갔다 = 윤희와 헤어졌다 = 윤희가 나를 버렸다'로, 이렇게 인지가 '='로 되어 있었습니다. 왜곡되어 있었습니다.

초등학교 3학년 아이는 이렇게 생각할 수 있습니다. 아이니까요. 윤희를 나의 사촌동생, 나의 것, 나의 소유물로 생각할 수 있습니다. 아이니까 과잉으로 해석할 수 있습니다. 온갖 상상력으로 이상한 소설을 쓸 수 있습니다. 문제는 이러한 생각습관이 나이가 40이 되어도 50이 되어도 무한 반복된다는 겁니다.

한번 상상해봅시다. 이 아이가 초등학교 때부터 이러한 생각 구조를 가지고 반평생을 살았다고 추정해봅시다. 얼마나 이 생각이 강화되었을까요? 얼마나 이 생각의 틀이 완고해졌겠습니까? 이렇게 무한 반복으로 무심결에 했던 생각습관은 무의식이 되어, 의식하지 못한 그 틈을 타고 부지불식간에 감정의 폭풍으로 나를 잠식해버립니다.

아무리 이성적으로 생각하려 해도 이렇게 생각해버리는 무의식적 '생각습관'이 빛의 속도로 나를 감싸, 상실감, 배신감, 허무감, 무기력으로 힘든 감정 상태가 되어버립니다. 늘 사는 대로 생각하면 일어나는 감정의 소용돌이는 늘 무한 반복으로 힘들 것입니다.

감정을 바꾸기 위해서는 생각을 바꾸어야 합니다. 생각을 바꾸려면 내가 기존에 무의식적으로 어떻게 생각하고 있는지, 자신의 생각을 들여다보고 관찰해야 합니다. 무의식적 생각이라고 해서 못 알아차리는 것이 아닙니다. 알아차릴 수 있고 관찰할 수 있습니다. 내가 한 생각을 눈 밖으로 꺼내어 종이 위에 글자로 써서 들여다보면 얼마나 과잉으로 받아들이고 있는지가 보입니다.

아이 때는 과잉으로 해석할 수 있고, 과잉으로 받아들일 수 있으며, 자기중심적으로 생각할 수 있습니다. 그러나 이제는 다 큰 성인입니다. 이런 감정의 소용돌이 속에서 나의 무의식적 생각습관은 '헤어졌다 = 외롭다 = 혼자 남겨졌다 = 버림받았다 = 고통스럽다 = 죽고 싶다'로 구축되어 있습니다. 마음의 집을 옹골지고 단단하게 짓고 있었습니다. 나의 생각습관을 글자로 적어 가만히 들여다보면 이상한 인지도식, 비합리적인 인지도식을 가지고 있다는 것을 스스로가 알아차리게 됩니다.

윤희 자리에 친구가 올 때가 있고 지인이 올 때가 있으며 내담자가 올 때가 있습니다. 다양한 사람들을 윤희 자리에 넣어놓고 '소설'을 만들었습니다. '헤어진다 = 혼자 남겨진다'가 아니라는 것을 알아차리지 못하고 외로움과 공허함에 빠져 괴롭습니다. 어릴 때 쓰던 소설, 이야기는 나의 무의식적 생각습관이 되어, 진짜 나의 자리를 빼앗고 앞장서버렸습니다. 마치 진짜 나인 듯 느껴지는 감정은 진실로 고통스럽습니다. 무엇이 나를 공허함으로 괴롭게 만들었을까요? 내가 미처 못 알아차린 나의 생각이 나를 괴롭게 만들었습니다. 윤희와 헤어진 것이 혼자 남겨진 것이 아닙니다. 헤어졌다는 남겨진 것이 아닙니다. 헤어졌다는 버림받았다가 아닙니다.

내담자와 헤어지면 공허하다는 마안 씨. 지인과 헤어지고 집으로 되돌아오는 길에 버려진 것 같은 느낌으로 괴로운 아안 씨. 같이 사무실을 쓰는 동료가 잠시 부재해도 혼자 남겨진 것 같은 느낌으로 사무치게 외롭다는 자안 씨. 놀 사람이 없으면 외로워 고통스럽다는 바안이와 사안이. 이들과 내가 느끼는 외로움의 밑바닥 감정인 '공허함'으로 인한 괴로움의 실체는 무엇일까요? 실체는 바로 '내가 만든 이야기, 내가 만든 소설'입니다. 어떤 알지 못하는 원인으로 내가 이렇게 생각의 도식을 만들어버렸습니다. 내가 만들고는 내가 갇혀버린 형상입니다.

바안이와 사안이, 마안 씨, 아안 씨, 자안 씨에게 되물었습니다.

'혼자 있다 = 외롭다'가 맞냐고 되물었습니다. '헤어졌다 = 혼자 남겨졌다 = 버림받았다'가 맞냐고 되물었습니다. 일단 메타인지부터 시키는 질문을 했습니다. 처음 이런 질문을 받으면 내담자가 저항할 때도 있습니다. 평생을 이런 생각으로 살았기에 본인 생각에 어떤 오류가 있는지 못 알아차릴 때가 있습니다. 오류적 생각이 '불편하지만 익숙한 생각'이며 익숙한 대로 생각하기 때문입니다. 우리는 이렇게 과잉의 파국으로 치닫는 생각 구조를 가지고 있었는지조차 모릅니다. 공허한 감정을 일으키는 생각을 찾아서 들여다보면 비합리적 생각을 하고 있다는 것을 발견하게 됩니다. 들여다보아야 합니다.

잠시 헤어지고 내일 만나든, 몇 시간 뒤에 만나든, 몇 달, 몇 주 뒤에 만나든 할 것인데, 이 헤어짐을 너무도 크게 과잉으로 받아들여 버림받았다는 상실감까지 생각하는 인지도식을 바꾸는 연습이 필요합니다.

늘 하던 대로 생각하면서 괴롭지 않고 싶다는 생각. 있을 수 없는 일입니다. 본인이 어떤 생각을 하고 있는지를 가만히 들여다보아야 합니다. 그래야 오류를 잡을 수 있습니다. 머릿속에서 알아차리는 것보다 눈 밖으로 빼내어 내 생각을 내 눈으로 확인하는, 종이 위에 쓰는 작업을 통해서 메타인지하는 연습이 필요합니다. 그리고 바라보면서 반박합니다. 따져 묻습니다. 이 생각이 맞냐고 따져 묻습니다.

내 마음 안에 검은 늑대와 흰 늑대가 싸우면 누가 이기나요? 내가 밥 많이 준 늑대가 이깁니다. 흰 늑대를 마련합니다. 검은 늑대가 자동으로 활개치며 앞장서면서 나를 잠식하려 할 때, 검은 늑대구나라고 알아차려야 합니다. 검은 늑대라고 알아차리고 흰 늑대에게 밥을 줘야 합니다. 잠시 헤어진 것이지 버림받은 것이 아니라는 메타인지를 계속하는 연습을 해야 합니다. 기존대로 생각하는 것은 나에게 백해무익하니 새로운 생각습관을 만들어야 한다며 흰 늑대를 마련합니다.

나도 한 번만 나에게 진작 이런 질문을 했더라면 나이가 40대 중반이 될 때까지 이렇게 외로움과 공허함으로 괴롭지는 않았을 텐데 말입니다. 질문해야 합니다. 자신의 부정적인 생각을 회의해야 했습니다. 지금 내가 하는 이 생각이 맞냐고 나의 부정적인 생각을 의심하며 자신에게 되물었어야 했습니다. 그랬더라면 내 생각의 오류들을 바로잡아 건강한 자아로 살았을 텐데 말입니다. 모두가 감정의 문제가 아니라 생각의 문제인데 말입니다. 생각이 이상한 과잉으로 뒤엉켜 있었기 때문이지, 감정이 나를 바닥으로 끌어당기고, 감정이 나를 소용돌이 속에 처넣어 괴롭힌 것이 아니었는데 말입니다.

마안 씨는 상담사였기에 자신의 생각 구조를 비교적 빠르게 알아차렸습니다. 종이에 적힌 자신의 생각을 바라보며 말했습니다. "어릴 때의 내가 만든 이야기 속에 아직도 제가 갇혀 있었네요." 그날 상담은 단 한 회기로 마무리되었습니다. 문제가 완전히 해결되었기 때문이 아니라, 무엇을 바꿔야 하는지가 분명해졌기 때문입니다. 어릴 적 마안이는 그럴 수 있었습니다. 무엇 때문인지는 모르지만, 그랬을 수 있습니다. 그러나 이제 마안 씨는 더 이상 그 아이가 아닙니다. 56세 나이의 어엿한 중년 여성입니다. 미성숙했던 아이가 만든 왜곡된 망상에 아직도 갇혀 있었던 것에 대한 책임 의식을 가지고 이제 그 아이로부터 해방되는 연습을 합니다. 알아차리면 충분합니다.

공허함은 혼자 있어서 생기는 감정이 아닙니다. 문제는 혼자 있음 그 자체가 아니라, 헤어짐을 곧 버림으로 해석해온 생각의 방식에 있습니다. 어릴 때 만들어진 이 생각은 사람과 잠시 떨어지는 순간에도 '나는 또 혼자가 된다, 나는 결국 버려진다'는 생각입니다.

이렇게 형성된 생각은 관계가 늘 이어져야 하고, 상대는 항상 곁에 있어야 하며, 떠나서는 안 된다는 기대를 현실에 요구하게 만듭니다. 그러나 이런 관계는 현실에서는 가능하지 않습니다. 사람은 각자의 삶으로 돌아가고, 만남에는 늘 헤어짐이 포함되어 있기 때문입니다. 그럼에도 마음은 이 불가능한 기대를 포기하지 못한 채 같은 요구를 반복합니다. 이루어질 수 없는 것을 붙잡고 애쓰는 동안, 마음은 좌절과 실망을 차곡차곡 쌓아가며 가장 깊은 곳에서부터 지치게 됩니다. 이 지점에서 사람은 공허함을 느낍니다. 그들과의 헤어짐이 그들이 나를 버렸다가 아닙니다. 내가 상처받았다가 아닙니다. 나를 피해자로 두는 생각습관도 멈추어야 합니다.

공허는 비어 있어서 생긴 감정이 아니라, 계속 애썼지만 돌아오지 않은 기대의 잔여물입니다. 그래서 공허함에서 벗어나기 위해 필요한 것은 감정을 없애는 일이 아닙니다. 내가 어떤 생각을 너무 오랫동안 사실처럼 믿어왔는지, 그 생각을 한 번이라도 의심해보는 일입니다. 늘 하던 생각을 그대로 반복하면서 다른 감정을 기대할 수는 없습니다. 생각을 의심하지 않는 한, 공허는 형태만 바꾼 채 다시 찾아옵니다. 결국 사람을 가장 괴롭게 하는 것은 외로움 그 자체가 아니라, 현실에서는 성립될 수 없는 관계를 끝까지 붙잡으려는 마음입니다.

1. '헤어짐 = 버림받음'이라는 공식을 폐기하세요.

잠시 떨어지는 것을 유기로 해석하는 것은 어린 시절의 유치한 시나리오일 뿐입니다. 헤어짐은 관계의 단절이 아니라 각자의 삶으로 복귀하는 지극히 정상적인 과정입니다.

2. 생각을 종이 위에 쓰고 '팩트 체크'를 하세요.

머릿속 생각은 감정이라는 독을 풀어 판단을 마비시킵니다. 생각을 종이 위에 직접 써서 객관적으로 바라보세요. 글자로 박제된 문장을 마주해야 그 생각이 얼마나 비합리적인 망상인지 깨닫게 됩니다.

3. 검은 늑대의 목소리에 집요하게 따져 물으세요.

'이 생각이 정말 사실인가?'라고 끊임없이 반박하세요. 자동화된 부정적 생각을 무조건 믿지 말고 의심하는 것이 훈련의 시작입니다.

4. 불가능한 '절대적 밀착'을 포기하세요.

상대가 항상 곁에 있어야 안심하는 마음이 공허를 낳습니다. 공허는 채워질 수 없는 과도한 기대가 남긴 찌꺼기입니다. 각자의 독립된 삶을 인정할 때, 비로소 공허라는 괴물은 사라집니다.

무엇을 기준으로 다시 나를 일으켜세울 것인가

기준.

운동장에서 줄을 설 때, 체육 선생님이 한 학생을 지목해 "기준"이라고 외치면 우리는 그 사람을 중심으로 좌우로 흩어졌다가 다시 모입니다. 기준은 이처럼 흩어진 것을 다시 모으는 중심점입니다. 삶에서도 마찬가지입니다. 내가 넘어졌을 때, 무엇을 기준으로 삼느냐에 따라 다시 일어서는 방향이 달라집니다. 내가 쓰러지거나 걸려 넘어졌을 때, 기준을 세우고 잡으면 기준을 향해 다시 일어설 수 있습니다. 내가 세운 기준은 나를 다시 일으켜세웁니다. 나를 일으켜세우기 위해서 기준을 잡습니다. 그러면 무엇을 기준삼아야 이 지긋지긋한 외로움에서 나올 수 있을까요?

나는 '외롭다, 그립다, 혼자 있는 것은 곧 버림받는 것이다, 나는 슬프다'는 **비련의 여주인공 놀이**를 포기하기로 결심했습니다. 이런 감정들이 주는 묘한 카타르시스를 포기하기로 결심했습니다. 메타인지 하기로 했습니다. 주위를 둘러보면 사랑하는 사람들이 있습니다. 내가 먼저 손을 내밀면 언제든 나에게 다가와서 내 이야기에 귀 기울여주고 나를 응원해줄 사람이 있습니다. 잠시 혼자 있는 것을 과잉으로 해석하며 질질 울고 짜는 버르장머리를 고치기로 했습니다. 나 자신을 엄격하게 다스리기로 했습니다.

내가 생각에 생각을 더하고 머릿속에서 슬픈 소설을 쓰지 않으면 나는 지금-여기에서 비련의 여주인공이 아닙니다. 비련의 여주인공 놀이를 하면 재미있습니다. 내가 이렇게 존재한다는 느낌이 들었기에, 놓고 싶지 않은 카타르시스였습니다. 이런 존재감으로 카타르시스를 느끼지 않기로 결심했습니다.

나는 '기꺼이 외로움을 선택'하기로 기준을 세웠습니다. 타자에게서 채우려던 것을, 더 이상 타자에게 요구하지 않겠다는 선택이었습니다. 막연히 외롭고, 막연히 그립고, 막연히 누군가가 있어야 괜찮아질 거라는 생각 속에서 나는 정작 나 자신을 전혀 모르고 있었습니다. 막연함에 놀아나고 있었던 셈입니다. 그래서 단어가 필요했고, 정의가 필요했고, 고통에서 빠져나올 지지대가 필요했습니다. '기꺼이 외로움을 선택한다'는 기준은 그 막연함을 의식 위로 끌어올리는 지지대가 되어주었습니다.

누군가가 나를 마음에 들어하지 않을 수도 있습니다. 더 나아가 버릴 수도 있습니다. 나를 떠날 수도 있습니다. 내가 그(녀)의 마음에 100% 다 만족스러워야 한다는 것은 있을 수 없는 일입니다. 나도 누군가를 100% 만족스러워하지 않습니다.

앨버트 엘리스는 REBT(합리정서행동치료)에서 비합리적 사고는 정서장애의 원인이 된다고 했습니다. '알고 있는 모든 의미 있는 사람으로부터 인정받고 사랑받는 것이 필연적이라는 생각', 이와 같은 비합리적 사고는 정서장애를 일으킨다는 것입니다. 당연합니다. 생각이 비합리적이고 불건강하니 당연히 감정이 어둡고 답답하고 불편합니다. 알고 있는 모든 의미 있는 사람으로부터 인정받아야만 한다는 비합리적 사고는 인정받지 못하고 사랑받지 못하면 상실감, 배신감, 슬픔, 고립감, 외로움, 유기불안 등의 불편한 감정들을 일으킵니다.

앨버트 엘리스는 이것을 당위적 사고라고 불렀습니다. 반드시 그래야 한다는 생각, 반드시 사랑받아야 한다는 믿음은 결국 마음을 파국으로 몰아갑니다. 상담 현장에서 만난 많은 내담자들과 찾은 나의 당위성으로는 다음과 같은 것들이 있습니다. '타자는 나를 인정해야 한다, 칭찬해야 한다, 무시해서는 안 된다, 나를 홀로 두어서는 안 된다, 나를 외롭게 만들어서는 안 된다, 나와 매일 행복하게 놀아야 한다, 꽁냥꽁냥하며 사랑해야 한다, 나를 만날 때마다 예쁘다고 해야 한다, 나를 추앙해야 한다, 쓴소리, 잔소리를 해서는 안 된다, 나를 지적해서는 안 된다, 내가 맞다고 해야 한다, 나는 행복해야 한다, 남편이 아빠처럼 나를 사랑해야 한다 등등. 나열하려면 이 페이지를 가득 메울 것만 같습니다.

30대 차안 씨도 그러했습니다. 차안 씨는 남자친구가 '나와 매일 만나서 꽁냥꽁냥 사랑한다고 해줘야 한다, 예쁘다고 해줘야 한다, 나는 남자친구와 행복해야 한다, 나에게 친절하게 대해줘야 한다, 사랑한다고 계속 속삭여줘야 한다' 등의 나에 대한 당위성을 가지고 있었습니다. 만일 본인이 원하는 만큼의 사랑을 받지 못했을 때는 바로 우울해지고 슬퍼지고 버림받은 것 같고, 상실감과 배신감으로 남자친구를 미워하며 때로는 증오할 때도 있었습니다. 당위적 사고가 1차, 이 당위적 사고로 인하여 파생되는 2차 감정들, 그리하여 결국은 남자친구와 헤어짐을 결심하는 파국화 소설(3차). 친절히 해주지 않는 것은 나를 싫어하는 것이고 그럴 바에야 차라리 헤어지는 것이 낫다는 파국적인 생각으로, 차안 씨는 자신의 이야기를 만들어 그 안에 갇혀 버림받을까봐 두렵다는 호소를 합니다. 차안 씨뿐만 아니라, 우리는 이렇게 "이야기 생성자"들입니다. 망상소설가들입니다.

우리는 혼자 있음에 의미를 덧붙이고는 외롭고 버림받았고 버려졌고 등등을 겹치고 겹치는 망상소설을 쓰면서 지금-여기의 무탈함이 주는 행복을 놓쳐버립니다. 그래서 나는 기준을 세웠습니다. **비련의 여주인공**이라 명명하며, 비련의 여주인공 놀이는 재미없다는 기준입니다.

벌어지지 않은 것을 마치 벌어진 것처럼 느끼는 생각습관. 잘못이라면 이것이 잘못이 아닐까요? 나도 모르게 잡았던 생각들, 그리고 그 안에 갇혀서 불행했던 시간들, 잘못이라면 알아차리지 못한 것이 아닐까요? 알아차렸다면, 한 번이라도 나의 부정적 생각에 회의를 품었다면, 이게 맞느냐고 질문했더라면? 그 많은 세월 유기불안으로 벌벌 떨면서 사람들에게 버림받을까봐 울며불며 괴로워하던 것을 하루라도 빨리 멈출 수 있지 않을까요?

그래서 더욱 굳게 다짐하고 다짐했습니다. 망상소설 속에서는 울지 않겠다는 기준을 세우는 굳은 결심을 했습니다. 결심한다고 해서 하루아침에 망상소설이 멈춤하지는 않습니다. 감정은 생각보다 느낌으로 느껴지기에 생각보다 먼저 알아차릴 수 있습니다. 생각보다 감정을 먼저 알아차리기가 보다 수월합니다. 감정은 가슴 언저리에서 역동을 주기 때문입니다. 감정에 외로움이 느껴지면 알아차립니다. 그리고 생각을 관찰합니다. 방금 어떤 망상소설을 썼는지를 관찰합니다. 늘 했던 대로 생각하고 있음을 발견할 수 있습니다. '그만 하자'고 다짐하고 자신을 엄격히 다스립니다.

그러면서 주위로 시선을 돌립니다. 지금 가진 것들에 감사하는 마음으로 돌립니다. 그러면 외로운 마음은 가라앉습니다. 100번 연습한다고 각오를 해봅니다. 그러면 본인이 만든 '외로움 병'을 본인이 고치는 기적을 맛볼 수 있습니다.

‘무소의 뿔처럼 혼자 가라’는 말을 잡고 ‘기꺼이 외로움을 선택’하는 기준을 잡아 습관적으로 비련의 여주인공 망상소설을 쓰는 나의 생각을 멈추는 연습을 했습니다. 드디어 이제는 더 이상 망상소설, 이야기를 만들지 않는 나가 되었습니다. 기준을 세우고, 이 기준을 지키겠다는 다짐, 결의, 결심이 정말이지 매우 중요합니다.

기존의 생각하는 대로 생각하는 습관은 오류를 잡았다고 해서 하루아침에 사라지지 않습니다. 오류를 잡아도 습관적으로 올라옵니다. 그때마다 그 순간을 놓치지 않겠다는 결의를 하면서 알아차림에 힘을 싣는 연습을 하다 보면, 기존의 생각습관은 힘을 잃습니다. 치료는 이렇게 완치를 향해 달려갑니다. 완치가 됩니다. 마음의 병은 생각의 병이기 때문입니다.

저도 이렇게 스스로를 완치시켰고 내담자들도 생각의 오류를 바로잡았습니다. 검은 늑대를 알아차리고 흰 늑대에게 밥을 주는 꾸준한 연습으로 이제는 모두 외로움, 공허함, 상실감, 무기력에서 자유로운 사람이 되었습니다. 스스로를 불쌍한 사람으로 두는 생각습관, 피해자로 두는 생각습관, 비련의 주인공으로 두는 생각습관, 나를 소설의 주인공으로 만들어놓는 생각습관, 이야기를 끊임없이 새드엔딩으로 만드는 생각습관을 고치면, 그 자리는 자유입니다.

1. '비련의 여주인공' 놀이가 주는 카타르시스를 경계하세요.

자기 연민에 빠져 슬픈 소설을 쓰는 것은 일종의 왜곡된 존재감을 느끼게 하는 중독입니다. '이 놀이는 이제 재미없다'라고 선언하고, 비극의 주인공 역할을 기꺼이 반납하세요.

2. '기꺼이 외로움을 선택한다'는 기준을 잡으세요.

타인에게 구걸하던 사랑을 멈추고 혼자 있음을 능동적으로 선택하세요. 막연한 그리움과 외로움에 놀아나지 않도록, 단어와 정의를 통해 자신의 상태를 명확히 의식화하는 지지대를 만들어야 합니다.

3. '당위적 사고'의 회로를 차단하세요.

'반드시 사랑받아야 한다', '모두에게 인정받아야 한다'라는 비합리적 믿음이 정서 장애를 만듭니다. 현실에서 불가능한 당위성을 내려놓고, '그럴 수도 있지'라는 유연한 사고로 전환하세요.

4. 망상소설 속에서는 울지 않겠다고 결심하세요.

외로운 감정이 고개를 들 때, 방금 머릿속으로 어떤 시나리오를 썼는지 관찰하세요. 소설임을 알아차리는 순간 생각은 힘을 잃습니다. 100번의 연습을 통해 본인이 만든 마음의 병을 스스로 완치시키는 기적을 경험하세요.

통제하고 싶은 마음

디다봐학교 커뮤니티 사람들에게 물어보았습니다. "어떨 때 감정의 소용돌이로 가장 힘드시나요? 감정이 쓰나미처럼 밀려올 때는 언제인가요?"

가장 많이 나온 대답은 의외로 단순했습니다. "내 아이들, 남편, 동료들이 내 마음처럼 되지 않을 때, 마음이 힘들다"는 대답이 가장 많았습니다. 아이에게 숙제를 하라고 했는데 안 했을 때, 게임을 하지 말라고 했는데 게임 삼매경에 빠질 때, 직장 동료가 본인 하기 싫은 일을 다른 이에게 미룰 때, 남편이 남의 편은 잘 들면서 내 편을 들어주지 않을 때. 각자의 상황에서 일어나는 마음의 부대낌이겠지만, 이것을 한마디로 요약한다면 '통제하고 싶은 마음'이라고 표현할 수 있겠습니다. 다른 쉬운 말로는 '내 마음대로 하고 싶은 마음'이라고도 표현할 수 있겠습니다.

초등학교 5학년 아들, 초등학교 2학년 딸을 둔 엄마 카안 씨의 주호소는 다음과 같았습니다. 엄마 시키는 대로 말을 잘 들었던 큰아이가 점점 말을 안 듣고 마음대로 하는 것이 너무도 불안하다고 호소했습니다. 등교 시간, 밥 먹는 시간, 숙제 시간, 학원 가는 시간, 잠드는 시간까지. 아이들이 이 스케줄에서 조금이라도 벗어나면 가슴이 조여왔고, 그 불안은 곧 짜증과 분노로 바뀌어, 이 감정을 어떻게 다스려야 할지를 모르겠다는 것이었습니다. 그리고 그녀와는

"어떻게 하면 아이를 타임 스케줄을 잘 지키는 아이로 만들 수 있을까요?"라는 질문으로부터 상담이 시작되었습니다.

아들이 방과후 연락이 되지 않으면 너무도 불안해서 견딜 수가 없으며, 어디서 무엇을 하는지 뻔하게 그려져서 화가 나 미칠 지경인데, 직장에서 아이를 잡으러 나갈 수도 없어 직장 생활에도 안 좋은 영향을 주고 있어서, 본인도 망가지고 아이도 망가질 것만 같은 불안과 화가 있다는 호소였습니다.

카안 씨의 삶을 들여다보면, 이 불안은 갑자기 생긴 것이 아니었습니다. 알코올 중독과 학대가 있던 아버지, 그 아래서 어머니를 대신해 집안을 책임져야 했던 어린 시절. 그녀에게 타임 스케줄은 생존 도구였습니다. 하루를 치밀하게 계획하지 않으면 무너질 것 같았고, 그렇게 살아왔기에 빚을 갚고, 학교를 마치고, 어른이 될 수 있었다는 확신이 있었습니다. 힘겨운 살얼음 같았던 자신의 인생을 지켜준 것은 타임 스케줄이라고 했습니다.

그래서 그녀의 생각은 이렇게 굳어 있었습니다. '타임 스케줄을 지킨다 = 살아남는다', '타임 스케줄이 무너진다 = 다시 무너진다.' 이 생각을 A4 용지에 그대로 적어 건넸을 때, 카안 씨는 한참 동안 그 종이를 내려다보며, "이렇게 내 생각을 눈으로 보니까 무섭네요”라고 말했습니다.

제가 다시 물었습니다. “카안 씨, 이 생각이 합리적인 생각인가요? 타임 스케줄을 만들지 않고 타임 스케줄대로 살지 않으면 생존할 수 없다는 것은 합리적인 생각일까요? 좀 과잉의 생각이지 않을까요? 저는 타임 스케줄을 만들지 않고 살고 있습니다. 대부분 사람들이 그렇게 빡빡하게 만들지 않아도 생존하고 있습니다. 물론 기존 스케줄이 바쁜 경우, 시간을 쪼개서 써야 할 경우, 때에 따라 필요하기는 합니다. 그런데 주위를 둘러보세요. 타임 스케줄을 쓰지 않고도 잘살고 있는 사람들이 있지 않나요? 건강하게 생존하는 사람들이 있지 않나요?”

한참을 말없이 제 말을 깊이 경청하던 그녀가 말했습니다. “과거의 경험으로 타임 스케줄이 절대적으로 인간을 살리는 도구라고 믿는 내가 있군요. 과잉으로 비합리적인 생각을 하고 있었던 것을 부정할 수 없네요. 막상 선생님께서 이렇게 제 생각을 종이 위에 글자로 써서 보여주시니까, 확 하고 와닿습니다. 왜 저는 여태까지 내 생각을 이런 종이 위에 한 번이라도 써볼 생각을 못했던 걸까요? 내 생각을 내 눈으로 확인만 했더라도 얼마나 많은 이상한 오류들 속에 있었는지 알았을 텐데 말입니다.”

앨버트 엘리스의 **당위성**을 언급하며 나에 대한 당위성, 타자에 대한 당위성, 조건에 대한 당위성을 차근 차근 설명해주었습니다. '아이는 반드시 내 말을 들어야 한다. 아이는 반드시 타임 스케줄대로 움직여야 한다'는, 즉 반드시 그래야 한다는 믿음이 카안 씨에게는 생존의 기억과 결합되어 절대적인 신념이 되어 있었습니다.

카안 씨 경우는 자신의 경험을 기준으로 '이 방식이 아니면 안된다'고 믿게 된 사고가 어떻게 인지 오류를 만들어내는지를 잘 보여주는 사례입니다. 한때는 도움이 되었던 경험이 '항상 그래야 한다'는 규칙으로 굳어질 때 얼마나 큰 불안을 만들어내는지를 보여줍니다. 이런 인지 오류는 대부분, 하나의 경험을 과도하게 일반화하는 데서 시작됩니다. 문제는 경험이 아니라, 그 경험을 지나치게 절대화한 생각입니다.

타임 스케줄을 쓰는 것이 도움이 될 때도 있습니다. 카안 씨에게 그것은 힘든 시절을 버티게 해주고 살아내게 한 실제적이고 절대적인 도구였습니다. 그러나 한때 나를 살려준 방식이 언제나, 누구에게나 반드시 그래야 하는 규칙이 될 때, 그 생각은 '과잉'이 됩니다. 문제는 타임 스케줄 그 자체가 아니라, 나에게 효과가 있었던 방식을 타자에게도 그대로 적용해야만 한다고 믿는 생각입니다. 이런 절대화된 믿음이 바로 당위적 사고입니다.

저 역시 한때는 '내 방식이 옳다'는 생각을 쉽게 놓지 못했습니다. 그 방식이 나를 살려준 시절이 있었기 때문입니다. 그러나 삶의 조건이 바뀌었는데도 과거의 생각 그대로라면, 우리는 계속 과거에서 현재를 살아가게 됩니다.

그녀는 아이가 스케줄을 지키지 않았기 때문에 불안해진 것이 아니라, '그래야만 한다'는 카안 씨의 당위적이고 절대적인 생각이 불안을 만들어내었습니다. 감정은 저절로 생기지 않습니다. 감정은 언제나, 어떤 생각을 한 결과로 나타납니다.

그래서 먼저 할 일은 내가 방금 어떤 생각을 했는지부터 들여다보는 것입니다. 방금 한 그 생각을 눈 밖으로 꺼내어 바라보고, 스스로에게 묻습니다. 논박하며 따져 묻습니다. '이 생각이 정말 맞는가? 그리고 이 생각이 지금의 나에게 도움이 되는가?' 도움이 되지 않는다는 판단이 설 때, 그제야 생각을 달리해볼 수 있습니다. 생각이 바뀌면, 감정도 함께 달라집니다.

다시 카안 씨에게 물었습니다. "카안 씨, 이런 당위적 생각이 카안 씨에게 도움이 되나요? 이분법이며 과잉한 생각이 본인에게 도움이 될까요?"

"아닙니다. 도움이 되지 않습니다. 제가 이렇게 이분법적으로 생각하고 있는지조차 몰랐습니다. 그토록 아이 때문에 괴롭다고 호소하며 다녔는데 말입니다. 주위 사람들에게 아이가 나를 괴롭힌다고, 아이 문제라고 하며 다녔는데 말입니다. 살펴보아야 할 것은 나의 생각임을 오늘 완전히 알았습니다. 극단적으로 이분법적으로 생각하는 습관이 있다는 것도 알았습니다. 이성적이라고 생각했는데, 매우 비이성적인 인간이었군요.

저의 생각이 비이성적인지도 모르고 아이만 잡았습니다. 저의 과거 경험이 절대적이지 않습니다. 사회 초년생이었을 때, 살기 위해서 살아남기 위해서 부여잡았던 타임 스케줄이 내 아이를 잡는 쇠사슬이 되어버렸습니다. 아이가 얼마나 답답했을까요? 아이에게 많이 미안해집니다. 나는 나이고 아이는 아이일 텐데요. 그리고 무엇보다 저는 아이에게 빚 따위의 짐을 지워주지 않을 것인데 말입니다. 남편과 성실히 일하여 저금도 하고 어느 정도 살 만합니다. 우리 아이들은 저처럼 악착같이 살아내지 않아도 됩니다. 하등에 도움이 되지 않는 생각으로 지난 몇 년간 많이도 괴로웠습니다. 이제 알았으니, 다시 타임 스케줄을 운운한다면 제가 엄마 실격인 것이겠지요."

"카안 씨, 결의합니다. 다짐합니다. 그리고 알아차립니다. 타임 스케줄대로 해야 한다는 생각이 올라오면 알아차립니다. 바로 반문합니다. '이 생각이 나에게 도움이 돼?'라고 반문합니다. 이 생각의 고통에서 나오겠다는 기준을 세웁니다."

카안 씨는 자신을 옥죄던 '당위적 생각의 틀'을 끈기 있게 관찰하며 알아차림의 근육을 키워갔습니다. 그 과정에서 그녀가 마주한 것은, 가계의 무게를 홀로 짊어진 채 버거워하던 어린 날의 자신이었습니다. 그녀는 기댈 곳이 없어 허리띠를 졸라매야 했던 어린 카안이를 따뜻하게 안아주며 위로를 건넸습니다. 이제는 더 이상 그때처럼 가혹하게 스스로를 채찍질하며 살지 않아도 된다는 사실을, 현재의 삶에는 충분한 여유와 안전이 깃들어 있다는 현실을 하나씩 점검하고 재발견해나갔습니다.

새로운 연습은 일상의 아주 작은 틈에서 계속되었습니다. '아이들은 이래야만 해'라는 당위적인 생각이 스칠 때마다, 그녀는 예전처럼 그 생각을 억지로 고치려 하거나 밀어내려 애쓰지 않았습니다. 대신 그 자리에서 잠시 걸음을 멈추고 자신에게 묻기로 했습니다.

"이 생각이, 지금의 나에게 도움이 되는가?"

불안은 여전히 불쑥불쑥 그녀를 찾아옵니다. 하지만 이제 불안

은 더 이상 그녀를 파괴적인 분노로 끌고 가지 못합니다. 불안이 앞
장서려 할 때마다, 그녀는 잠시 멈춰 서서 자신에게 질문을 던지는
연습을 합니다. 마지막 상담 날, 카안 씨는 평온한 미소를 띠며 이
렇게 말했습니다. "선생님, 제가 아직은 참 많이 부족해요. 하지만
이제는 확실히 알 것 같아요. 그동안 제가 발 딛고 있는 '지금'이 아
니라, 이미 지나온 '과거'의 유령 속에서 살고 있었다는 것을요."

자신의 삶이 과거의 낡은 각본에 묶여 있었다는 깨달음 하나로,
그녀는 비로소 오늘을 살아낼 힘을 얻었습니다. 거창한 기적이 아
니어도 좋았습니다. 과거를 놓아주고 현재를 선택하려는 그 단단한
의지 하나, 기준 하나만으로도, 그녀의 삶은 이미 충분히 변하고 있
었습니다. 그 작은 시작이면, 그것만으로도 충분했습니다.

1. 통제는 '내 안의 불안'이 보내는 신호입니다.

상대를 내 마음대로 하려는 욕구는 사실 내 불안을 잠재우려는 시도입니다. 상대가 움직여야 내가 안전할 것이라는 착각부터 직면하세요.

2. 과거의 생존 도구가 지금은 폭력이 될 수 있습니다.

힘든 시절 나를 살렸던 방식(완벽주의, 계획)을 지금의 타인에게 강요하지 마세요. 조건이 바뀌었는데도 과거의 칼을 휘두르면 관계는 베이고 맙니다.

3. '반드시'를 버려야 분노가 사라집니다.

'반드시 ~해야 한다'라는 당위성을 '~하면 좋겠지만, 아니어도 괜찮다'라는 유연함으로 바꾸세요. 내 기대의 강도를 낮추는 만큼 내 마음도 평온해집니다.

4. 타인의 운전대에서 손을 떼세요.

내가 통제할 수 있는 유일한 영역은 '나의 반응'뿐입니다. 타인의 영역을 침범하려는 손을 거두고, 각자의 속도로 살아갈 권리를 존중하는 것이 진짜 어른의 태도입니다.

내 마음대로 했으면 하는 신생아적 사고

신생아는 존재 자체로 추앙받습니다. 울기만 하면 젖을 주고 기저귀를 갈아주고 재워줍니다. 가끔 방긋방긋 웃어주면 주위 사람들은 행복에 겨워 넘어집니다. 불편하다는 의사표현을 울음으로 하면 주위가 보살펴줍니다. 울기만 하면 다 들어주고 웃으면 다 좋아합니다.

그러나 문제는, 이 신생아적 기대가 성인이 된 이후에도 계속 작동하는 것입니다. 50대 중반의 미혼인 파안 씨는 갱년기로 힘들게 되자 아무것도 하기 싫어 계속 눕게만 되고 죽고 싶은 생각을 떨칠 수 없다면서 상담을 의뢰했습니다. 그녀의 호소는 '아무도 알아주는 사람이 없고 외롭다는 것, 왜 본인이 모든 것을 다 해야 하냐는 것'이었습니다. 사는 것이 힘들어 죽고 싶다며 오열했습니다.

이혼 후 혼자 아이들을 키우는 40대 후반 하안 씨는 퇴근 후 집에 들어오면 아무것도 하기 싫고 어질러진 집과 아이들이 견딜 수 없이 미워지고 화가 난다고 했습니다. 이렇게 혼자 힘으로 아이들을 건사하면서 힘들게 사느니 차라리 죽었으면 좋겠다는 호소로 센터에 방문했습니다.

프로이트는 "정신분석자는 발굴 작업을 수행하고 있는 고고학자처럼, 가장 깊숙이 감추어진 가장 값진 보물을 찾을 때까지 환자의 정신을 한 층 한 층 벗겨가야 한다"고 했습니다.

프로이트는 인간의 성격 구조에서 id(원본능)를 원초적 욕망과 비합리적 소망의 자리라고 설명했습니다. 쾌락을 원하고, 책임을 피하고, 노력 없이 얻고 싶어하는 마음의 층위입니다. 만일 자신을 들여다보아, 본인의 비합리적 소망과 이기적 욕망을 찾아 인정한다면, 마음 저 아래의 '가장 값진 보물'을 찾은 것이나 다름없습니다.

저는 비합리적 소망, 이기적 욕망을 가진 이 이드를 '잠자는 공주'라고 명명하기로 했습니다. 동화 '잠자는 공주'의 줄거리는 모두가 잘 아실 겁니다. 잠자는 공주는 그녀의 일생에서 단 한 번도 자기주도적이었던 적이 없습니다. 태어날 때는 공주였고, 공주의 신분으로 저주에 걸렸고, 왕자님이 입맞춤하여 저주에서 풀려나 결혼하고 행복하게 살았습니다. 저주도 타자가 걸었고, 입맞춤조차 자기주도적이지 않고 타자 주도적이었습니다. 잠만 잤습니다. 아무것도 하지 않았습니다. 그러나 눈을 뜨니 백마 탄 왕자님이 눈앞에 있었고 그 왕자와 결혼해서 행복하게 살았습니다. 손가락 하나 까닥하지 않고 저주에서 풀려났고, 더 나아가 그 나라의 왕비까지 됩니다. 잠만 잤는데, 잠자는 공주는 왕비님이 되었습니다.

저는 무남독녀입니다. 초등학교 때 엄마가 계몽사에서 나오는 동화책을 전집으로 사놓으셨습니다. 전집 중에서 『잠자는 공주』는 읽고 또 읽어서 종이가 다 해진 기억이 있습니다.

또 중학교 시절 하이틴 로맨스 소설을 하루에 몇 권씩이나 읽었습니다. 늘 같은 이야기입니다. 그런 책을 어마어마하게 읽었습니다. 만화방에서 하이틴 로맨스를 빌려 하루 종일 읽었던 적은 수도 없이 있습니다. 마치 내가 도서관 사서인 양 만화방에서 빌린 책을 친구들에게 빌려주고, 다시 반납받고 만화방에 되돌려주고, 이런 희한한 짓을 한 사춘기 시절의 흑역사가 있습니다.

하이틴 로맨스를 읽으면서 백마 탄 왕자님이 나를 찾으러 올 거라는 환상적 사고를 쌓고 쌓았습니다. 무의식적으로 쌓았나 봅니다. 나는 아무것도 안 하고 잠만 자면 백마 탄 왕자님이 나를 찾으러 올 거라는 환상이 어마어마했습니다. 나의 이상형은 백마 탄 왕자님이었습니다. 수백 권의 하이틴 로맨스를 읽으면서 나의 꿈은 점점 강화되었고, 이상은 어느 사이에 나의 깊숙한 내면이 되어버렸습니다.

26세에 결혼. 그런데 어머나 세상에, 남편이 백마 탄 왕자님이 아닌 겁니다. 뭔가 억울한 느낌, 이게 무엇일까를 찾아보았습니다. 나의 이상형인 백마 탄 왕자는 남편이 아니었습니다. 더 나아가 나는 잠만 자야 하는데, 나는 잠자는 공주인데, 왜 내가 일어나서 갓난쟁이를 키우고 살림을 살고 있는지, 어색하기 그지없었습니다. 내가 환상에서 살고 있었다는 것을 깨닫는 데까지 몇 년이라는 시간이 걸렸습니다. 백마 탄 왕자님은 현실에 존재하지 않는다는 것을 몰랐습니다. 바보도 이런 바보가 없습니다.

현실에서 좌절했습니다. 억울했습니다. 잠만 자야 하는데 내가 왜 일어나서 하녀처럼 일을 하냐고 분해했습니다. 분한 이때 나는 어디에 있었던 것일까요? 그때 나는 환상에 있었습니다. 환상과 현실을 비교하여 현실을 고통스러워했습니다. 현실에 좌절할 때마다 감정은 고통이었습니다. 아무도 나를 이해해주는 사람 없는 외딴섬에 혼자 있는 외로움을 견디어내기란 보통 일이 아니었습니다. 의존하고 싶은 사람이 없다는 것이 괴로워 견딜 수 없었습니다. 이 고통은 환상 안에서의 고통임을 그때는 몰랐습니다.

만일 내가 백마 탄 왕자님 상을 만들어놓지 않았더라면 현실에서 괴로웠을까요? 나는 잠자는 공주여야 한다는 이상한 믿음이 없었다면 현실에서 외로웠을까요? 비합리적 소망이었습니다. 있을 수 없는 것을 만들어놓고는 내가 그 안에 갇혀 괴롭다, 힘들다, 외롭다며 신세 한탄하며 눈물 흘린 일이 헤아릴 수 없이 많았습니다. 백마 탄 왕자님 같은 사람이 없다는 것에 우울해했습니다. 잠자는 공주처럼 잠만 자야 하는데 내가 해야 하는 일에 억울해하며 힘들다고 울며 베갯잇을 적시며 잠을 설친 적이 한두 번이 아니었습니다. 그때는 몰랐습니다. 그것이 환상과 현실을 비교하여 느끼는 좌절감인 줄 몰랐습니다. 나에게는 너무도 진실이었기에 진실로 아파하고 고통스러워했습니다.

파안 씨와 하안 씨에게 저의 환상 소설 이야기를 해주었습니다. 그녀들에게 비합리적 소망인 '잠자는 공주'를 함께 찾아보자고 했습니다.

그녀들 역시 저와 같이 '나는 아무것도 안 할 테야. 나를 먹여 살려. 내가 왜 해야 해? 나는 웃기만 할 거야. 나는 노력하기 싫어. 나를 실망시키지 마, 이만큼 노력한 나를 추앙해. 노력하지 않아도 나를 추앙해야 해. 내가 아무것도 안 해도 나를 추앙해야 해. 아무것도 시키지 마. 기대하지 마, 존재 자체로 예뻐하고 사랑해줘, 내가 실수를 해도 지적하지 마. 야단치지 마. 무엇을 안 해도 지적하지 마, 나에게 아무 말도 하지 마, 나에게 지적하는 너는 죽일 인간이야, 네가 나빠, 어디서 나에게 지적이야? 나를 예뻐하라고, 나를 버리면 안 돼. 나에게 지적질하지 말라고. 나부터 예뻐하고 칭찬해. 나부터 가져야 해. 모두가 나만 바라봐야 해. 너의 것이 아니야. 다 내 거야.' 등의 생각들이 득실거리고 있음을 알아차렸습니다.

'그림책 심리지도사' 강사 양성과정 강의를 줌으로 하고 있습니다. 강의는 8회기로 이루어지는데, 2회기 즈음에 프로이트의 이드를 알려드리고 비합리적 소망, 이기적 욕망을 들여다보게 합니다. 참여자들은 이구동성으로 본인 안에 있는 신생아적, 유아적 사고들을 들여다보며, 파안 씨나 하안 씨와 똑같은 이야기들을 합니다.

이렇게 자신의 민낯을 있는 그대로 발표하고 나누는 참여자들, 내담자들을 뵐 때면 인도하는 자로서 깜짝깜짝 놀랄 때가 많습니다. 말하고 싶지 않은 불편한 나의 진실을 있는 그대로 말한다는 것은 사실 보통 용기가 아니거든요. 그럼에도 인도하는 대로 잘 따라오면서 본인의 갓난아기 같은 생각, 신생아적 생각을 보고하십니다. 어쩌면 가장 보고 싶지 않은 부분이 이 부분일지도 모릅니다. 그렇기에 더욱 들여다보아야 합니다. 제 사례와 파안 씨, 하안 씨 사례를 본인에게 대입하면 비합리적 소망을 찾을 수 있습니다.

1단계, 비합리적 소망을 찾습니다. 2단계, 찾은 비합리적 소망의 생각들을 하나씩 논박합니다. 이때 주의사항이 있습니다. 이런 생각을 한 나를 발견하면 쥐구멍에라도 숨고 싶어지고, 바로 자기비하, 자기혐오로 이어질 수 있습니다. '나 참 못났다, 이것밖에 안 되는 인간이었나'며 스스로를 비난하기도 합니다. 자기비난은 우리 문화에 만연된 생각습관이기도 합니다. 자기비난을 멈추고 제멋대로 생각하는 나(신생아적 생각, 자기중심적인 생각)를 따뜻하게 바라보며 있는 그대로 받아들입니다. 인간이기에 이런 생각을 할 수도 있습니다. 무슨 생각이든 할 수 있습니다. '죽이고 싶다'는 생각을 할 수도 있습니다. '잠만 자고 아무것도 하기 싫다'고 생각할 수 있습니다. '너희들이 다 하라'고 생각할 수 있습니다. 어떤 생각이든 할 수 있습니다. 본인의 그 어떤 생각도 부정하지 않습니다. 따뜻하게 이런 생각을 하는 나를 안아줍니다. 그럴 수 있었다고 수용해줍니다. 아무리 비합리적이며 이기적인 생각을 했다 하더라도 내가 나의 편이 되어줍니다. 이런 사랑을 받고 싶었을 겁니다. 있는 그대로의 사랑을 받고 싶었습니다. 결핍의 크기만큼 '잠자는 공주'를 키워놓았습니다.

'잠자는 공주'의 크기만큼 나는 결핍이었습니다. '잠자는 공주 = 결핍의 나'입니다. 있는 그대로의 사랑을 받지 못한 배고픈 나입니다. 내가 나에게 사랑의 밥을 주어야 합니다. 받고 싶었던 만큼 사랑의 밥을 주며 보듬습니다. 배고픈 만큼 나를 이해해주며 감싸 안습니다. 그리고 받고 싶은 만큼의 사랑을 내가 나에게 줍니다. 이런 작업들이 쌓여야 비합리적 소망이 득실거리는 생각들이 사라집니다. 꼭 '잠자는 공주'여야겠다는 집착이 조금씩 사라집니다.

타자에게 바라는 마음을 자신으로 되돌립니다. 자기비난을 멈추고 자신을 안아줍니다. 충분히 배가 불러야 주위 것들도 둘러볼 수 있고, 내 안에 들끓는 신생아적 생각들을 타일러도 말을 알아듣습니다. 충분히 배가 부르게 만족되었다면 이제는 찬찬히 살살 자신을 타이릅니다. 비합리적 소망을 내려놓자고 타이릅니다. 처음에는 저항할 수 있습니다. 저항하면 다시 좀 기다립니다. 그리도 또 안아줍니다. 이렇게 계속 안아주다 보면 저항의 힘이 점점 풀어지면서 내려놓음을 선택하려 합니다. 이 마음은 '내려놓아야 하는 마음'입니다. 내려놓으면 자유롭습니다. 친절하게 수용하고 타이르는 작업을 하면서 내려놓습니다. 자신을 친절하게 수용하면서 내려놓으면, 누가 알아주지 않아도 서운하지 않습니다. 타자에게 인정받지 않아도 편안한 내가 됩니다.

여기까지 왔다면 다음 3단계입니다. 이제 이 '아무것도 하기 싫어하는 나', 이것이 문제인데요. '자기주도적이지 않고 타인에게 의존하며 뱀파이어처럼 피 빨아 먹고 살고 싶어하는 나'가 있습니다. 남편을 통해 이루었으면 좋겠고, 자녀를 통해 이루었으면 좋겠고, 가족들이 대신 다 해주었으면 좋겠고, 그가 누구이든지 하기 싫은 모든 것들을 해주었으면 하고 바라는 이기적인 욕망의 '아무것도 하기 싫은 나'가 있습니다. 나는 아무것도 안 하고 이루어졌으면 좋겠다는 것이 이기적인 마음입니다.

이런 이기적인 나도 따뜻하게 바라보며 그 마음을 수용해줍니다. 그런데 이 이기적인 마음의 아이에게는 가르쳐야 할 것이 있습니다. 자기주도적이어야 한다고 잘 가르쳐야 합니다. 내 인생은 내가 사는 것이라고 부드럽게 가르치며 하기 싫은 일들을 하게 합니다.

'아무것도 하고 싶지 않은 나'는 무슨 일이든 억지로 하는 것에 '억울함'이 있습니다. 만사를 억지로 한다는 인지 오류를 범하는 나입니다. 그 누구도 강제로 시키지 않았음에도 스스로가 피해자가 되어 있습니다. 억울함으로 늘 피해자 코스프레를 하는 나입니다. 머리로는 억울한 일이 아님을 알지만, 아무것도 하기 싫은 나는 늘 뭔가 모를 억울함에 시달립니다. 피해자 시나리오가 익숙한 나입니다. 내가 해야 하는 일임에도 불구하고 피해자 같은 느낌의 억울함이 있습니다. 본인이 선택한 일이거나 공부임에도 타자가 시켜서 한 것처럼 억울해하는 감정이 있습니다. 나는 일을 벌이고 수습은 너희들이 하라는 이기적인 마음이 있습니다.

저는 '아무것도 하기 싫은 나'를 자기주도적으로 바꾸기 위해 상징적인 행위를 해보기로 했습니다. 처음 센터를 열 때, 집에 있는 많은 책을 센터로 옮겨야만 했습니다. 쌓여 있는 많은 책을 보자 의존하고 싶은 몇몇 지인들과 남편 얼굴들이 떠올랐지만, 꾹 참고 혼자 다 해보기로 결심했습니다. 이것이 자기주도적 인생을 사는 상징적 행위라는 이름을 붙이며, 혼자서 그 많은 책을 다 옮기는 '의례'를 행했습니다. 이제 나는 어른이 되기로 결심했고 어른은 기꺼이 감내하는 자라는 기준을 세웠습니다. 독립과 자립을 목표로 잡

있습니다. '아무것도 하기 싫은 나'가 주는 억울함이라는 고통에서
나오기로 결심했습니다. '아무것도 하기 싫은' 생각이 없었다면 억
울함이라는 감정은 올라오지 않기 때문입니다. 억울함의 원흉은
'아무것도 하기 싫은'이라는 생각입니다. 생각을 바꿉니다. 억울한
감정을 바꾸려면 생각을 바꿉니다.

　억울한 감정이 북받쳐 올라온다면 들여다봅니다. '아무것도 하
기 싫은 나'가 있는지 들여다볼 일입니다. 그리고 이 마음을 바꿉
니다. 생각을 바꿉니다. 설거지가 하기 싫어도 합니다. 청소를 하기
싫어도 합니다. 운동을 하기 싫어도 하고 일을 하기 싫어도 합니다.
'아무것도 하기 싫은 나'의 허상을 깨며 지금, 여기에 있습니다. 억
울한 감정을 가지고 일을 하거나 청소를 하면 일이 힘겹습니다. 청
소가 싫어집니다. '아무것도 하기 싫은'이라는 생각이 없었다면 청
소를 하는 것이 싫지 않습니다. 일도 할 만하고 청소도 할 만합니
다. 나는 아무것도 하기 싫고 누군가 나를 예뻐하기만 하고 나를 먹
여 살려야 한다는 유아기적 신생아적 생각을 내려놓는 연습을 합
니다. 기꺼이 내가 책임지겠다는 의지를 내면서, 엉덩이를 들고 몸
을 움직입니다. 이제는 더 이상 아이로 머물지 않겠다는 기준을 세
우고 자신을 독립된 인격체로 재탄생시킵니다. 내가 만든 생각의
틀이기에 나만이 깰 수 있습니다. 자신을 위로해주고 보듬어주고,
그리고 엉덩이를 듭니다.

1. 내 안의 '잠자는 공주'를 직면하세요.

노력 없이 추앙받으려는 마음은 비합리적인 환상입니다. '왜 나만 해야 해?'라는 억울함이 올라올 때, 내 안의 이기적인 신생아적 욕망이 꿈틀대고 있음을 알아차려야 합니다.

2. 비난 대신 '결핍의 나'를 안아주세요.

추악한 욕망을 발견했다고 자책하지 마십시오. 잠자는 공주는 사랑에 배고팠던 당신의 결핍이 만든 환상입니다. 내가 나를 충분히 보듬어줄 때, 타인을 향한 과도한 의존이 멈춥니다.

3. '억울함'이라는 피해자 시나리오를 찢으세요.

억울함의 본질은 '아무것도 하기 싫은 마음'입니다. 내가 해야 할 일을 억지로 한다고 믿으면 세상은 가해자가 됩니다. 주체적인 선택임을 인정하는 순간, 고된 일상도 나를 키우는 동력이 됩니다.

4. 엉덩이를 들고 '나의 인생'을 운전하세요.

생각만으로는 환상에서 깰 수 없습니다. 남의 도움 없이 혼자서 해내는 작은 일부터 시작하세요. 내 일을 내가 책임지겠다는 의지로 몸을 움직일 때, 비로소 진짜 현실의 주인이 됩니다.

힘들어서, 고통스러워 죽고 싶다

억울함의 고통을 호소했던 파안 씨와 하안 씨 입버릇 중에는 '힘들어서 고통스러워 죽고 싶다'가 있었습니다. 두 사람은 '힘들어서 죽고 싶다'는 생각으로 고통스러워했습니다. 힘든 상태를 견딜 수 없어했습니다. 마음 바닥 저 아래에서 '죽어야 한다, 죽고 싶다, 죽었으면 좋겠다, 죽어야 끝이 난다'는 감정들이 자신을 끌어당긴다고 했습니다.

이 생각들이 하루를 잠식했고, 몸은 점점 무거워졌습니다. 아침에 일어나는 일조차 버거웠고, 작은 일 하나에도 온몸이 꺼지는 느낌이 들었다고 했습니다. 힘들다는 생각은 생각에 생각의 꼬리를 물어 '죽어야 다 끝난다'는 파국화를 만들어놓게 되었습니다. 파국에 다다르면서 매일이 악몽이었습니다. 악몽 같은 죽음의 생각 고리에서 빠져나오질 못했습니다.

하루에 10분 정도씩 운동하기, 일어나서 청소하기, 감사 일기 쓰기 등의 미션을 수행하기로 약속했으나, 그녀들은 곧잘 힘들다고, 노력하는 것이 힘들다고, 노력하는 것 더 이상 하고 싶지 않다고 약간의 연습도 버거워했습니다. '노력'이라는 단어에 과잉으로 반응하는 경향이 있었습니다.

저는 밥을 많이 먹어서 배가 부를 때, 배불러 죽겠다는 표현을 늘 씁니다. 힘들 때도 힘들어 죽겠다는 표현을 씁니다. 저뿐만이 아니라, 이런 표현들은 보편적으로 사용되고 있습니다. 배불러 미쳐버리겠다, 힘들어 미치겠다, 힘들어 죽겠다, 진짜 미쳐버리겠다, 진짜 죽겠다 등의 표현이 입에 익어서 도무지 다른 표현이 있을까 할 정도입니다. 본인 입으로 내뱉은 말을 가장 많이 듣는 사람은 자신입니다. 입 밖으로 나오는 소리가 죽고 싶다, 미치겠다이니, 안 미칠 수가 없겠습니다.

'힘들다'는 단어를 자세히 들여다보면, '힘이 들어가다'입니다. 단어 그대로의 의미는 단지 '힘이 들어가'는 것뿐입니다.

예를 들어 헬스장에서 팔운동을 한다고 하면 처음에는 본인이 들 수 있는 무게로 힘을 넣고 힘을 씁니다. 본인 이상의 힘을 쓸 때 고통스러울 수 있습니다. 그러면 흔히 못 들겠다, 미치겠다, 힘들어서 고통스럽다고 합니다. 고통스러운 운동 하기 싫다, 때려치워야겠다, 무게를 칠 때 죽는 줄 알았다. 이 예를 보면서 생각의 흐름에 이름을 붙여보겠습니다.

'힘들다 → 고통스럽다'로 생각이 비약적으로 치닫는 것을 볼 수 있습니다. 이제 이 생각은 더욱 비약적으로 치닫습니다. '힘들다 → 고통스럽다 → 죽고 싶다'로 비약합니다. 죽고 싶다는 이내 포기로 갑니다. 하기 싫다로 갑니다.

엄격히 말하면 힘이 들어가서 힘을 쓸 뿐인데, 힘들다를 고통스럽다, 죽고 싶다로 말하는 언어 습관이 있습니다. 무의식적 언어 습관은 곧 생각의 습관입니다. 생각은 감정을 일으킵니다. '힘들면 고통스러워 죽고 싶다'는 생각 구조가 힘든 것을 받아들이지 못합니다. 어떤 생각의 흐름인지도 못 알아차리면서 죽고 싶다를 남발하는 형상입니다. 본인이 무의식적으로 만든 생각에 갇혀 죽고 싶은 고통에 몸서리치는 형상입니다. 이 흐름은 너무 빨라 중간에서 멈출 틈이 없었습니다. 힘이 들어가는 순간, 이미 파국이 정해진 이야기처럼 결말을 향해 달려갔습니다.

파안 씨와 하안 씨에게는 약간의 미션을 주는 것이 맞지 않아 상담 방향을 바꾸었습니다. 우선 말 습관부터 바로잡는 연습을 시켰습니다. '힘들어 미치겠다, 힘들어 고통스럽다, 힘들어 죽고 싶다'는 말을 할 때 알아차리게 했습니다. 그리고 과연 운동 10분 하는 것이 힘들어 고통스러운 것인지, 청소 조금 하는 것이 고통스러운 것인지 되묻게 했습니다. 본인 생각을 의심하고 회의하며 질문하게 했습니다. 질문하고 '힘들면 고통스럽다고 느끼는 나'에게 이야기하도록 했습니다. 현실에서 일어나는 하나하나의 상황마다 깨어 있으면서 '이 행동이 고통스러운 게 맞아?'라고 질문하며 행동에만 집중하게 했습니다.

청소나 운동을 하면서 수십 가지 번뇌 망상을 일으키기에 힘들고 고통스럽다는 감정을 느끼는 겁니다. 청소라는 한 가지 행위에만 집중하면 청소는 할 만한 행위입니다. 청소만 생각하면 고통스럽지 않습니다. 더군다나 죽고 싶을 정도까지는 결코 아닙니다.

청소나 운동을 하면서 '내가 이것을 왜 해야 하나? 나는 왜 아무도 도와주는 사람이 없나? 내 인생은 왜 이렇게 외롭나? 내가 무엇을 잘못해서 이런 불행한 삶을 산단 말인가?' 등의 온갖 이야기들을 생성하면 몸이 힘듭니다. 몸이 힘드니 생각은 죽고 싶다, 죽어버리면 끝이다라는 생각으로 생각이 생각을 더해 고통스럽습니다.

생각이 나를 고통스럽게 만드는 겁니다. 별 생각 없이 청소만 한다면 못할 일이 아니며 고통스러워 죽고 싶을 일은 더더욱 아닙니다. 행동만 남기면 이야기는 사라집니다. 청소는 그냥 청소가 됩니다. 운동은 그냥 몸을 움직이는 일이 됩니다. 할 만한 일이 되는 겁니다.

문제는 '노력한다 → 애쓴다 → 힘들다 → 고통스럽다 → 하기 싫다'는 생각의 흐름입니다. 이러한 생각의 흐름, 인지도식을 가지고 살아가기 때문에 조금만 노력하면 하기 싫어집니다.

유튜브 쇼츠에서 아이 아빠가 아기를 안고 벽에 부딪히지도 않았는데 일부러 부딪는 소리를 내며 호들갑을 떨고 아기에게 아픈 표정을 짓자, 아이는 부딪지도 않았는데 앙 하며 울어버리는 동영상을 보았습니다. 연이어 이번에는 아기가 진짜 바닥에 넘어져서 꽝 했지만 아기 엄마가 차분하게 괜찮아라고 하니, 아이는 울지 않고 아무렇지도 않은 듯 다시 일어나는 동영상이 있었습니다. 조금 힘들면 죽고 싶다는 표현의 호들갑, 배가 부르면 배가 불러 미치겠다, 배불러 죽겠다는 호들갑은 동영상의 아이처럼, 직접 아픔을 경험한 것도 아닌데 아빠의 호들갑스러운 인상을 보고 울어버린 아기 같은 모습입니다. 우리 안에 이런 아기와 같은 모습, 아빠와 같은 호들갑의 모습이 있는지 들여다볼 일입니다.

과잉으로 말하는 습관은 생각의 습관을 만들고 생각은 감정을 만들어 그 안에서 고통을 느끼게 합니다. 생각 흐름의 구조를 파악했다면 이제 거꾸로 하면 됩니다. 고통스러울 때 알아차립니다. 어떤 생각을 했는지 알아차립니다. 관찰합니다. '힘들다를 고통스럽다'로 생각했다면, '힘들면 고통스럽다고 느끼는 나'의 생각을 회의하며 가르칩니다. 같지 않다는 것을 계속 사유하며 내가 나를 가르칩니다. 이런 연습들을 하면 번뇌를 일으키는 생각들은 현저하게 줄어듭니다.

파안 씨와 하안 씨는 이렇게 연습했습니다. 고통스럽다는 생각을 알아차렸다면, '지금 이 행동 자체가 고통인가? 아니면, 또 내가 이야기를 만들고 있는가?'라고 되묻기부터 연습했습니다. 그리고 '힘들다, 고통스럽다' 대신 '지금 힘이 들어간다'라고 말해보는 연습, '못 견디겠다' 대신 '잠깐 버거울 뿐'이라고 말해보는 연습을 했습니다.

에너지 총량의 법칙이 있습니다. 생각 총량의 법칙입니다. 죽고 싶다는 어둠의 에너지를 바꾸려면 생각을 바꿉니다. 힘들다는 고통스럽다가 아닙니다. 말 습관을 바꿉니다. 말 습관을 바꾸면서 생각 습관도 바꿉니다. 미치겠다, 고통스럽다, 죽고 싶다고 말할 때, 딱 그때 알아차립니다. 이 정도 일이 과연 죽을 일인지 스스로에게 따져 묻습니다. 징징거리는 피해자 코스프레에 익숙한 억울함이 주 감정인 미성숙한 아이를 잘 키워봅니다.

'힘들다 ≠ 고통스럽다'라는 사유. 흰 늑대에게 밥을 계속 주면 번뇌를 일으키는 생각은 줄어듭니다. 이렇게 생각을 활용하는 겁니다. 할 수 있습니다. 해낼 수 있습니다. 누구든 연습만 하면 죽고 싶다는 고통에서 나올 수 있습니다. 과잉으로 만든, 호들갑으로 만든 생각에서 나를 구원할 수 있습니다.

파안 씨와 하안 씨는 자신 안에 자리한 신생아적 생각을 부정하지 않고, 있는 그대로 이해하고 받아들이는 일부터 시작했습니다. 그럴 수 있었다고 스스로를 토닥이며, 그 마음을 한 살 한 살 키워냈습니다. 청소를 하다 억울함이 치밀어오를 때마다, 그것이 '잠자는 공주'라는 비합리적 소망이자 '아무것도 하기 싫다'는 이기적 욕망임을 알아차리고 명명했습니다. 그리고 그 생각에 끌려가지 않기로, 내려놓기로 선택했습니다.

바라기만 하던 자리에서 물러나 어른이 되자고 자신을 설득하며, 그때마다 기꺼이 내가 할 일을 책임지는 선택의 의지를 내어 엉덩이를 들었습니다. 살살 자신을 가르쳤고 해야 할 일을 오늘의 몫으로 받아들이는 연습을 반복했습니다.

그 과정 속에서 이드의 충동성은 점차 통합되었고, 과잉으로 호들갑을 떨던 말 습관도 힘을 잃어갔습니다. '죽을 만큼 힘들다'는 말 대신, '할 만한 일'이라고 자신을 가르쳤고, 책임이라는 생각을 선택함으로써 억울함이라는 감정에서 서서히 벗어났습니다.

그렇게 두 사람은 비로소 자기주도적인 삶을 살기 시작했습니다. 어른이 된다는 것이 더 이상 기대기만 하지 않는 일임을, 요구하기보다 선택하는 일임을, 그리고 그 선택을 책임지는 일임을 삶 속에서 몸으로 체득해가고 있습니다.

그렇게 성장해가는 모습을 바라보고 있으면, 아무것도 더 바라지 않아도 되는 순간이 옵니다. 세상을 다 가진 것 같은 만족은 그때, 아주 조용히 제 안에 내려앉습니다.

1. '힘들다'를 '힘이 들어간다'로 재정의하세요.

힘들다는 것은 단지 에너지를 쓰고 있다는 뜻입니다. 살아 있기에 힘이 들어가는 것뿐입니다. 단어의 정의만 바로잡아도 감정의 무게는 절반으로 줄어듭니다.

2. 감정의 '호들갑'과 '비약'을 경계하세요.

'힘들다 → 고통스럽다 → 죽고 싶다'로 이어지는 비약적 소설을 멈추세요. 지금 하는 행동이 정말 죽을 만큼 고통스러운지 냉정하게 따져 물어야 합니다.

3. 번뇌를 끄고 '행동'만 남기세요.

행동이 아니라 행동에 덧붙인 '생각'이 고통을 만듭니다. '왜 나만 하나?'라는 억울함을 끄고 행위 자체에만 집중하세요.

4. 징징거림을 멈추고 '어른의 언어'를 선택하세요.

피해자 코스프레는 미성숙한 자아의 언어입니다. '기꺼이 책임지겠다'라는 의지로 엉덩이를 드세요. 말 습관을 바꾸고 몸을 움직일 때 억울함에서 해방됩니다.

어떤 일도 할 수 없을 것 같아요. 위축되었어요

기안 씨는 결혼 후 일을 바로 그만두고 7년째 다시 일을 하지 못하고 있습니다. 7년째 같은 생각의 반복에서, 생각의 도돌이표 속에서 나오지 못하고, 선택하지 못하고 있었습니다. 이상적인 일을 하고 싶다고 했습니다. 그러나 이상적인 일을 하려고 하면 당장 돈이 안 될 것 같아 망설이게 된다고 합니다. 그러면 돈 되는 일을 해야겠다는 생각을 합니다. 돈 되는 일을 하면 돈만 되는 일은 의미가 없을 것 같다고 합니다. 무려 7년을 이 두 가지 생각으로 갈등하며 망설이다 시간만 흘러가버렸습니다. 이 일을 하려면 저것이 걸리고 저 일을 하려면 이것이 걸리고를 무한 반복하며 무기력감과 위축으로 7년이라는 시간을 보냈다는 호소였습니다.

가르치는 일을 하고 싶다고 했습니다. 그러다 다음 주에 와서는 가르치는 일을 해서 언제 좋은 아파트로 이사가고 좋은 차를 타냐고 했습니다. 또 그다음 주에는 좋은 차, 좋은 집이 인생의 전부는 아니지 않냐면서 의미 있는 일을 하고 싶다고 했습니다. 이렇게 몇 주를 왔다갔다 갈지(之)자를 그리며 갈등하고 망설였습니다. 몇 주를 헤매다가 일단 하나를 정하고 가르치는 일을 선택하기로 했습니다. 강사 직업을 가지기 위해 자격증 공부부터 해보기로 다짐하면서, 희망에 차서 할 수 있다는 자신감을 가지고 되돌아갔습니다. 자신감을 가지고 되돌아갔지만, 그다음 주 기안 씨는 다시 시무룩해져서 왔습니다. 어떤 생각을 했는지 들어보면서 기안 씨 생각을 종이 위에 써내려갔습니다.

"아이들을 가르치는 생각을 하니까 기분이 좋아지고 할 수 있을 것 같고 드디어 내가 생각한 이상과 맞는 의미 있는 일을 할 수 있을 것 같아서 자신감이 생겼어요. 그런데 제가 못 해내면 어떻게 하지요? 못 해낼까봐 두려워서 못하겠어요."

저는 기안 씨가 망상소설을 쓰고 있음을 알아차리게 하고 싶어서 다음과 같이 말했습니다. "시작하지도 않았는데, 벌써 못 해낼까봐라는 망상소설을 쓰며 지금 포기하시는군요."

그러자 기안 씨는 말했습니다. "맞아요. 몇 주 동안 상담하면서 이것 하고 싶다고 하면서 저것을 걸려 하고 저것 하고 싶다고 하면서 이것을 걸려 했던 것은, 걸리는 것이 문제가 아니었어요. 못 해낼까봐가 있었어요. 못 해낼까봐였는데, 이것이 걸린다 저것이 걸린다고 했던 것 같아요."

기안 씨 말을 종이 위에 썼고, 그 종이를 기안 씨 쪽으로 보여주면서 말했습니다. "기안 씨는 할 수 있다는 생각 다음에 이내 못하면 어쩌지라는 생각을 하고 있습니다. 어떤 사람들은 할 수 있다는 생각을 하면, 자 이제 무엇부터 하면 되나 하고 바로 문제를 푸는 방식으로 접근하는데, 기안 씨는 할 수 있다에서 이내 못하면 어쩌지라는 벌어지지 않은 망상을 하고 있습니다. 자, 기안 씨, 할 수 있다는 생각을 할 때 감정이 어땠나요? 이내 할 수 없다는 생각을 할 때 감정이 어땠나요?"

기안 씨는 큰 두 눈을 동그랗게 뜨더니 금방이라도 앞으로 쏟아질 듯한 눈빛으로 말했습니다. "할 수 있다고 생각했을 때는 자신감이 있었고, 못하면 어쩌지라는 생각을 했을 때는 위축되고 걱정되고 불안해졌어요. 이 감정이 싫어요. 앗? 선생님, 이 감정을 느끼기 싫어서 저는 다른 이유들을 찾으며 걸려 하면서 사회에 못 나가고 있었던 것 같아요."

기안 씨와의 상담에 속도가 붙는 듯했습니다. "다시, 기안 씨. 기안 씨의 인지도식을 제가 종이 위에 적어보았어요. 기안 씨의 자동적 인지도식은 '할 수 있다에서 이내 못하면 어쩌지?'로 만들어져 있다는 것을 알 수 있었어요. 할 수 있다는 생각을 했을 때는 자신감이 일어났지요. 이내 못하면 어쩌지라는 생각을 하니까 위축되고 자신감이 떨어졌고요. 기안 씨의 어떤 생각이 기안 씨를 위축시킨 것일까요? 이렇게 두 눈으로 본인 생각을 보니까 어떻습니까?"

나는 그녀의 눈 앞에 놓인 A4 용지 위에 '할 수 있다 → 이내 못하면 어쩌지 → 위축 → 멈춤'이라고 크게 써서 보여주면서 물었습니다.

기안 씨는 뭔가 와닿은 듯이 깊은 숨을 내쉬며 대답했습니다. "지난 7년을 '할 수 있다와 이내 못하면 어쩌지'로 지낸 것 같습니다. 할 수 있다만 생각하는 줄 알았는데, 그렇지 않았네요. 뭐든 할 수 있다고 큰소리만 치며 일을 안 하고 있었던 것은 나의 착각이었네요. 나는 결국 못하면 어쩌지에 걸려 온갖 핑계를 대며 세상에 나가지 못하고 있었던 거였습니다. 되지도 않는 이상 타령을 했다가 되지도 않는 좋은 아파트 좋은 차 타령을 했다가를 반복했던 것 같습니다. 못하면 어쩌지? 못할까봐라는 생각이 선생님 말씀대로 자동으로 일어나는 생각이네요."

다시 기안 씨에게 물었습니다. "기안 씨, 좀 더 집중하며 들여다봅시다. 못하면 어쩌지? 못할까봐라는 위축된 생각, 불안을 더 구체적으로 들여다봅시다. 대관절 무엇을 못하면 어쩌지요? 무엇을 못할까봐 걱정인 것인가요? 구체적인 무엇이 있나요? 아니면 막연하게 못하면 어쩌지인가요?"

기안 씨는 단숨에 대답했습니다. "아니요. 구체적인 무엇은 없습니다. 막연합니다. 막연하게 자동적으로 못하면 어쩌지라는 생각을 했던 것 같습니다."

기안 씨처럼 무엇을 못하는지도 모른 채, 무엇이 불안한지도 모른 채 막연히 걱정하고 걱정으로 위축되고 불안한 경우들이 있습니다. 막연한 것을 들여다보자, 그저 막연함에만 머물러 있다는 것을 발견할 수 있습니다. 이때 우리가 할 수 있는 일은 **알아차림**입니다. 나의 생각을 알아차리고 그 생각을 논박합니다. 이렇게 나 자신에게 물어봅니다.

"이 생각은 나를 시작하게 하는가? 멈추게 하는가?" '할 수 있다'는 자신감에서 '이내 못하면 어쩌지?'로 생각하는 생각의 패턴을 알아차립니다. 알아차려야 생각의 프로세스, 생각의 구조, 인지도식을 끊을 수 있습니다. '못하면 어쩌지?'라는 생각의 패턴을 끊는 것에 '이 생각은 나에게 도움이 되는가?'는 당분간 유용한 도구입니다.

'못하면 어쩌지?'라는 생각을 논박하는 질문으로 "이 생각은 나를 시작하게 하는가? 멈추게 하는가?"라고 스스로에게 되묻습니다. 이 작업은 생각을 끊기 위한, 즉 무의식적으로 만들어진 생각의 프로세스, 인지도식을 끊기 위한 작업입니다.

기안 씨에게는 다음 주까지 '못하면 어쩌지?'라는 생각이 올라오는 것을 알아차리고 이 무의식적이며 자동적인 생각습관을 끊기 위한 작업으로 "이 생각은 나를 시작하게 하는가? 멈추게 하는가?"를 되묻는 연습을 하고 오라는 미션을 주었습니다.

그녀는 그다음 주에 와서 지난 일주일을 보고했습니다.

"선생님, 정말 제가 부지불식간에 빛의 속도로 '못하면 어쩌지?'를 하고 있더군요. 하루에도 몇 번씩이나 하고 있었어요. 잠자리에 누워 잠을 청할 때, 아침에 눈 뜨자마자, 건강을 위해 공원에서 1만 보 걷기로 마음먹은 것에서조차 '못하면 어쩌지?'라는 생각을 하고 있더군요. 이렇게나 많이 하고 있는 줄 몰랐습니다. 스스로 깜짝 놀랐어요. 선생님 말씀처럼 감정은 생각이더군요. 무기력하고 위축되었던 나의 감정은 나의 생각이었습니다. 생각이 나를 이렇게 무기력하고 위축되게 만들었다는 것을 알아차리니, 매일 매 순간 이러고 있었습니다. '못하면 어쩌지?'라는 소설을 내가 계속 생성하고 있었습니다.

'못하면 어쩌지?'라는 생각을 알아차리고 이 생각은 나를 시작하게 하는가? 멈추게 하는가? 되물었습니다. 당연히 멈추게 하는 것이지요. 이제 소설을 쓰고, 이야기를 생성하는 것을 멈출 수 있을 것 같습니다. '할 수 있다'까지만 생각하겠습니다. 그다음은 생각하지 않겠습니다. '못하면 어쩌지?'라는 생각을 안 할 수 있을 것 같습니다."

'못하면 어쩌지?'라는 생각은 내가 만들었습니다. 내가 만든 생각에 내가 갇힌 꼴입니다. 나의 생각습관이 되어 철옹성 같은 생각의 틀이 되어버렸습니다. 내가 만들었으므로 내가 그 틀을 깰 수 있습니다. 알아차림으로 깰 수 있습니다. 알아차리고 논박하면 끊을 수 있습니다. 연습하면 됩니다. 생각은 연습, 훈련의 대상이지, 우리의 운명이 아닙니다.

우리는 무언가 시작하기도 전에 '안 되면 어쩌지?'라는 불길한 생각에 사로잡히곤 합니다. 그 생각이 올라오는 순간, 우리는 당당히 걷던 길을 멈춥니다. 그러고는 포기할 구실을 찾으며 '선택 갈등'이니 '신중함'이니 하는 온갖 근사한 말들로 멈춤을 합리화합니다.

사실 '안 되면 어쩌지?'라는 걱정은 아직 일어나지 않은 허상의 일입니다. 무언가 하고 싶다는 순수한 열망이 피어올랐을 때, 우리의 에너지는 '어떻게 하면 해낼 수 있을까?'에 쓰여야 합니다. 하지만 우리는 그 에너지를 '안 될지도 모른다'라는 비관적인 시나리오를 집필하는 데 소진해버리고는 결국 포기를 선택합니다.

스스로에게 냉정하게 물어봅시다. 어디서 포기한 것일까요? 본인이 지어낸 '어둠의 소설' 속에서 포기한 것입니다. 실체도 없는 어둠의 소설 속에서 지레 겁을 먹고, 포기하고, 우울해하며 자존감을 깎아내리고 있는 것입니다. 막연한 두려움이 만든 의기소침함에 갇혀 자신을 가두는 일을 이제는 멈추어야 합니다. 자신을 위해 더 이상 막연하고 비극적인 이야기를 써내려가지 않는 것, 허상의 공포로부터 자신을 지켜내는 것. 이것이야말로 진정으로 나를 아끼는 '자기사랑'의 시작입니다.

1. 결심 뒤에 붙는 '두 번째 생각'을 검열하세요.

'할 수 있다' 뒤에 즉각 따라붙는 '못하면 어쩌지?'는 신중함이 아니라 나를 마비시키는 망상입니다. 이 두 번째 생각이 올라오는 찰나를 즉시 알아차려야 합니다.

2. '이 생각은 나를 움직이게 하는가?'라고 물으세요.

생각의 옳고 그름보다 '기능'을 보세요. 나를 한 발짝이라도 움직이게 하지 않고 자리에 주저앉게 만드는 생각이라면, 이유 불문하고 가차 없이 폐기해야 합니다.

3. '막연한 공포'를 구체적인 질문으로 해체하세요.

'못하면 어쩌지?'라는 막연함은 답이 없는 늪입니다. '무엇을, 어떻게 못할 것 같은가?'라고 따져 물으세요. 실체 없는 두려움은 구체적인 질문 앞에서 힘을 잃습니다.

4. 결심했다면 '그다음 생각'을 끄고 움직이세요.

생각은 운명이 아니라 연습입니다. '못하면 어쩌지'라는 회로의 전원을 의식적으로 끄세요. 결심까지만 생각하고 바로 몸을 움직이는 연습이 당신을 무기력에서 구원합니다.

위축 아래 공격성

'못하면 어쩌지?'에 갇혀 있던 기안 씨에게 **꼬리물기 질문법**으로 질문하며 내면에 더 집중해보았습니다. 꼬리물기 질문법은 '그러면 어떻게 되나요?'라고 계속 물고 늘어지는 질문법입니다. 이 질문법의 예시를 보시고 독자들께서도 스스로 묻고 답하는 연습을 해보셨으면 합니다.

그래서 실제 상담 장면에서는, 이 질문이 다음과 같이 이어졌습니다. 아래는 기안 씨와 나눈 상담의 일부입니다.

상담자(나): "기안 씨, 못하면 어떻게 되나요?"

내담자(기안 씨): "못하면 안 됩니다. 못하면 아빠가 혼을 내요. 성적이 떨어지면 집을 나가라고 하셨어요. 공부 잘하는 방법 같은 것은 가르쳐주지도 않으면서 무조건 잘하기만을 바랐어요. 조금 잘하면 주위 사람들에게 자랑하고 조금 못하면 불같이 야단치면서 몇 날 며칠을 씩씩거리며 화를 내셨어요. 숨이 막혀 도망가고 싶었지만, 어디 갈 곳도 없었습니다. 지금도 그때를 생각하면 가슴이 답답해요."

잠시 숨을 고른 뒤, 그녀는 말을 이었습니다. "지금도 그때를 떠올리면 가슴이 답답하고 분노가 일어나요. 아빠를 향해서 소리지르고 격노하며 난리를 친 적들도 많았지만, 아빠는 바뀌지 않았어요. 저희 아빠는 아직도 바뀌지 않고 여전하십니다. 자신의 눈에 차지 않으면 인정을 하지 않아요. 미쳐서 날뛰었던 적이 한두 번이 아니었어요. 차라리 아빠가 돌아가셨으면 좋겠어요. 난 아무것도 할 수가 없고, 아무것도 하기 싫어요. 아빠 눈높이에 맞추는 것은 불가능하니까요. 돌아가시면 모를까, 살아 계시는 동안 제가 아빠 눈높이를 맞출 수 있을까요? 불가능합니다."

상담자(나): "불가능하면 어떻게 되나요?"

내담자(기안 씨): "불가능해요. 나는 아빠 기대에 부응하지 못해요. 아빠 마음에 좀 들었을 때, 온 동네에 자랑을 하는데, 그것도 꼴보기 싫어요. 그의 마음에 들기 싫어요. 하기 싫어요. 잘해도 싫고 못해도 싫어요. 그럴 바에야 차라리 안 하고 말래요. 못해서 아빠를 속상하게 하고 싶어요. 복수하고 싶어요. 아무것도 안 해서 아빠가 나에게 기대 안 하는 것이 그에게 복수하는 겁니다. 아빠 마음에 들어야 한다는 것 자체에 환멸을 느껴요."

꼬리물기 질문법으로 물고 늘어지는 질문을 하다 보면, 이렇듯 어린 시절의 무엇과 맞닿을 때가 있습니다. 과거 경험이 현재에도 여전히 일어나고 있음을 알 수 있습니다.

과거의 미해결과제가 현재의 나를 괴롭히고 있음을 알 수 있습니다. 기안 씨의 '못하면 어쩌지?' 아래에는 어린 시절 경험이 있음을 알 수 있습니다.

기안 씨 이야기를 들으면서 기안 씨가 말하는 흐름대로 저는 아래와 같이 글로 썼습니다. '못하면 → 아빠가 불같이 화낸다 → 화난 아빠를 보면 답답하다 → 아빠 기대에 부응할 수 없다 → 하기 싫다 → 불가능하다 → 아빠에게 복수하고 싶다 → 아빠가 죽었으면 좋겠다.' 이렇게 쓰고 이 글을 기안 씨에게 보여주었습니다.

자신의 평소 생각을 눈 앞에 펼쳐진 글로 보는 것은 처음이었습니다. 기안 씨는 그 글을 보면서 한참을 눈을 떼지 못했습니다. 여태까지 자신이 하던 생각에 대해 처음으로 메타인지를 하는 날이었습니다. 기안 씨는 다소 격앙되었던 조금 전 목소리와는 다르게 침착해지면서 말을 이어갔습니다.

"제가 그러면 여태까지 이런 생각을 가지고 있었기에, 7년 동안 세상에 나가지 않았던 것일까요? 아빠에 대한 복수심으로 아무것도 하지 않았던 것일까요? 아빠 곁을 떠나 결혼했음에도 불구하고 저는 아빠와 살고 있었군요. 마음속에는 언제나 아빠가 있었어요. 언제나 무거운 돌 같은 마음으로 아빠에 매달려 있었어요. 아빠를 생각하면 마음이 행복하지 않아요. 아빠 생각을 하지 말아야지라고 생각해본 적도 없는 것 같아요. 늘 무거운 돌 같은 존재인 아빠와 함께 살았던 것 같아요. 어리석었네요. 나는 나일 뿐인데요. 이런 복수심으로 내 인생을 개척해나가지 않았다니요. 이것이 저에게 진실이네요. 늘 선생님이 하셨던 말씀, 이것이 나에게 있어서 '불편한 진실'이네요. 인정하지 않을 수 없네요. 멘붕입니다. 이제 저는 어떻게 해야 할까요? 이곳에서 나올 수 있는 방법이 있나요?"라고 진지하게 되물었습니다.

저는 이 생각에 이름을 붙이자고 했습니다.

"우선 명명합시다. 아빠 생각을 하는 나를 알아차릴 수 있지요? 결혼을 했음에도 불구하고, 아빠 곁을 떠났음에도 불구하고 마음속에서 아빠와 함께 살고 있다는 것을 알아차릴 수 있지요? 이때 이렇게 명명해봅니다. 이건 '아빠 귀신'이라고 이름을 붙이세요. 그리고 이건 내 생각이 아니라고 구분하세요.

저도 그랬습니다. 40대 중반에 알아차린 것 같아요. 집에서 책을 읽고 공부를 하는데 마음이 정말 편하고 좋은 거예요. 실은 남편은 집에서 공부하는 것 별로 좋아하질 않거든요. 청소하거나 본인과 TV 보는 것을 좋아해요. 결혼 후 문화 차이로 힘들었던 부분이 이거였어요. 결혼 전 내 집에서는 책 보고 공부하면 좋아하고 칭찬했는데, 지금 내 남편은 왜 안 좋아하지라고 서운했던 적이 있었어요. 나도 모르게 남편을 아버지와 비교한 것이지요. 제 아버지는 공부하거나 책을 보면 '주은이 공부하니까 조용히 해'라는 분위기를 만드셨고, 내가 성적이 떨어지면 죽일 듯이 때리셨거든요. 그러니 공부할 때, 책 볼 때는 맞지 않으니, 마음이 편안했어요. 책을 좋아해서 공부하는 것을 좋아해서 마음이 편한 줄 알았는데, 이것만 있는 것이 아니더군요. 결혼 후에도 나는 아버지랑 살고 있었던 거예요. 이미 아버지는 돌아가시고 안 계시는데 말이지요. 나는 내 인생을 살아내야 하는데 말이지요.

내 마음과 아버지가 심어준 마음을 구분하기 위해서 아버지가 주입시킨 마음이 일어나는 나를 알아차리고 '아빠 귀신'이라고 명명했어요. 그리고 내 생각이 아니야. 내 마음이 아니야 하며 머리를 흔들었어요. 점점 이런 연습들을 하니, 내 마음에 아버지 마음이 얼마나 많이 있었는지 알게 되더군요. 이제부터 기안 씨는 기안이로 산다고 다짐하세요. 아빠가 원하는 인간이 아니라, 본인 인생을 본인이 산다고 다짐하면서 아빠 생각이 나면 알아차리는데, 그때 명명합니다. '아빠 귀신'이라고. 그리고 그 생각을 뻥 차세요.

엄격히 말해서 그 생각을 일으킨 행위의 주체는 '나'가 아니잖아요. 그의 생각이고, 그의 생각에 반항한 어린 시절 기안이 생각인 거예요. 이제 기안 씨는 그 생각을 선택하지 않는 선택을 해야 합니다."

그리고 기안 씨에게 다음 주까지 『미움받을 용기』라는 책을 읽어보는 미션을 제안했습니다. 다음 주에 기안 씨는 책 안에서 붙잡은 문장을 들려주었습니다.

"성공할 수 없는 게 아니라, 성공하고 싶지 않은 것, 한 발 내미는 게 무서운 거지. 현실적인 노력을 하고 싶지 않다. 바꿀 용기가 없는 거지, 불만스럽고 부자유스럽지만 지금 이대로 편한 거지."

이어서 기안 씨는 조용히 자기고백을 이어갔습니다. "선생님, 실은요. 더 들여다보니까 아빠 핑계를 대면서 지금 이대로 편한 것을 즐겼던 것 같기도 해요. 이 책은 큰 회초리로 나를 때리는 것 같았어요. 실컷 두들겨 맞았어요. 정신이 번쩍 들더군요. 책으로 맞는 것은 아프지만, 책은 아빠처럼 기분 나쁘지 않으니 스스로가 반성하게 됩니다. 왜 이 책을 읽어오라고 하셨는지 이해되었습니다. 여기까지 온 마당에 더 이상 뻗댈 수는 없어요. '아빠 귀신'이라고 명명하며 알아차렸는데, 하루에도 몇 번씩이나 아빠 생각을 하더군요. 내 생각을 알아차리자, 자신이 지긋지긋해졌어요. 이렇게 많은 핑계를 대고 있다는 것을 이제야 알게 되었어요. 소중한 내 인생을 쓸데없는 것에 써버렸어요. 아빠에게 복수하고 싶어서 내 인생을 망치고 살다니요. 바보 같은 선택이었습니다. 왜냐고요? 책에 나오는 것처럼 현실적인 노력을 하고 싶지 않아서요. 이 문장이 칼로 나를 찌르는 듯했습니다. 아팠어요. 이제 더 이상 물러날 자리가 없네요. 현실적인 노력을 해야 한다는 답이 나온 이상 핑계도 없고 변명도 없습니다."

저는 마지막으로 이렇게 말했습니다. "기안 씨, 마음으로 아빠에게 복수하고 싶어하는 마음을 내려놓아야 합니다. 머리로 내려놓는 것이 아니라, 진심의 마음으로 내려놓아야 합니다. 자신을 위해 내려놓으세요. 자신을 위해 아빠에 대한 미운 감정, 복수하고 싶은 감정을 내려놓아야 합니다. 아빠를 위해서가 아닙니다. 본인을 위해서입니다. 내려놓고 이제 기안 씨 인생을 살아야 합니다."

위축되어 주눅들어 있던 기안 씨는 꼬리물기 질문으로 위축 아래 아빠에게 복수하고 싶어하는 공격적인 마음을 알아차렸습니다. 그리고 『미움받을 용기』에서 '현실적인 노력을 해야 한다'는 말을 잡으며 조금이라도 맞는 것이 있다면 다양한 도전을 해보기로 했습니다.

그 이후 기안 씨는 완벽하지 않아도 되는 선택을 시작했습니다. 위축은 사라지지 않았지만, 더 이상 삶을 멈추게 하지는 못했습니다. '못하면 어쩌지?' 아래 숨어 있던 공격성을 알아차렸고, 이것도 더 이상 삶을 멈추게 하지는 못했습니다. 알아차린 그 자리에서 현실적인 한 걸음을 내딛기 시작했습니다. 자신이 지어낸 '어둠의 소설' 속 위축에서 벗어날 수 있는 유일한 지름길은 오직 현실에서 행동하는 것뿐입니다. 행동이 기준입니다.

1. 꼬리물기 질문으로 감정의 바닥을 확인하세요.

불안할 때마다 '그래서 어떻게 되는데?'라고 끝까지 물으세요. 막연한 공포를 추적하다 보면 과거의 미해결된 진실과 마주하게 됩니다.

2. 무기력이 '타인을 향한 복수'인지 의심하세요.

내 인생을 망쳐서 상대를 벌하려는 무의식적 시위는 아닌지 살피세요. 나를 망가뜨려 상대를 죄인 만드는 것은 가장 어리석은 선택입니다.

3. 마음속 타인의 목소리에 이름을 붙여 격리하세요.

부모나 타인의 목소리가 들릴 때 '○○ 귀신'이라 명명하고 내 생각과 분리하세요. 그것은 당신의 진심이 아니라 외부에서 주입된 낡은 프로그램입니다.

4. 복수를 멈추고 '현실적인 노력'을 시작하세요.

과거 탓은 가장 쉬운 회피입니다. 억울함을 내려놓고 지금 할 수 있는 작은 일을 시작하세요. 나를 위한 최고의 복수는 오늘을 행복하게 사는 것입니다.

위축의 다른 모습 – 자기기만, 과대 자아

기안 씨의 위축 아래 공격성, 아빠에게 복수하고 싶은 마음까지 찾았습니다. 이것저것 도전하면서 기안 씨는 상담을 계속 이어나갔고, 도전할 때마다 '실력 없고 부족한 나를 들킬까봐에 대한 두려움, 공포'를 호소했습니다.

기안 씨에게 물었습니다. 무엇을 들킬까봐 두려운지 물었으나, 되돌아오는 답은 막연하게 두렵다는 것이었습니다. 기안 씨뿐 아니라 대다수 내담자들의 대답은 대동소이합니다. 들여다보면 무엇을 들킬지에 대한 구체적인 것들이 없습니다. 그저 '사람들이 무섭다, 세상이 무섭다'라는 말들을 하십니다. 사람들이 공격할 것만 같다는 두려움을 호소합니다. 구체적인 것은 없지만, 막연한 것들이 머릿속을 맴맴 돕니다. 머릿속에 그려지는 것들을 나열해보기로 했습니다. 머릿속에 맴맴 도는 것, 평소에 하는 생각들을 말로 뱉어보는 작업입니다.

위축은 단순히 작아지는 감정이 아닙니다. 위축된 자아는 그대로 무너지지 않기 위해, 자신을 과대평가하거나 타인을 깎아내리는 방식으로 버팁니다. 이때 위축 아래에는 열등감이 있고, 열등감 아래에는 공격성이 숨어 있습니다. 자기기만과 과대 자아는 이렇게 만들어집니다. 기안 씨 역시 그 지점에 서 있었습니다.

평소에 기안 씨는 남편 직업을 무시하는 경향이 있었습니다. 결혼 전에 남편 직업의 실체를 알았다면 남편과 결혼하지 않았을 것이라는 생각, 남편과 같은 육체적인 노동은 하지 않겠다는 생각, 남편보다 나은 일을 해야 한다는 생각, 누구보다 폼나는 일을 해야 한다는 말들이 자주 나왔습니다.

두려움을 호소하는 날, 저는 에두르지 않고 훅 들어갔습니다. "기안 씨, 무엇을 들킬까봐 두려운가요? 여러 가지 도전을 잘하고 있는데, 잘하고 있는 것에 집중하면 되는데, 새로운 도전을 할 때마다 막연하게 들킬까봐 두렵다는 말을 자주 하고 있습니다. 들키지 말아야 하는 것은 무엇인가요? 막상 도전했는데, 자신의 밑바닥이 들킬까봐인가요? 혹시 스스로에게 실망할까봐 두려운 건 아닐까요?" 기안 씨는 잠시 말을 잇지 못했습니다.

저는 연이어 그녀에게는 자극일 수 있는 말들로 질문하며 들어갔습니다. "계속 남편 직업을 무시하는 마음으로 살았는데, 육체적인 노동을 하는 사람들을 깎아내렸는데, 막상 도전하니까 본인이 그 수준이라서 그것을 들킬까봐 두려운 건가요? 막상 사회에 나가니 그동안 무시했던 직업들만이 자신의 수준인 것 같아서 두려운가요? 대관절 무엇이 두려운가요? 이때까지 본인은 그 정도는 아닌 줄 알았는데, 결국 그 정도임을 들킬까봐 두려운가요? 실은 육체적 노동을 하는 사람들을 무시했는데, 그 일마저 할 수 없다는 것을 들킬까봐 무서운가요? 그동안 잘난 척하며 남편을 무시했던 것이 빈 깡통이었음을 들킬까봐 무서운가요?" 이날은 에두르지 않고 기안 씨의 진실을 정면 돌파했습니다.

기안 씨는 마치 들킨 듯, 화들짝 놀라는 두 눈으로 저를 한동안 빤히 쳐다보더니, 말했습니다.

"선생님, 이렇게 갑자기 훅 찌르시는데, 의외로 시원하네요. 아픈데 시원합니다. 진실을 찾았습니다. 남편보다 못할까봐였네요. 그동안 남편을 무시했는데, 무시했던 남편보다 내가 더 못한 모습을 들킬까봐였네요. 남편을 내 아래로 두어야 하는데, 7년 동안 일 나가지 않고 남편을 밟아놓았다고 생각했는데, 계속 사기 결혼이라면서 남편을 윽박질러왔는데, 막상 도전해보니, 저의 현실이 보이는 거군요. 남편보다 못한 현실을 나의 양심은 알고 있었군요. 지난 7년간 내가 남편보다 낫다는 환상적인 생각을 유지할 수 있었던 것은 현실을 보지 않아서였군요. 잘난 척하고 무시하고 도전하지 않아서 그렇지, 새로운 일은 언제든 잘할 수 있을 거라는 환상 속에서 편안함을 즐겼군요. 나의 착각이었군요.

실제로는 아무것도 하지 않는 자리에 계속 머물고 싶은 것이었군요. 잘난 척만 하고 싶은 것이었어요. 도전하지 않으면 들킬 일도 없으니까요. 도전하겠다는 상상, 환상만 품으며 세상 밖으로 나가는 것을 두려움으로 둔갑시킨 거군요. 내 남편보다 못할까봐요. 밑바닥인 내가 들킬까봐였어요.

에휴, 아빠 문제도 그렇고, 들킬까봐 두렵다는 것도 그렇고, 나는 도대체 무슨 생각으로 살았던 것일까요? 한심스럽습니다만, 확실히 단어로 명명하니, 확 와닿는 것이 답답했던 속이 시원하게 풀립니다."

바로 인정하는 기안 씨가 감사했습니다. 기안 씨는 맷집이 있는 내담자였기에 훅 들어갈 수 있었습니다. 이날 실은 살짝 긴장하면서 상담했거든요, 기안 씨가 못 받아들이면 어쩌지 하면서요. 그러나 다행히 기안 씨는 자신의 모습을 인정했습니다.

겉으로는 알 수 없는 두려움처럼 보이지만, 깊이 들여다보면 기안 씨의 두려움은 자신에 대한 부정적 인식과 관련되어 있었습니다. 타인과의 비교, 특히 배우자와의 비교에서 오는 열등감을 알아차리지 못하고 자기기만에 빠져, 불안을 증폭시켰던 것입니다. 스스로를 과대평가하고 현실을 직면하지 않음으로써 두려움을 일시적으로 회피할 수 있었지만, 그것이 근본적인 해결책은 되지 못합니다. 때로는 직설적인 질문을 통해 내담자가 자신의 진실과 마주하도록 돕는 것이 효과적일 수 있는데, 기안 씨와의 상담이 그러했습니다.

기안 씨에게는 에리히 프롬의 『소유냐 존재냐』 책을 권유했습니다. 그녀는 꼼꼼히 필사하면서 에리히 프롬의 주옥같은 말들을 기억하려고 애쓰면서 읽었습니다.

에리히 프롬은 『소유냐 존재냐』에서 "진정한 행복과 의미를 위해서는 현대 사회의 소유 중심적 삶의 방식에서 벗어나 내면의 성장과 타인과의 진정한 관계를 중시하는 존재 중심적 삶으로 전환해야 한다"고 했습니다.

기안 씨는 『소유냐 존재냐』를 읽고, 본인이 그동안 얼마나 소유형 인간으로 살았는지를 되돌아보며 깊은 반성의 시간을 가졌습니다. 그리고 남편이 피땀 흘리며 벌어오는 돈의 가치를 알게 되었습니다. 남편 직업을 무시하지 않고 땀 흘리는 것이 아름답다는 존재형적 사유를 하기 시작했습니다.

남편의 삶을 인정하고 존경하게 되었습니다. 여기가 포인트입니다. 남편의 삶을 존경하며 감사해하자, 기안 씨는 더 이상 들킬까봐라는 불안에 시달리지 않아도 되었습니다.

　자신의 부족함을 들킬까봐 두려워 위축되었던 기안 씨는 자기기만에서 빠져나와, 솔직한 자기 성찰과 남편에 대한 존중을 통해 불안을 극복하고 내면의 평화를 찾았습니다. 더 이상 자신을 과대 포장하지 않아도 되는 자리에서 비로소 편안한 숨을 쉬기 시작했습니다.

1. '들킬까봐' 두렵다면 내 안의 잘난 척을 의심하세요.

막연한 두려움 뒤에는 현실보다 나를 높게 치는 '과대 자아'가 있습니다. 내 실체가 설정해둔 높은 기준에 못 미칠까봐 겁내는 것입니다. 스스로를 향한 과한 기대를 버려야 두려움이 사라집니다.

2. 상대를 무시해 나를 세우는 '비교의 덫'을 치우세요.

가까운 이를 비하하며 지탱하는 우월감은 가장 약한 바람에도 무너집니다. 타인의 수고를 있는 그대로 인정하고 존중할 때, 내 자존감도 비로소 건강하게 바로 섭니다.

3. '상상 속 능력'보다 '현실의 부족함'을 선택하세요.

'마음만 먹으면 잘할 수 있다'라는 환상은 비겁한 자기기만입니다. 환상 속에 숨지 말고 세상 밖으로 나가 진짜 내 실력을 확인하세요. 나를 키우는 것은 늘 쓰디쓴 현실입니다.

4. 상대를 가치 증명의 수단으로 삼지 마세요.

타인을 내 우월함을 증명할 도구로 소유하려 하지 마세요. 상대의 땀방울을 존재 자체로 감사해할 때, 들킬까봐 전전긍긍하던 불안에서 벗어나 진짜 평화를 얻게 됩니다.

나의 본모습을 들키면 사람들이 떠날 것만 같아요

니안 씨는 자신의 진짜 모습을 사람들에게 들키면 어쩌나 하는 불안에 시달렸습니다. 무엇을 들키면 안 되는지 본인 생각을 관찰하도록 인도했지만, 좀처럼 본인 생각을 관찰하지 못했습니다. 니안 씨는 도대체 자신의 진짜 모습이 무엇이라고 생각하는 것일까요? 자신의 진짜 모습에 대한 구체적인 알아차림이 있기는 한 것일까요? 니안 씨는 늘 막연했습니다.

니안 씨처럼 막연하게 사람들이 자신의 진짜 모습을 알면 실망할 것이라고 생각하는 경우가 많습니다.

'나의 진짜 모습을 알면 사람들이 실망할 것만 같다'는 생각 아래에는 다음과 같은 생각의 틀이 있습니다. 사람들이 이러이러한 모습의 사람을 좋아하지만 저러저러한 모습은 싫어한다는 분명한 본인 생각의 틀이 있습니다. 니안 씨에게는 어떤 생각의 틀이 있는지 집중해보았습니다. "니안 씨는 사람들이 어떤 모습을 좋아하고 어떤 모습을 싫어한다고 생각하세요?" 니안 씨는 나지막이 대답했습니다. "사람들은 밝은 사람을 좋아해요. 신나고 밝고 텐션이 높은 사람을 좋아해요. 저처럼 우울하고 밝지 않고 어두운 사람을 싫어해요."

다시 니안 씨에게 되물었습니다. "그래서 니안 씨는 사람들에게 무엇을 들키면 안 되나요?” 니안 씨는 잠시 자신의 생각을 관찰하며 점검하더니 말했습니다. “우울한 것을 들키면 안 돼요. 저의 어둠을 들키면 안 됩니다. 사람들이 저의 어둠을 보면 나를 떠날 거예요.”

“니안 씨는 본인의 어두운 부분을 들키면 사람들이 떠날 것이라는 ‘인지도식’을 가지고 있군요”라고 말하며, 저는 메모하던 종이를 보여주었습니다. ‘어두운 부분을 들킨다 = 사람들이 떠난다.’ 이렇게 적었습니다. 니안 씨는 잠시 메모한 종이를 들여다보았습니다. 본인 생각을 들여다보는 니안 씨에게 다시 물었습니다.

“니안 씨! 되물어보겠습니다. 니안 씨는 누군가의 어두운 부분을 보면 그 사람을 떠나나요? 그 사람을 버리나요? 사람들은 누군가의 어두운 부분을 보면 다 떠나나요?”

니안 씨는 뭔가에 한 대 맞은 듯, 마치 처음 알게 된 사실을 듣는 사람처럼 고개를 저었습니다. “아니요. 저는 안 떠나요. 어두운 부분이 있는 사람을 위로해요. 곁에 있어주고 싶어해요. 그런데 사람들이 밝은 사람을 좋아하는 것은 사실이잖아요.”

그 순간, 니안 씨는 자신에게만 적용하던 가혹한 기준을 처음으로 바라보게 되었습니다. 타인에게는 허용했던 것을, 자신에게만 금지했다는 것을 처음 알아차렸습니다.

저는 종이 위에 메모를 하면서 말을 계속 이어갔습니다. "사람들이 밝은 사람을 좋아하는 것은 그럴 수 있어요. 그런 사람들이 대다수일 수 있어요. 하지만 절대적으로 그런 것은 아니에요. 절대적인 진리는 아니랍니다. 어떤 사람은 텐션이 높은 사람을 안 좋아할 수 있어요. 어떤 사람은 너무 밝게 다가오는 사람을 부담스러워할 수 있어요. 어떤 사람은 그냥 조용한 사람을 좋아할 수 있어요. 저는 한강 작가와 같이 조용하게 말하는 사람이 좋던데요. 니안 씨는 이분법적으로 생각하고 있습니다. 밝은 사람은 사람들이 좋아하고, 밝지 않은 사람은 사람들이 싫어한다. 이렇게 이분법적 생각을 하고 있어요. 다시 되묻겠습니다. 니안 씨는 밝은 사람을 어떤 사람이라고 생각하는 건가요?"

니안 씨는 바로 대답했습니다.

"사람들에게 텐션 높게 다가가고, 만나자마자 옆구리에 팔짱을 끼고 상대가 한마디 하면 과한 리액션을 해주고 잘 웃어주고 나는 밝고 이쁜 사람이라는 이미지를 줘야 한다고 생각하며 행동했어요. 그렇게 행동하니까 사람들이 나를 예쁘다고 하며 반겨주었어요. 텐션이 높고 밝아야 사람들이 좋아해요. 내가 그랬을 때 사람들이 나를 예뻐했어요. 나는 사람들에게 예쁨받는 것이 좋아요."

이 말을 들으며 저는 다시 말을 이어갔습니다. "만일 니안 씨가 밝은 사람은 텐션이 높은 사람이라고 설정하지 않았다면 지금 니안 씨는 어떨까요? 사람들을 만날 때 과도하게 타인에게 잘 보이려는 에너지를 덜 쓰지 않을까요? 조용하고 차분하면서 밝은 사람도 있습니다. 니안 씨는 누구 생각으로, 어떤 계기로 텐션이 높은 사람을 밝은 사람이라고 설정해놓았을까요?"

니안 씨는 잠시 자신의 생각을 살펴보는 듯했습니다. "글쎄 말입니다. 그냥 막연히 언제부터인가 텐션이 높은 것이 밝은 사람이라고 생각했던 것 같아요. 아마 중고등학교 때 오락부장, 웃긴 아이들이 인기가 많았으니까요. 저는 인기 있는 아이들이 부러웠어요. 그 아이들 주위에는 언제나 친구들이 많았으니까요. 저는 조용한 아이여서 주위에 친구들이 많이 없었어요. 텐션이 높은 친구들 곁에는 늘 친구들이 많았는데, 그런 친구들을 많이 동경했나 봐요. 저도 그런 아이가 되어 친구들에게 인기 많기를 바랐나 봐요. 인기 있는 사람이 되고 싶었어요. 학창시절 인기 있는 친구들처럼 나를 친구들이 찾아주기를 바랐어요. 친구들이 찾아줘야 행복하거든요."

니안 씨는 학창시절 자신도 모르는 사이에 밝은 사람은 인기 있는 사람, 인기가 있으려면 텐션이 높아야 한다는 생각을 만들어놓았습니다. 그 공식은 열세 살의 판단이었지만, 니안 씨는 마흔이 넘은 지금까지도 그 공식을 그대로 사용하고 있었습니다.

이렇게 생각하고 있음을 종이 위에 적고는 다시 니안 씨에게 보여주었습니다. 그리고 이 생각의 흐름이 지금, 이 순간에도 적용되어야 하는지, 계속 지키고 갈 것인지 선택하게 했습니다. 이렇게 본인 생각을 알아차렸고, 어떤 생각의 구조, 인지도식을 가지고 있는지까지 알아차렸으니, 다음 단계는 선택이라는 것을 강조하면서 선택하자고 했습니다. 계속 이분법적 사고를 할 것인지, 여태까지 무의식적으로 만들어놓은 생각의 틀을 깰 것인지, 선택은 니안 씨 몫이라는 말을 해주었습니다.

니안 씨는 진중하게 대답했습니다. "이분법적 생각을 이렇게까지 하고 있는 줄 몰랐어요. 이런 생각을 하고 있다는 것을 알려주셨는데, 당연히 생각을 깨야지요. 종이 위에 쓰시면서 말씀하실 때, 생각들이 나노처럼 부숴지면서 그동안 얼마나 도 아니면 모라는 식으로 생각하고 살았는지 알 수 있었습니다. 학창시절에 인기 있는 친구들을 부러워했던 마음에 갇혀 있었다는 것도 알게 되었고요.

　그때 그 시절 친구들처럼 해야 인기 있고 사람들이 좋아하는 줄 알았습니다. 저는 열세 살에 머물러 있었던 것 같습니다. 지금 사십이 넘은 나이인데 말입니다. 그때 그 친구처럼 하지 않으면 인기가 없고, 인기가 없다는 것은 어두운 것이고, 어두운 것은 우울이며, 우울한 나를 들키면 사람들이 싫어하고 버린다고까지 생각하고 있었네요. 참으로 이상하게 생각하며 살고 있었네요. 내 생각을 관찰하고 어떤 흐름으로 생각하고 있는지까지 관찰하는 인도가 있기에, 알아차릴 수 있었습니다. 저의 문제는 **이분법적 사고**였네요.” 니안 씨는 깊은 숨을 내뱉었습니다.

　저는 말을 이어갔습니다. “맞아요. 니안 씨, 열세 살 아이는 그런 생각을 할 수 있어요. 그때의 그 아이는 충분히 그런 생각을 할 수 있어요. 그러나 지금 나이까지 그런 생각을 하고 있다는 것은 니안 씨 책임입니다. 이제 나이에 맞는 **나이 적합성**을 지니도록 합니다. 열세 살 생각을 지금까지 이어왔다는 것을 알아차리셔서 다행입니다. 알아차렸으니, 이제부터 나이에 걸맞은 생각들을 만들어가면 됩니다. 좀 전에 어두운 부분이 있는 사람을 니안 씨는 보듬어준다고 했습니다. 이제 니안 씨의 어두운 부분을 사람들에게 들켰다고 가정해봅시다. 그들이 니안 씨를 어떻게 할 것 같습니까? 버릴 것 같습니까? 떠날 것 같습니까?”

니안 씨는 다소곳이 대답했습니다. "아니요. 그들은 성인입니다. 나의 어두운 부분을 보았다고 해서 나를 떠나거나 버리지 않습니다. 그들도 나처럼 어두운 부분을 보았을 때 저를 안아주고 위로해줄 것입니다. 그들은 틀림없이 나를 안아줄 것입니다." 이렇게 니안 씨의 들킬까봐라는 두려움은 니안 씨 생각을 구체적으로 관찰하여 생각의 틀을 깸으로써 사라졌습니다. 불안이 안(安)에 다다르게 할 수 있었습니다.

감정은 생각입니다. 감정이 일어나는 가슴, 마음에는 아무것도 없습니다. 뇌에서 주는 신경전달물질이 가슴으로 내려가 가슴, 마음을 불편하게 만듭니다. 불안하다면 생각을 들여다봅니다. 생각을 관찰합니다. 어떤 흐름으로 어떻게 생각하고 있는지를 집중해서 관찰합니다. 내 생각을 종이 위에 글로 써봅니다. 이 책을 쓰는 연유는 여기에 있습니다. 굳이 비싼 비용을 들여 상담센터를 방문하여 상담받지 않더라도 본인 생각을 종이 위에 쓰면 알 수 있습니다. 어느 부분에서 비합리적인 생각을 하는지 알 수 있습니다. 감정은 저절로 바뀌지 않습니다. 감정을 일으킨 생각을 바꾸면 감정은 바뀝니다. 생각을 바꾸려면, 우선 내가 어떤 생각을 하고 있는지를 관찰해야 합니다. 그리고 그 생각을 조목조목 분석해보는 연습의 시간을 가져봅니다.

니안 씨에게는 『아리스토텔레스 정치학』 책에 나오는 다음 구절을 읽어주고 '들킬까봐'에 대한 상담을 마무리했습니다.

"어린아이나 미치광이처럼 철없고 망상에 빠져 있다면, 그런 사람을 행복하다고 말할 사람은 아무도 없을 것이다."

비단 니안 씨만의 이야기가 아닙니다. 우리는 저마다 각양각색의 이야기를 마음속에 쓰고, 스스로 그 이야기에 갇혀 고통스러워하곤 합니다. 이 고통의 수렁에서 자신을 건져내려면, 지금 내가 어떤 이야기를 써내려가고 있는지 직면해야 합니다.

우리가 붙들고 있는 수많은 이야기는 대개 철없던 어린 시절, 미성숙했던 그 아이가 세상을 이해하기 위해 임시로 지어낸 것들입니다. 하지만 성인이 된 지금까지도 어린아이의 시선에 멈춰 서서 괴로워하고 있지는 않은지 돌아보게 됩니다. 내가 지금 어떤 생각을 하는지, 그 생각이 나를 왜 이토록 아프게 하는지 관찰하지 않은 채 그저 사는 대로 살아왔다면, 그것은 무심결에 내면의 '검은 늑대'에게 매일 밥을 주며 키워온 셈입니다. 그 무지의 시간은 누구의 잘못도 아닙니다. 결국 알아차리지 못한 나의 책임입니다. 다음 장에서도 다른 이야기로 '들킬까봐'에 대한 두려움을 호소하는 사례를 만나보겠습니다.

1. 자신에게만 가혹한 이중잣대를 버리세요.

남의 어둠은 보듬으면서 자신의 어둠은 치부라 여기는 모순을 끊으세요. 나를 스스로 안아줄 때, 타인에게 버림받을지 모른다는 공포도 사라집니다.

2. 낡은 '13살의 공식'을 지금의 나이에 맞게 업데이트하세요.

텐션이 높아야 사랑받는다는 생각은 사춘기 아이의 기준입니다. 낡은 공식을 고집하며 자신을 괴롭히지 말고, 성인의 나이에 걸맞은 유연한 생각의 틀을 갖추세요.

3. 이분법적 사고라는 감옥을 부수세요.

밝음 아니면 어둠이라는 극단적 구분은 망상입니다. 세상을 '도 아니면 모'로 보지 않을 때 비로소 비합리적인 불안에서 해방될 수 있습니다.

나의 본모습을 들키면 사람들이 실망할 것만 같아요

디안 씨는 '까봐카드' 워크숍에서 만난 수강생이었습니다. 강의가 끝난 후, 자리에 남아서 제가 진행하는 여러 가지 프로그램들에 대해 이것저것 물어왔습니다. 자가치유프로그램인 '책 뿌수기 프로그램'을 권하자, 그녀는 비공개 카페에 매일 글을 남기며 읽고 쓰기를 이어갔습니다.

'책 뿌수기 프로그램'의 첫 번째 책은 존 브래드쇼의 『수치심의 치유』라는 책입니다. 디안 씨의 글에는 반복되는 문장이 있었습니다. '나의 실제 모습을 사람들이 알게 되면 실망할 것 같아요.' 이 문장은 디안 씨만의 것이 아니었습니다. 프로그램 초반, 대부분의 참여자들이 같은 두려움을 글로 호소합니다. 그러나 이 두려움에는 공통점이 있습니다. 무엇을 들키면 안 되는지, 정작 아무도 말하지 못한다는 점입니다.

이런 글들이 있을 때마다 댓글로 물어봅니다. "나의 실제 모습이라는 것은 무엇인가요? 그리고 들키지 말아야 하는 것은 무엇인가요? 대관절 무엇을 들키면 안 된다고 생각하시나요?" 이렇게 물어보면 비로소 본인이 왜 이런 생각을 했는지 들여다보게 됩니다. 질문에 대답하게 됩니다. 질문에 대답하는 것은 인간 본능과도 같아서, 질문을 받으면 생각합니다. 질문을 받으면 그때서야 나의 실제 모습이 무엇인지, 무엇을 들키지 말아야 하는지 스스로에게 질문하며 그 답을 찾으려 합니다. 질문은 생각을 깨우는 가장 직접적인 장치입니다.

대부분은 "글쎄요, 무엇을 들키면 안 되는 것일까요? 나의 본모습이라는 것이 무엇이길래 들키면 안 된다고 생각할까요?"라고 선뜻 질문에 명확하고 구체적인 대답을 못합니다.

지금 이 책을 읽고 계시는 독자분들도 한번 생각해보셨으면 합니다. '나의 본모습을 들키면 사람들이 실망할 것이다'라는 생각을 하고 있다면, 과연 무엇을 들키면 안 되는 것인지 생각해보셨으면 합니다.

과연 나는 나의 본모습이 무엇이라고 생각하는 것일까요? 과연 나는 무엇을 들키면 안 된다고 생각하는 것일까요? 그리고 설령 그것을 들킨다 하더라도 사람들이 실망할까요? 거꾸로 나라는 사람이 누군가의 들키고 싶지 않은 부분을 알게 되었다고 해서 그 사람에게 실망하고 그 사람을 떠날까요? 우리는 막연하게 불안해하고 막연하게 두려워하는데, 이러한 질문들로 막연함은 점점 구체성을 띠게 됩니다. 그러니 이제 무엇을 들키면 안 되는지, 그 질문을 품어봅니다.

제 경우에도 막연하게 '나의 본모습을 들키면 안 된다'가 있었습니다. 이런 불안을 일으키는 실체를 알고 싶었습니다. 내 생각에 어떤 것들이 왜곡되어 똬리를 틀고 있는지 면밀하게 들여다보아, 세세히 쪼개고 싶었습니다. 들키면 안 되는 것들 중에는 스스로가 부끄럽다고, 해로운 수치심으로 생각을 만들어놓은 것들이 있었습니다.

그것은 주로 학창시절에 만들어놓은 것들이었습니다. 공부를 잘하지 못한 것을 들키면 안 되었고, 우리집에서 폭력이 일어난다는 사실이 들키면 안 되는 것이었습니다. 또 있습니다. 제 모친은 이혼이라는 것을 굉장히 걸려 하는 분이셨습니다. 이혼하면 이 삶이 끝나고 사람들에게 갖은 비난을 받는다고 굳게 믿어 의심치 않는 생각의 소유자였습니다. 이런 신념을 지닌 분의 자매들이 이혼을 했습니다. 모친은 늘 수치스러워했고, 그들이 잘못된 인생을 살고 있다고 비난했습니다. 엄마의 생각을 의심 없이 대물림하여 저에게도 엄마와 같은 수치심이 있었습니다. 그뿐만이 아닙니다. 형제자매 없이 무남독녀인 것을 들키면 사람들이 버릇없다는 선입견으로 나를 대할 것만 같고, 아버지의 폭력이 있는 것을 알면 내가 먼저 잘못했기에 응당 맞아도 싸다며, 모두가 아버지 편이 되어 나를 비난할 것만 같았습니다. 교양 있어 보여야 했고 우아해 보여야 했으며, 품위 있고 고급스러운 말들을 써야 사람들이 나를 인정한다고 생각했습니다.

질문을 하면 바로 대답하지 못하는 경우도 흔합니다. 이럴 때는 저의 예시를 들어줍니다. 들키면 무서운 것들, 들키면 안 된다고 생각하는 것들을 예시로 들어 말하면, 이 예시를 바탕으로 그들도 자신만의 들키면 안 되는 것들을 찾습니다. 디안 씨에게 나의 사례를 말했더니, 디안 씨는 다음과 같은 것을 찾았습니다.

디안 씨 경우는 자신의 본모습을 들키지 않으려고 하는 행동 양식이 있었는데, 커피잔을 들 때 꼿꼿하게 등을 펴고 손가락 끝에 힘을 주면서 우아한 자세를 취하려는, 흔히 청담동 사모님 같은 포즈를 취하는 자신을 발견했다고 했습니다. "우아한 포즈를 취하는 자신을 찾으셨군요. 디안 씨, 우아하지 않으면 어떻게 되나요?" 저는 우아함에 갇힌 원인을 찾기 위한 탐구를 시작했습니다.

"우아하다는 소리를 많이 들었어요. 우아한 사람을 사람들이 좋아하지 않나요? 저는 우아한 것이 좋아요. 우아하지 않은 것이 싫어요." 디안 씨는 우아함에 빠진 자신을 즐기는 듯했습니다.

다시 되물었습니다. "우아한 것을 좋아하는 것은 개인적 취향입니다만, 사람들이 우아한 사람을 좋아한다고 한마디로 말할 수 있나요? 실제로 사람들이 우아한 사람을 좋아하나요? 진짜인가요? 저는 털털한 사람, 소탈한 사람이 좋은데요. 이 생각은 디안 씨만의 생각인가요? 아니면 디안 씨가 보고 느끼는 세상이 이렇다는 건가요? 즉 디안 씨는 이것을 보편적이라고 생각하나요?"

디안 씨는 거침없이 대답했습니다. "네, 일반적으로 그렇지 않나요? 우아한 사람들을 좋아하지 않나요? 기품 있고 우아한 사람을 좋아하지 않나요? 대부분 우아하지 않은 사람을 싫어해요."

이런 이분법적 생각을 하게 된 원인이 있습니다. 그 원인을 찾아보아야 해서 다시 물었습니다. "언제부터 디안 씨는 이런 생각을 하게 되었나요?"

디안 씨는 잠시 머릿속을 점검하는 듯하더니 말했습니다.

"어릴 때 우리 엄마는 못 배우고 거친 사람이었어요. 작은숙모는 엄마에 비해 많이 배운 사람이었고요. 친할머니는 정작 당신을 모시는 우리 엄마보다 작은숙모를 예뻐하셨어요. 엄마는 늘 억울해하셨고, 저는 엄마 감정을 공감해주며 엄마의 억울함을 다 받아내도 괜찮은 아이였어요. 엄마는 늘 저에게 친할머니에게 당한 억울함을 토로하며 자신이 못 배웠다는 자격지심을 갖고 작은숙모를 부러워하기도 하고 미워하기도 했어요. 그때 제가 작은숙모처럼 많이 배우고 우아해야 사랑받는다고 느낀 것 같아요. 이 집안을 일으키면서 끝까지 희생한 사람은 정작 우리 엄마인데 말이지요. 아직까지도 제겐 엄마를 부끄러워하는 부분이 있네요. 저 밑바닥에 작은숙모를 동경하고 엄마를 무시하는 것이 있네요. 친할머니가 말한 대로 내 엄마를 그대로 생각하는 것이 있네요. 엄마처럼 하면 안 된다가 있네요. 희생하면 안 되고 손에 물 하나 안 묻히는 작은숙모 같아야 한다고 생각하는 나가 있네요.

저는 작은숙모여야 해요. 우아하게 진주 목걸이를 하고 많이 배우고, 거친 일 하지 않고, 그래야 우리 엄마처럼 억울하지 않아요. 저는 엄마처럼 억울하고 싶지 않아요. 작은숙모처럼 살아야 한다고 어린 시절에 생각했군요. 나의 본모습은 엄마였는데, 엄마처럼 못 배우고 거친 것을 들킬까 두려워 작은숙모처럼 우아한 모습을 지키려 했네요.”

디안 씨는 담대하게 자신을 들여다보면서 ‘들킬까봐’가 왜곡으로 엉켜 있는 부분을 알아차렸습니다.

디안 씨의 인지도식은 ‘엄마는 못 배우고 거칠다 = 친할머니가 싫어한다 = 친할머니는 세상 사람들’, 이렇게 되어 있었습니다. 엄마와 자신을 동일시했고 친할머니와 세상 사람들은 같다고 과잉일 반화해서 그녀를 붙잡고 있었습니다. 디안 씨에게 들킬까봐는 엄마와 같은 모습이었습니다. 이제 알아차린 것을 다시 되물으면서 인지오류를 잡아갔습니다.

"디안 씨. 만일 엄마가 못 배우고 거친 분이라는 것을 사람들에게 들켰다고 합시다. 그 모습을 보고 사람들이 만일 디안 씨에게 실망했다면, 그런 사람은 걸러야 할 사람입니다. 좋은 사람들이 아니지요. 비인격적 사람들입니다. 엄마가 배우지 못하고 거칠었다고 하셔도 그 가정을 희생으로 지키신 분입니다. 그 시대의 아픔이지만, 친할머니 문제였던 것이지요. 희생하셨던 어머니는 당연히 억울하셨을 겁니다. 어린 나이의 디안이는 친할머니가 무섭고, 그런 친할머니가 작은숙모를 좋아하니, 보이는 것에 집중했을 수 있어요. 그 시절 디안이는 어렸고 몰랐기에 충분히 그럴 수 있어요. 그러나 이제 디안 씨는 성인입니다.

들키는 것을 선택합시다. 들켜버립시다. 해병대 구호에 '이겨놓고 싸운다'가 있습니다. 좋아하는 구호입니다. 들켜버리는 것을 선택하는 것이 이긴 것입니다. 싸움은 상징입니다. 이제 싸움을 합니다. 모친이 못 배우고 거칠다는 것을 사람들에게 말해봅시다. 누가 비난한다면, 요즘 아이들 하는 말로 믿고 거릅시다. 그런 사람들 인정을 받기 위해 어린 시절에 형성했던 자아를 이 나이까지 가지고 있어서는 안 됩니다. 즉 그런 사람들에게는 인정받을 필요가 없습니다. 그건 나의 잘못이 아니기 때문입니다. 그리고 못 배운 것으로 상대를 비난한다면 그 사람이 비인격적인 겁니다.”

저는 계속 말을 이어갔습니다.

“제 사례도 말했다시피, ‘아버지의 폭력을 들킬까봐’에서 이건 나의 잘못이 아닙니다. 공부를 못할 수도 있습니다. 그때의 그 아이는 아직 내 안에서 생생하게 살아 움직이지만, 미성숙한 생각을 하는 이 아이의 생각을 세세하게 잘 찾아야 합니다. 그리고 이 생각을 성숙시켜야 합니다. 설령 내가 과거에 어떤 잘못을 했고, 그 잘못이 비난받을 일이어서, 그런 것들을 들킬까봐 두렵다면, 들킵시다.

우린 과거에 누구나 어떤 잘못을 했고, 그것을 반성했고, 그렇게 살지 않으려고 노력했습니다. 만일 그때 나의 어떤 잘못이 누군가에게 상처가 되었다면, 그래서 그것이 세상에 까발려진다면, 그때 잘못을 인정하고 잘못했다고 사과합시다. 인간은 누구나 잘못을 할 수 있습니다. 잘못을 뉘우치고 되풀이하지 않도록 노력했다면 그것으로 되었습니다.

'들킬까봐'에서 그것이 나의 문제인지, 나의 부모 및 주요한 사람들의 생각인지부터 구분합니다. 나의 잘못이라면 인정하고 사과하고 되풀이되지 않도록 노력하면 됩니다. 나의 잘못이 아닌 것을 '들킬까봐'라면 그건 들켜버리고, 들켰을 때 계속 인간관계를 이어갈 사람, 아닌 사람으로 구분하는 기준으로 삼읍시다."

디안 씨는 커피잔을 편안하게 들면서 말했습니다. "들여다보니 별것도 아닌 것을 막연하게 들킬까봐 하고 있었네요. 엄마가 못 배운 것은 나의 잘못이 아니었고, 작은숙모를 닮아야겠다도 저의 생각이 아니었네요. 선생님 말씀처럼 모두가 타인의 생각이었고 생각의 대물림이었습니다. 늘 본인의 생각을 회의하고 의심하라는 말씀을 비로소 오늘에서야 제대로 알아들은 것 같습니다. 마음이 가벼워졌습니다. 그동안 들킬까봐로 두려워했던 나의 내면아이를 많이 위로해주어야겠습니다. 못 알아차리고 내가 감옥에 살게 만들었으니까요. 많은 사과를 해야겠습니다. 들켜도 된다는 마음이 강하게 자리 잡았습니다. 아무것도 아니었습니다. 친할머니로부터 대물림된 생각이었습니다. 나의 고유한 생각이 아니었어요. 허상을 부여잡고 살고 있었네요. 가짜 나입니다."

디안 씨는 이제 등을 꼿꼿이 펴고 커피잔을 들 때 손가락 끝에 힘을 주며 마시던 모습을 자연스럽게 포기하면서 편안하게 웃습니다. "쓸데없는 것 잡고 산다고 애썼네요. 저 자신에게 가장 미안하네요." 그리고 이내 손가락 끝에서 편안하게 힘을 빼며 차를 마셨습니다.

스스로 만든 생각의 감옥에 갇혀 고통받고 있다면, 그 문을 열 수 있는 사람 역시 자신뿐입니다. 그곳은 타인이 가둔 감방이 아니라 내가 직접 설계한 감옥이기에, 그 설계도면을 파괴할 수 있는 권한 또한 오직 나에게 있습니다. 본인이 어떻게 인지도식을 만들었는지를 들여다보아 찾으면 자신을 구할 수 있습니다. 알아차림이 우선 중요합니다. 알아차림은 기본입니다. 기본 위에 본인이 어떻게 생각을 만들어놓았는지를 세세하게 관찰하여 찾습니다. 생각을 찾습니다. 이 과정을 통하면 자신에게 가장 미안해집니다. 여태껏 남 탓, 세상 탓인 줄만 알았는데, 자신이 모르고 만든 생각의 틀임을 알게 되면 자신에게 미안해집니다. 자신에게 미안해짐을 알아차리셨다면 잘 가고 있는 길입니다.

1. 들키기 싫은 것을 단어로 명확히 적으세요.

막연한 공포는 실체가 없을 때 가장 힘이 셉니다. 숨기고 싶은 것을 종이에 써보세요. 그것이 나의 잘못인지, 타인이 주입한 수치심인지 한눈에 구분됩니다.

2. '먼저 들켜버리는 것'이 이기는 길입니다.

들킬까봐 전전긍긍하며 에너지를 낭비하지 마세요. '그래, 이게 내 본모습이다'라고 먼저 공개하는 순간 평가의 감옥에서 해방됩니다. 진실한 사람만 남기는 필터가 됩니다.

3. '나의 잘못'과 '환경'을 엄격히 구분하세요.

부모의 배경이나 학벌은 당신의 인격이 아닙니다. 내가 책임질 영역이 아닌 일로 스스로를 죄인 취급하지 마세요. 나를 무시하는 사람이 있다면 그 사람이 비인격적인 것입니다.

4. 가면을 쓰고 애쓰며 살아온 자신에게 진심으로 사과하세요.

타인의 인정을 받으려고 손끝에 힘을 주며 버틴 시간을 가엾게 여기세요. 세상의 기준에 맞추느라 나를 방치한 것에 대해 미안해할 때, 비로소 가짜 나에서 벗어날 수 있습니다.

생각을 일으키는 행위의 주체는 누구인가

과학자들이 다음과 같은 실험을 했습니다. 칠면조의 천적이 족제비라고 해서 칠면조 앞에 박제된 족제비를 데려다놓았습니다. 그러자 칠면조는 박제된 족제비를 공격했습니다. 과학자는 박제된 족제비 안에 칠면조의 새끼 울음소리를 넣어두었습니다. 멀리서 리모컨으로 칠면조의 새끼 울음소리가 나오게 하자 칠면조는 한동안 혼란을 겪더니, 이내 박제된 족제비를 본인 자식으로 알고 안았습니다. 다시 과학자가 멀리서 울음소리 스위치를 껐더니 칠면조는 다시 박제된 족제비를 공격했습니다.

이 실험을 마치고 과학자는 질문합니다. "박제된 족제비를 공격한 행위의 주체는 누구인가요? 1번 칠면조, 2번 과학자. 여러분은 칠면조라고 생각하시나요? 과학자라고 생각하시나요?" 과학자가 원하는 정답은 2번 과학자였습니다. 칠면조는 과학자에게 조종당한 것입니다.

그렇다면 칠면조에겐 자유의지가 없었던 것일까요? 칠면조는 알아차리지 못했습니다. 박제된 족제비인지 진짜 족제비인지, 본인의 새끼 울음소리인지 녹음된 새끼 울음소리인지 몰랐습니다. 모른다는 것을 모르고 과학자의 리모컨에 따라 칠면조는 움직였습니다. 칠면조는 스스로 판단했다고 믿었지만, 사실은 신호에 반응했을 뿐이었습니다.

비 오는 날 우리나라 사람들은 부침개에 막걸리 먹자는 말들을 자주 합니다. 만일 내가 다른 나라에 태어났더라도 비 오는 날에 부침개를 찾을까요? 어느 나라이든 그 나라에서 내려오는, 비 오는 날 먹는 음식을 찾겠지요. 그렇다면 이 생각을 일으킨 주체는 누구일까요? 이 나라의 문화이고 조상 생각의 대물림입니다.

몇 년 전 저는 배우 이영애님이 광고하는 '얼굴에 하는 디바이스'를 산 적 있습니다. 그것을 쓰면 마치 이영애처럼 될 것만 같아서요.

위의 예시 세 가지는 강의할 때마다 주로 사용하는 것입니다. 지금 내 생각을 일으키는 주체자가 누구인지를 들여다보자고 할 때, 자주 이야기합니다.

칠면조 이야기를 처음 들었을 때, 한 대 얻어맞은 느낌이었습니다. 지금 내 생각을 일으키는 주체는 누구인가? 생각이 일어나게 하고 이 생각에 따라 움직이고 행위하게 하는 주체는 누구인가? 생각이 일어났고, 이 생각에 따라 감정이 요동치는데, 이 생각은 왜 일어났는가? 생각이 일어난 처음 시점은 언제인가? 이런 질문을 품고 한 달 내내 이 질문에 답을 찾아갔던 적이 있습니다.

한 달 동안 내 생각이 일어남을 들여다보고, 이 생각이 일어난 처음을 찾았습니다. 그러자 나의 고유한 생각이라는 것이 없다는 것을 발견하게 되었습니다. 내가 일으키는 모든 생각이 조상의 생각이며, 대물림이며, 이 나라의 문화이며, 이 사회의 분위기며, 학교에서 학습된 것이며, 내려오는 관념이며, 엄마의 생각, 아빠의 생각 또는 선생님의 생각, 아는 지인의 생각, 친구의 생각, 텔레비전에서 나오는 생각, 책 속에서 읽은 생각들이었습니다. 나의 것이라고 주장할 만한 것은 아무것도 없었습니다. 모두 문화와 사회에 학습된 생각들이었습니다. '나만의 고유한 생각', 이것은 한 개도, 정말 한 개도 없었습니다.

부정적인 생각은 보고 듣고 배운 것이 없는 무지로 인하여 비합리적으로 생각하는 것이었고, 긍정의 생각은 책에서 보고 배운, 어디서 주워들은 비교적 합리적인 생각들이었습니다. 이것저것을 모방하고 약간의 창의적인 것을 곁들인 생각일 뿐이었습니다. 모방이 없다면 불가능한 일이었습니다. 하늘 아래에 새것은 아무것도 없었습니다.

그러면 나는 대관절 무엇으로 힘들어했던 것일까, 내 생각이랄 것도 없는 생각들을 가지고 나는 어디서 무엇 때문에 고통스럽거나 행복했던 것일까. 이 지점에서 혼란이 왔습니다. 모든 생각의 뿌리를 찾았는데, 그것은 모두가 타인의 생각, 문화의 대물림이라는 것을 명백하게 알게 되었으니까요. 진실이 또렷해질수록, 마음은 더 어지러워졌습니다. 여태껏 나라고 주장하면서 떠들었고, 나라고 주장하면서 잘난 체했고, 나라고 주장하면서 슬프고 화나고 기뻤던 나는 도대체 누구란 말입니까?

데카르트는 '나는 생각한다. 고로 나는 존재한다'라고 했습니다. 생각이 나를 존재하게 함인데, 나는 생각으로 존재함인데, 이 모든 생각이 나의 생각이 아니라니. 생각하는 나가 진짜 나, 존재하는 나로서 생각에 따라서 기쁘고 슬프고 화났던 것인데, 이 생각을 일으킨 주체가 나가 아니라니. 혼란 속에서 한 달을 보냈습니다. 텅 빈 나임을 알아차리자, 빈 깡통인 나임을 알아차리자, 부끄럽기도 하고 복잡미묘한 불편한 감정들로 한동안 방황했습니다.

'내 것이 없다. 나의 생각이랄 것이 없다.' 큰일이었습니다. 여태 껏 내 것이라고 부여잡고 살았는데, 내 것이 아님을 알았으니, 이제 어떻게 살아야 하나? 막막했습니다. 여태껏 부여잡고 살았던 것을 놓을 수밖에 없는 상황이 되어버렸습니다. 붙잡고 있던 정체성이 무너졌습니다. 타인의 생각을 나의 고유한 사유로 착각해왔다는 사 실을 알게 되자, 그 생각을 계속 '내 것'이라 주장하기가 어려워졌 습니다. 고유한 나인 줄 알았던 나, 나의 고유한 생각인 줄 알았던 나, 타인과 명백히 다르다고 생각하며 믿고 살았던 나, 내가 창조한 생각이라고 생각하며 살았던 나, 나만의 독특함이라고 믿어 의심치 않았던 나. '나 = 생각하는 나'라는 공식이 깨지는 한 달이었습니다.

무엇을 부여잡고 그토록 고통스러웠던 것일까? 무엇이라는 것이 무엇인 줄도 모르고, 타인의 생각인 줄도 모르고, 사회와 문화의 관념인 줄도 모르고, 나는 모르고 잡았고 나는 그 안에 갇혀버렸습니다.

소크라테스의 '너희는 모른다는 것을 모른다. 그러나 나는 모른다는 것을 안다.' 이 말 앞에서 나는, 지금껏 나 자신이 얼마나 나는 내가 모른다는 사실조차 인식하지 못한 채 살아왔는지를 비로소 자각했습니다. 기원전의 인간과 오늘의 인간은, 놀라울 만큼 닮아 있었습니다.

그래도 인간에겐 '자유의지'가 있다는 말을 부여잡으며, 선택이라는 것을 해야 한다며, 또 생각을 쥐어짜기 시작했습니다. 이제 나는 새로운 선택을 하기로 했습니다. 내 생각이랄 것이 없다는 것을 알아차렸지만, 인간이기에 어쩔 수 없이 필연적으로 생각해야만 하는 것이라면, 나는 이제 어떤 생각을 잡아야 할 것인가. 이 질문을 다시 품었습니다. 대대손손 내려오는 문화의 생각을 잡을 것인가?

공자 말씀을 잡을 것인가? 어떤 내려오는 생각을 잡으며 또 나라고 우기며 살아야 하는가?

당장 오늘 점심을 무엇을 먹을지, 회의는 어떻게 이끌어야 할지, 강의 원고는 어떻게 써야 할지, 버스를 타야 할지, 어느 길로 가야 할지, 며칠에는 친구를 만나야 하고 며칠 후에는 명절 음식을 해야 하는 등 필연적인 생각들이 있습니다. 인간으로 태어난 이상 떨쳐버릴 수 없는 생각들이 있습니다.

혼란을 심하게 앓아서일까요? 만일 이때 깨달음으로 가는 스승님을 만났다면, 이 상태가 공(空)의 상태라는 한 말씀만 들었어도 조금은 편안하게 생각놀이를 알아차리면서 덜 아팠을 터인데 말입니다. 심하게 앓았던 덕분에 생각을 관찰하는 것이 수월해졌고, 덕분에 그다음 단계에서 생각을 취사 선택하는 힘이 강해졌습니다. 스승님 없이 찾아가는 길이 울퉁불퉁하여 많이도 까이고 아팠지만, 덕분에 내 생각을 관찰하는 습관과 이 생각에 이름 붙이며, 대물림된 생각 등을 걷어차는 힘은 강해졌습니다.

저절로 올라오는 생각들을 관찰하고 알아차리면서 이름을 붙이기 시작했습니다. 사회적 관념, 엄마 생각, 아빠 생각, 문화의 대물림된 생각, 그리고 소크라테스 말씀, 노자 말씀 등등 일어나는 생각들에게 이름을 붙였습니다. 전자의 생각은 걷어찼고 후자의 생각은 취하기로 했습니다. 생각을 할 수밖에 없는 것이 인간의 운명이라면, 좋은 말, 힘이 되는 말, 바른 길로 인도해주는 말들을 잡아야겠다는 다짐을 했습니다. 인간에게 자유의지가 있다면 이 정도의 자유의지는 있겠다는 생각으로 생각을 취사 선택하기 시작했습니다.

저는 '평가받을까봐'에 많이 시달렸습니다. 잘못 평가받으면 시간 강사를 못하고 시간 강사도 못하면 벌어먹지 못하고 벌어먹지 못하면 굶어죽는다는 생각까지 만들어놓았더랬습니다. 평가받을까봐의 불안 끝 시나리오를 굶어죽는다로 만들어놓았습니다. 이러한 망상소설을 쓰고 있는 나를 알아차렸건만, 대부분은 알아차리고 망상소설이라고 명명하면 사라지게 마련이었는데, 이 평가받을까봐는 좀처럼 사라지질 않았습니다. 왜 이렇게 평가받을까봐에 시달리는 것인지를 화두로 삼고 몇 날 며칠을 집중했습니다.

그러자 모친께서 아주 어릴 때부터 하시던 말씀이 떠올랐습니다. "주은아. 어디 가서 처신 잘해야 한다. 처신 잘 못하면 엄마 욕 먹인다. 엄마 욕 먹이는 짓 하면 안 돼." 저는 내가 욕먹으면 저의 모친까지 욕을 먹인다는 생각을 하고 있었습니다.

앞서도 말했다시피, 나의 생각이라 함은 학습된 것들의 총합입니다. 학습된 것이 부정적으로 반응했을 때, 명명하는 것은 도움이 됩니다. 명명하고 생각을 걷어찹니다. 이때 저는 이 생각을 일으킨 주체를 '엄마의 생각'이라고 명명하거나 '엄마 귀신'이라고 이름 붙였습니다. 평가받을까봐라는 생각이 일어나면 감정은 불안해집니다. 불안해진 감정을 이렇게 다스렸습니다.

'주은아, 엄마 생각이야. 타인에게 욕먹는 것이 나만의 문제가 아니라 엄마까지 연결된다고 생각하는구나, 엄마 생각을 더해 계속 그 생각의 틀 안에 있구나. 욕먹을 짓을 했다면 욕먹고 개선하면 되는 것이야. 엄마까지 욕 먹인다는 생각은 과잉이야. 내가 욕먹는 것이 엄마까지 욕 먹이는 일이 아니야. 이 생각을 걷어차자.' 이렇게 나를 객관화하며 가르치자, 이 생각은 점점 힘을 잃어갔으며 지금은 '제로' 상태가 되었습니다.

망상소설을 쓰는 나를 알아차렸음에도 사라지지 않을 때, 이 생각을 일으킨 주체가 누구인지 거슬러 찾아가다 보면, 그것이 문화의 대물림, 조상의 생각, 사회적 관념임을 알아차릴 수 있습니다. 망상소설과 함께 걷어차야 하는 생각들입니다. 물론 나에게 부정적 영향을 끼쳤을 때의 이야기입니다.

무심(無心)이라는 말을 수행적 해석으로 비유해 파자하면, 그물

무에 마음 심입니다. 무의 윗부분이 그물의 의미이고 아래에 마음 심이 있습니다. 그물에 걸리지 않는 바람처럼 내 마음이 그물에 걸리지 않고 바람처럼 자유롭다면 얼마나 좋을까요? 이런 수행적 비유적 해석으로 무심이라는 단어를 좋아합니다.

무엇인가에 마음이 걸렸을 때, 무심하지 않고 걸려서 불편할 때, 자신을 들여다보면서 면밀하고 구체적으로 명명하다 보면, 그 마음들이 하나씩 사라지고 '제로'가 되어 그물에 걸리지 않는 바람처럼 내 마음이 어디에도 걸리지 않는 자유로운 마음이 됩니다. 마음을 일으킨 행위의 주체가 생각이니까요. 생각을 알아차리면 됩니다. 생각을 어떻게 만들어놓았는지를 파악하면 됩니다. 내가 만든 생각에 이름 붙이고 구체적으로 쪼개어 반박하는 연습을 하면 됩니다. 마음은 생각이기 때문입니다. 감정은 생각이기 때문입니다.

생각은 내가 만들었고, 그러므로 내가 다룰 수 있습니다. 이것이 인간에게 허락된 최소한의 자유의지입니다.

얼마 전 강의에서 한 수강생이 물었습니다. "선생님, 결국 우리에게 진짜 자유의지 같은 건 없다는 말씀이신가요?" 저는 이렇게 답했습니다. "저는 다만, 내가 왜 이런 생각을 하는지 알아차리는 순간, 그 생각에 끌려다니지 않을 수 있었고, 생각을 취사선택하는 것을 경험했습니다. 이것이 최소한의 자유의지라 위안하며 생각을 관찰하고 망상은 걷어차고 생산성 있는 생각에 몰입하려는 연습을 하니 예전보다는 상당히 자유로워졌습니다." 그분은 고개를 끄덕였습니다.

우리는 완전한 자유를 가질 수 없습니다. 태어날 때부터 타고난 유전자가 있고, 자라면서 형성된 환경이 있고, 살아가며 학습된 문화가 있습니다. 칠면조가 과학자의 리모컨에 조종당했듯, 우리도 보이지 않는 무언가에 조종당하며 살아갑니다. 하지만 그 불완전한 자유 속에서도, 우리는 무언가를 선택할 수 있습니다. 어떤 생각을 붙잡을지, 어떤 생각을 흘려보낼지를요. 비 오는 날 부침개를 먹는 것이 문화의 대물림이라 해도, 나는 오늘 부침개 대신 라면을 먹을 수 있습니다.

비록 내 생각의 주체가 조상의 대물림, 문화의 대물림이라 할지라도 이제는 내가 선택하기로 결정했습니다. 이것은 내가 나에게 허락한 가장 작지만 가장 위대한 최소한의 자유의지입니다.

1. 내 생각의 '원 주인'이 누구인지 추적하세요.

나를 괴롭히는 생각이 나의 고유한 사유인지, 부모나 사회가 주입한 것인지 따져 물으세요. 타인의 생각임을 알아차리는 순간, 그 생각의 권위는 무너집니다.

2. 무의식적인 '자동 반응'을 멈추고 관찰하세요.

반복되는 감정은 습득된 신호일 뿐입니다. '왜 이런 기분이 들지?'라고 멈춰서서 나를 조종하는 리모컨을 누가 쥐고 있는지 찾으세요. 아는 것이 자유의 시작입니다.

3. 타인의 목소리에 이름을 붙여 걷어차세요.

불안할 때 '이건 엄마 생각이야, 사회적 관념이야'라고 명명하세요. 내 것이 아니라고 선을 긋는 순간 그 생각은 힘을 잃고 사라집니다.

4. 자유의지란 '나를 살리는 생각'을 선택하는 힘입니다.

생각 없이 살 수 없다면 나를 깎아내리는 생각 대신, 나를 격려하고 바른길로 인도하는 지혜를 취사선택하세요. 그것이 인간에게 허락된 최고의 권리입니다.

청소년 자살 1위라는 불명예

부산의 한 초등학교 정문 앞 영어학원에는 이런 문구가 쓰인 커다란 현수막이 붙어 있습니다. "우리 아이가 2학년이라면 내년은 늦습니다." 등하교 때마다 이 현수막의 문구를 매일 마주하는 초등학교 전교생 아이들은 어떤 생각을 하게 될까요? 아직 영어를 시작하지 않은 학생과 학부모들은 불안할 것입니다. '우리 아이가 2학년이라면 내년은 늦다'라는 생각은 누구의 생각일까요? 아이의 생각도, 부모의 고유한 생각도 아닙니다. 불안을 자극해 소비를 유도하는 사회가 만든 생각입니다.

독일에 연수를 다녀오신 선생님 이야기를 들은 적이 있습니다. 독일 초등학교에 연수를 갔더니, 아이들 책상 모서리가 우리나라처럼 동그랗게 다듬어지지 않더랍니다. 그래서 손을 들고 질문을 했답니다. "모서리가 이렇게 뾰족하면 아이들이 다치지 않습니까?"

그러자 연수를 진행하는 독일 선생님께서 "지난번 한국에서 연수 온 어떤 선생님도 당신과 똑같은 질문을 했는데, 혹시 친구 사이입니까? 질문이 어찌 똑같으신지?"라고 하더니 이어 이렇게 말했답니다. "경험해봐야, 다쳐봐야, 그다음에 아이들이 조심할 것이라고 생각합니다. 경험주의적으로 아이들을 가르치기 위한 것이지요. 경험이 중요합니다."

독일이 히틀러라는 괴물을 탄생시킨 것은 주입식 교육을 비판하지 않아서라며 그들 스스로가 주창한 것이 '비판 교육'입니다. 주입식 교육을 스스로 비판하지 않고 그대로 주입받은 결과 히틀러라는 괴물을 탄생시켰다는 것이 독일 전체의 반성적 사고라는 내용의 책을 본 적이 있습니다.

우리나라는 어떠합니까? 이처럼 우리 사회에는 불안을 야기하는 말들이 너무 쉽게 유통됩니다. "지금 안 하면 늦는다." "이러다 큰일 난다." "나중에 후회하면 어쩔래." 이 말들은 조심을 가장한 경고처럼 보이지만, 실은 아직 오지 않은 미래를 현재의 공포로 바꾸는 말들입니다. 저는 이런 문화를 분명히 **나쁜 문화**라고 부르고 싶습니다.

만일 저 영어학원 현수막 문구가 '우리 아이가 6학년이어도 충분합니다'였다면 어땠을까요? 저는 나쁜 광고를 하는, 불안을 이용하여 홍보하는 곳은 살아남지 않았으면 합니다.

밤 10시면 TV에서 이런 광고도 나옵니다. "당신도 대상포진으로부터 자유롭지 않습니다." 이런 말들을 들으면 불안해집니다. 마치 이 약을 먹지 않으면 대상포진에 걸릴 것처럼, 아이가 2학년이나 되었는데도 영어학원을 다니지 않으면 인생이 실패하는 것처럼 불안을 야기하는 문화는 나쁜 문화입니다. 지금 당장 이 교구를 사지 않으면? 지금 이것을 시키지 않으면? 이 아이의 미래가 마치 실패할 것처럼 불안하게 하는 광고들이 이 세상에서 사라지기를 바랍니다.

고등학교 2학년 리안이가 자해를 몇 번이나 하여, 엄마가 놀란 가슴을 부여잡으며 함께 찾아왔습니다. 리안이는 전교 1등을 하는 아이였습니다. 리안이에게 조심스럽게 물었습니다. "리안아, 무엇이 불안했어? 무엇이 리안이를 답답하게 했을까?" 리안이는 시종일관 답답하다, 모르겠다는 대답만 했습니다.

"리안아, 조금만 집중해보자. 자해할 때 딱 그때와 약간 그전부터 떠오른 생각이 있었을 거야. 리안이 어떤 생각 했어?" 리안이는 골똘히 생각을 찾아가는 듯했습니다.

"저는 대학원에 가고 싶어요. 연구를 하는 박사를 하고 싶어요. 결혼도 하고 싶어요. 그런데 학비는요? 결혼하면 집은요? 아이를 낳으면 그 돈은요? 거기까지 생각하면 답답해서요. 손목에 칼을 대고 피를 보면 좀 시원해지니까 멈출 수가 없어요."

이야기를 듣는 리안이 엄마와 저는 눈이 마주쳤습니다. "리안이

어머니, 지금 리안이가 한 말 들으셨지요? 혹시 어머니가 이런 말들을 리안이에게 자주 하셨나요?"

리안이 엄마는 손사래를 치면서 대답하셨습니다. "아니에요. 아닙니다. 대학원 가면 학비 대준다고 했어요. 결혼자금도 도와준다고 했어요. 안 그래도 리안이가 이런 걸로 많이 불안해하길래, 계속 안심시켜주는 말들을 해주는데도 이 아이가 또 손목에 선을 그었네요."

리안이의 서사를 알아보았습니다. 리안이는 초등학교 1학년부터 맞벌이 부모 아래에서 많은 학원을 다녔습니다. 가는 학원마다 성과가 좋으니, 하루에 기본으로 서너 군데 학원을 보냈다고 합니다. 가는 학원마다 리안이가 더 잘했으면 하는 마음에 학원 선생님들과 원장님들은 리안이를 독려한다는 것이, '공부 잘하면 좋은 대학 간다. 좋은 직장 간다. 직장에서 좋은 사람 만나서 결혼을 잘한다'는 것이었습니다.

그리고 이 말들은 리안이에게 '잘하지 못하면 좋은 대학 못 간다. 좋은 직장 못 가진다. 결혼도 못한다'로까지 이어졌습니다. 하필 리안이 주위에는 온통 이런 어른들뿐이었습니다. 고등학교에 진학하기 전까지 그 누구도 천천히 가도 괜찮고, 실수해도 괜찮다는 말을 해준 어른다운 어른이 한 명도 없었습니다. 고등학교에 들어오니, 화학 선생님 한 분이 '천천히 가도 괜찮아, 실패해도 괜찮아'라는 말씀을 해주셨다고 합니다.

겨우 17세의 리안이는 '공부를 못하면 = 결혼을 못한다 = 경제적으로 부족하게 살게 된다'는 부정적인 인지도식을 이미 내면에 굳게 형성하고 있었습니다. 이 생각의 틀은 매우 단단해서, 쉽게 흔들리거나 수정되기 어려운 상태였습니다. '1등을 놓치면 안 된다'는 강박적인 생각은 리안이를 점점 더 벼랑 끝으로 몰아갔습니다. 아이가 순하고 말을 잘 듣는다는 이유로, 더 잘 따라오게 만들고 싶다는 어른들의 조급함 속에서 막연한 미래 불안이 조금씩 아이의 마음에 스며들었습니다. 이것은 특정 개인의 잘못이라기보다, 우리가 별다른 의심 없이 반복해온 어른 사회의 방식이 리안이에게 남긴 불안이고 답답함입니다.

한 명이 쓰레기를 버리고 그 쓰레기 위에 또 한 명이 쓰레기를 버리면 어느새 쓰레기 더미가 되어 있을 것입니다. '나'라도 쓰레기인지 아닌지를 구분하여 쓰레기를 버리지 않는다면 리안이같이 자해를 하는 아이들, 더 나아가 자살까지 하는 아이들을 막을 수 있지 않을까요? 이런 생각을 하면 가슴이 뜨거워집니다. 어찌할 수 없는 이 현실이 막막하고 답답하여, 어찌하면 이 아이들을 살릴 수 있을지 가슴이 뜨거워집니다. 어떻게든 이 아이들을 살리고 싶습니다. 무엇이 쓰레기 같은 소리이고 어떤 말이 진짜 '말'인지를 구분하는 어른 없는 이 세상에 영혼이 죽어나는 것은 우리 아이들이기 때문입니다.

리안이 미래는 좋을 수도 있고 안 좋을 수도 있습니다. 리안이뿐 아니라 우리 모두의 인생이 그렇습니다. 저 또한 글을 쓰다가 오늘 집으로 되돌아가는 길에 사고가 날 수도 있습니다. 사고 없이 무사히 도착하여 아들과 장난치며 오늘 밤을 맞이할 수도 있습니다. **미래는 '오직 모를 뿐'입니다.**

리안이 부모님과 힘을 합쳐서 아이 마음을 계속 느긋하게 쉴 수 있게 했고, 여행도 다녀오게 하면서 초등학교 1학년부터 각종 학원을 다니며 묻었던 어른들의 나쁜(?) 가르침을 벗겨내는 작업을 했습니다. 리안이의 전체 사고를 이루는 틀을 깨기란 쉽지 않았습니다. 다양한 삶과 다양한 직업들을 알려주면서 한 번에 하나씩 서서히 리안이의 불안의 인지도식을 깨어갔습니다. 리안이 부모님은 정성으로 아이를 돌보며, 그동안 학원을 많이 돌려 미안하다는 사과와 함께 매번 일어나는 불안을 잠재울 수 있는 다양한 방법들을 고안해내며 아이를 도왔습니다.

리안이를 이렇게 만든 것은 학원 선생님들 탓만이 아닙니다. 우리 기성세대가 아이들에게 불안을 야기하는 문화를 대물림해버렸습니다. 우리 기성세대 책임입니다. 우리 기성세대가 '말'이 아닌 '소리'로 아이들을 훈육한답시고 한 것들이 온통 불안을 야기하는 것이었습니다. 오직 모를 뿐인 미래를 두고, '만일 잘못되면 어쩔래?'라는 막연한 불안의 망상소설을 쓰며 아이들을 잡았습니다.

우리 세대는 그럴 수 있었습니다. 우리 세대는 개발도상국에 살았고, 우리 윗세대는 후진국에 살았습니다. 굶어 죽을까봐 미래를 만일에 대비하는 계획과 예방으로 준비해야만 했습니다. 그때는 그런 것들이 보편적 문화였습니다. 그러나 이제 선진국으로 바뀌었습니다. 막연한 미래의 불안을 잡고 미리 불안해하며 예방하지 않아도 되는 시대가 도래했습니다. 그럼에도 구시대적 생각으로 미래를 준비하라고, 불안을 야기시키고 있습니다.

알아차리고 깨어 있지 못해 불안을 야기하는 문화를 만들었습니다. 나의 생각을 회의하지 않은 결과, 불안을 야기하는 문화가 되었습니다. 나의 생각을 의심하지 않은 결과, 불안이 만연한 사회가 되었습니다.

『마음의 안부를 묻는 시간』에서는 '1차 까봐'는 오케이, '2차 까봐'는 낫오케이라고 썼습니다. 만일 계단에서 넘어지면 어쩌지? 계단에서 넘어질까봐 조심조심 다리에 힘을 주며 걸어 내려가는 것은 오케이입니다. 그러나 만일 계단에서 넘어져 다리를 다쳐 깁스하여 병원에 입원하고 회사에서 잘리면 어쩌지? 다리 다쳐서 깁스할까봐, 병원에 입원할까봐, 회사에서 잘릴까봐 등의 '2차 까봐'부터는 낫오케이라고 했습니다. 망상소설이라고 했습니다. 내가 이야기를 만들고 그 안에 갇혀 불안한 것이라고 했습니다.

2차까봐가 만연한 문화를 만든 것은 바로 우리 세대 책임이라고 생각합니다. 우리 윗세대의 문화를 회의하지 않고 그대로 답습하여 선진국에 사는, 우리보다 의식이 높은 우리 아이들에게 개발도상국적 사고, 후진국적 사고를 묻히는 꼴입니다. 2차 까봐는 낫오케이, 2차 까봐는 망상임을 알아차리는 문화 만들기가 정착된다면 우리 아이들이 더는 손목을 긋고, 스스로 잘못된 선택을 하는 일, OECD 청소년 자살 1위라는 불명예를 벗지 않을까요.

이러한 불안의 대물림은 거창한 곳이 아니라 일상 대화 속에서 자주 일어납니다. 얼마 전 한 중학교에 강의를 갔을 때의 일입니다. 수업을 마치고 한 아이가 다가와 물었습니다. "선생님, 그럼 엄마가 '공부 안 하면 나중에 후회한다'라고 할 때 저는 뭐라고 해야 해요?" 저는 잠시 생각하다가 이렇게 답했습니다. "엄마한테 이렇게 말해봐. '엄마, 나중에 후회할 수도 있고 안 할 수도 있어요. 오직 모를 뿐이잖아요. 제가 할 수 있는 건 지금 최선을 다하는 것뿐이에요.' 그렇게 말하면 돼." 그 아이는 고개를 끄덕이며 돌아갔습니다. 일주일 후 그 아이 어머니에게 전화가 왔습니다. "선생님, 우리 애가 그 말을 하니 제가 할 말이 없더라고요. 생각해보니 제가 제 불안을 아이한테 떠넘긴 것이더라고요."

강의를 다니다 보면 이런 질문을 자주 받습니다. "그래도 대비는 해야 하는 거 아닌가요? 아무 준비도 안 하고 살 수는 없잖아요." 맞는 말입니다. 준비, 대비는 필요합니다. 하지만 준비, 대비와 불안은 다릅니다. 준비, 대비는 '지금 내가 할 수 있는 것'을 하는 것이고, 불안은 '아직 일어나지 않은 일'로 지금을 망치는 것입니다. 계단을 내려갈 때 조심히 걷는 것은 대비, 1차 까봐입니다. 하지만 계단에서 넘어져 다리가 부러지고 회사에서 잘릴까봐 계단 앞에서 멈춰 서는 것은 불안, 2차 까봐입니다. 우리가 아이들에게 가르쳐야 하는 것은 대비로 둔갑한 불안이 아닙니다.

저도 제 생각으로, 저의 망상소설로, 벌어지지 않은 것을 마치 벌어진 것처럼 느낌으로써 자살을 수도 없이 생각했습니다. 어둠의 생각은 더 깊은 어둠의 생각을 낳습니다. 불안의 생각이 깊어지면 두려움이 됩니다. 두려움의 생각이 더 깊어지면 죽음의 공포가 됩니다. 여기서 더 깊어진다는 것은 나도 모르게 더 구체적인 생각으로 들어가고 계속 그 생각을 잡고 있다는 뜻입니다. 계속 생각하면 깊어집니다. 그 생각이 검은 늑대의 생각이든, 흰 늑대의 생각이든 계속 하면 어떤 생각이든 강화됩니다.

무심결에 나도 모르게 검은 늑대의 생각을 잡았습니다. 모르고 계속 선택했고 검은 늑대는 계속 강해졌습니다. 흰 늑대의 생각을 한 적이 있으나, 부지불식간에 알아차리지 못하고 검은 늑대의 생각을 또 잡습니다. 정신 차립니다. 정신을 차려야 합니다. 딱 그때 연달아 5회만 정신을 곧게 차리고 검은 늑대에게 끌려가는 나를 알아차리고 흰 늑대에게 평소에 계속 밥을 주다 보면 흰 늑대가 승리하는 날이 옵니다. 검은 늑대가 소멸하는 경지가 옵니다. 그러면 이 나라의 청소년 자살 1위라는 불명예를 벗을 수 있지 않을까요? 우리 아이들을 살릴 수 있지 않을까요?

부디 이 책이 청소년에게도 다가가, 여러분의 불안은 진짜 불안이 아니라고 전하고 싶습니다. 우리 세대라도 알아차렸어야 했는데, 그러지 못해서 미안하다는 말을 전하고 싶습니다. 불안하게 만든 문화에 대하여 저부터 사과하고 싶습니다.

디다봐학교에서는 '불안심리예방지원 프로그램'을 운영해 초 ·

중·고등학교에 강사님들이 들어갑니다. 까봐카드와 그림책, 불안 심리를 다스리는 활동지까지 다양한 프로그램을 운영하는데, 강사님들은 학교에서 만나는 아이들에게 이렇게 이구동성으로 말하십니다. "여러분의 불안은 여러분 것이 아닙니다. 우리 세대가 못 알아차려, 여러분에게 묻힌 불안입니다. 내 생각을 회의하지 못하고 내 생각을 의심하지 못한 상태에서 여러분에게 묻힌 우리 세대의 잘못입니다. 선생님이 잘못했습니다. 그러니 여러분은 불안이 오면 알아차리십니다. 이런 생각이 일어난 건 조상 탓이라며 불안을 일으킨 '까봐'를 뻥 하고 차십시오. 제가 대신 사과하고 싶습니다."

그러면 어떤 아이들은 이런답니다. "선생님이 왜 미안해요. 우리 담임 선생님이 늘 불안을 말했고 우리 엄마가 늘 까봐를 했는데, 선생님이 왜 미안하다고 하세요. 그런데 선생님께서 미안하다고 해주시니, 뭔지는 모르겠는데 마음이 풀렸어요. 뭔가 늘 억울하고 부당했는데 선생님이 사과해주시니까 마음이 녹았어요."

학교를 다녀오신 선생님들에게 이러한 피드백을 받을 때면 그저 감사함으로 가슴이 뭉클해집니다. 위기 학급, 학교 밖 아이들 등등 마음의 문을 굳게 닫은 아이들에게 저희 강사님들이 먼저 미안하다는 말과 함께 시작하면 아이들이 마음의 문을 열고 생각합니다. 무엇을 걷어차야 하는지, 무엇을 취해야 하는지, 아이들이 우리보다 의식이 높아 빨리 알아듣습니다. 저와 강사님들은 정말이지 '2차 까봐'는 망상임을 알아차리는 문화 만들기에 목숨 바치는 각오로 일하고들 계십니다. 이 나라 아이들을 살리는 사명으로 일하십니다.

이제 불안을 야기하는 문화를 단절해야 할 때입니다. 이미 단절하고도 남았어야 합니다. 실패를 응원하는 문화, 실패해도 괜찮다는 문화, 실패의 반댓말은 성공이 아니라 실천임을 아는 문화, 이런 문화가 형성되기를 간절히 바랍니다.

2차 까봐는 망상임을 아는 문화가 된다면 아이들이 더는 나쁜 선택을 하지 않는다고 자신합니다. 실패를 응원하는 문화가 된다면 청소년 자살 1위는 언제 그랬냐는 듯 역사의 뒤안길로 갈 것입니다. 자신합니다. 문화를 만들면 됩니다. 불안을 야기하는 문화의 대물림을 이제 단연코 끊을 때가 도래했습니다. 반드시 끊어야만 합니다. 그래야 우리 아이들을 살릴 수 있습니다.

1. '2차 까봐'는 100% 망상임을 알아차리세요.

조심하는 것(1차 까봐)은 지혜지만, 벌어지지 않은 최악을 상상하는 것(2차 까봐)은 병입니다. 망상소설을 쓰는 나를 발견하는 즉시 그 생각을 '쓰레기'라 명명하고 버리세요.

2. 불안을 팔아 이득을 취하는 마케팅에 속지 마세요.

'지금 안 하면 늦는다'라는 말은 아이를 위한 조언이 아니라 학원의 매출 구호일 뿐입니다. 불안을 자극해 소비를 유도하는 모든 목소리로부터 당신의 마음을 격리하세요.

3. 아이들에게 '미안하다'라고 말하는 어른이 되세요.

부모의 불안이 아이에게 전이되었다면 솔직하게 사과하세요. '이건 내 불안이었어, 네 잘못이 아니야'라는 어른의 사과 한마디가 아이를 죽음의 문턱에서 살려냅니다.

4. 실패의 반댓말은 성공이 아니라 '실천'입니다.

결과에 상관없이 시도 자체에 박수를 보내는 문화를 만드세요. '오직 모를 뿐'인 미래를 통제하려 들지 말고, 오늘을 편안하게 살아내는 '안(安)'의 감각을 아이에게 물려주세요.

사람들에게 욕먹을까봐 두려워요

사람들에게 욕먹을까봐 두려워요

미안이는 고등학교 1학년 때 자퇴를 하고, 이후 약 6년 동안 집 안에 머물며 은둔 생활을 했습니다. 작년부터 상담을 시작하여 올해 검정고시 합격을 했고 조금씩 사회에 나오는 연습들을 하고 있습니다.

미안이는 외출할 때마다 사람들이 자신을 욕할 것만 같다고 불안해했습니다. 다리가 굵다고 욕할 것 같고, 못생겼다고 욕할 것 같고, 키가 작다고 욕할 것 같다고 했습니다. 미안이 귀에는 욕하는 소리가 실제로 들리는 듯하다며 환청으로 괴롭다는 호소까지 있었습니다.

미안이에게 물었습니다. "미안아, 혹시 부모님이나 미안이가 생각하는 중요한 대상이 미안이에게 직접 못생겼다, 키가 작다, 다리가 굵다 등의 욕을 한 적이 있어? 미안이가 직접 들은 적 있어?"

미안이는 잠시 생각하더니 고개를 저으며 말했습니다. "직접 들은 적은 없어요. 아무도 저에게 대놓고 못생겼다, 다리 굵다, 키가 작다고 말한 적은 없어요. 엄마는 나보고 예쁘다고 하셨고 사랑한다고 했어요. 그러나 다른 사람들은 왠지 다 나를 그렇게 생각하는 것만 같아요."

다시 미안이에게 물었습니다. "미안아, 혹시 부모님께서 텔레비전을 보거나 식당 가거나 할 때, 다른 사람들 외모나 모습을 평가하는 말을 들은 적 있을까? 다른 사람들에 대해 이러쿵저러쿵 이야기하는 모습을 본 적 있어?"

미안이는 바로 대답하지 못했습니다. "모르겠어요. 타인들에 대해 어떻게 말하는지 들은 적이 없어요. 모르겠어요." 그래서 이렇게 제안했습니다. "그래, 그렇구나. 관찰한 적이 없구나. 그러면 미안아, 다음 주까지 부모님께서 텔레비전을 보거나 외출할 때, 식당 같은 곳을 함께 갈 때 타인들에게 뭐라고 하시는지 한번 관찰해보자."

이렇게 제안하는 이유가 있었습니다. 아이들은 부모님이 어떤 특정 대상을 향하여 험담을 하거나 욕을 하면 마치 그 대상이 자신이 되면 안 된다는, 즉 그런 욕을 먹어서는 안 된다는 인식을 하게 됩니다. 자신에게 직접 향하는 비난이 아니라도 어떤 특정 대상을 향해 욕을 하면 그 대상이 본인이 될 수 있다는 생각을 가지게 됩니다. 부모에게 무조건적 사랑을 받는다는 것은, 어떤 이에게 무조건적 사랑을 받는다는 것은, 그가 대상을 시비하거나 분별하지 않고 있는 그대로 존중하며 인정한다는 것입니다. 그런 성품은 보편적 인류애를 가져야 가능합니다. 나의 것은 예쁘고 사랑스럽지만, 타인의 것은 싫고 나쁘다고 생각하는 사람(부모)에게서 나는 진짜 사랑을 받는다고 느껴질 리 만무합니다. 나도 언젠가는 분별되고 시비당할 것이라고 미루어 짐작할 수밖에 없습니다. 나도 언젠가는 그 대상이 되리라 불안해집니다.

주위에 사람을 자주 단절하는 지인이 있다고 해봅시다. 요즘 사람들은 '금사빠'라는 말을 쓰더군요. 금방 사랑에 빠지고 뭔가 자신과 맞지 않으면 금방 관계를 단절해버리는 사람과 사귀고 있다면, 늘 불안할 것입니다. 언젠가 나도 단절될 수 있다는 불안감을 가지고 그를 만나게 될 것입니다. 그 사람에 대한 신뢰가 얕은 상태에서 그를 만나는 겁니다. 아무리 나에게는 그러지 않을 것이라고 그가 다짐과 약속을 하더라도 그의 말을 내가 진심으로 믿을 리 만무합니다.

일주일 뒤, 미안이는 무슨 행성이라도 발견한 듯 놀라운 표정으로 말했습니다.

"선생님, 관찰했어요. 지켜보았어요. 엄마와 이모가요, 텔레비전 보면서요, 저 연예인은 코가 낮다, 수술을 잘못했다, 연예인이 다리가 굵다, 뚱뚱하다면서 계속 외모 평가를 했어요. 또 있어요. 차를 타고 외출하잖아요. 그러면 지나가는 사람들 계속 평가했어요. 키가 작다, 다리가 굵다, 저 다리로 어떻게 짧은 치마를 입냐? 다리가 휘었다. 진짜 계속 평가했어요. 더 놀라운 것은요, 선생님, 이렇게 많은 평가질이 있는 집안에서 이걸 제가 몰랐다는 거예요. 매일이 평가질이었는데, 저는 그들의 말을 처음 관찰한 것이었어요. 이게 너무 놀라워요. 이런 말이 잘못되었다는 생각을 한 번도 한 적이 없었어요. 당연한 줄 알았어요.

고등학교를 자퇴한 이유가 학교에서 배울 것이 없다고, 내가 더 똑똑해서였다고 생각했는데요. 내가 아이들을 무시했거든요. 학교를 무시했거든요. 그런데요, 선생님. 아니었어요. 저는 애들이 저를 욕할까봐 겁이 났어요. 지금 생각해보면요, 늘 그런 영상이 저를 따라다녔어요. 그게 몹시도 괴로웠어요. 아이들이 삼삼오오 뭉쳐 뒤에서 저를 보고 못생겼다고, 다리가 굵다고 험담하는 영상이 언제나 저를 따라다녔어요. 그 영상이 아직도 따라다니니까 이렇게 상담을 온 것이고요.

세상에나, 저는 이런 가정에서 자라고 있다는 것조차 몰랐어요. 저보고는 직접 대놓고 못생겼다고 하지 않았으니까요. 나는 예쁘다고 했어요. 엄마도 이모도요. 내가 그들 말에 갇힌 건가요? 그들 말이 진짜라고 믿었을까요? 엄마와 이모가 말하는 대상이 내가 되었다고 생각했을까요? 그랬네요. 우리집은 거의 매일 이런 대화 같지도 않은 대화들로 가득 찼던 것 같아요. 대화가 아니네요. 이번 주

관찰하면서 봤어요. 텔레비전을 보면서 한시도 가만히 보지 않았어요. 끊임없이 평가질했어요. 저는 세뇌당한 것 같아요. 그래서 제가 여태까지 밖을 못 나간 것일까요? 계속 머릿속에 남들이 욕할까봐 전전긍긍했던 것은 우리집 대화 때문일까요? 그랬네요. 엄마, 이모에게 욕먹는 대상을 나라고 생각했네요. 그들처럼 남들이 나를 욕한다고 생각했네요. 불특정다수가 나를 향해서 욕한다고 생각했네요. 엄마와 이모가 욕하는 대상 입장에서는 엄마와 이모는 불특정다수니까요.

그러고요, 선생님, 이제 들여다보니까요. 아주 오래전부터 제가 어릴 때부터 그랬던 것 같아요. 그런데요, 부모님이 그럴 때마다 기분이 나빴어요. 남 욕하는 거 듣기 싫었어요. 싫은 내색을 했던 적도 있는 것 같아요. 그러나 그들이 바뀌지 않으니까 입을 닫고 귀를 닫은 것 같아요. 그들 말을 듣지 않는 내가 되어버렸어요. 그들 말이 안 들려요. 귀머거리가 된 느낌이에요. 자퇴한다고 했을 때, 그들이 엄청 말렸는데 안 들렸어요. 나는 아주 어릴 적부터 귀를 차단했군요. 그리고 또 그 안에서 불안했어요. 그들이 남 욕을 하는 것이 싫었지만, 나는 그들의 보호 없이는 살 수 없으니까요. 보호받지 못할까봐 불안했어요. 저 자신이 너무 싫어요. 싫다면 자립하면 되는데, 이 모양으로 벌벌 떨며 사회에 나가지도 못하고 있으니까요. 세상의 불특정 사람들을 제가 엄마, 이모라고 생각하고 있었네요.

한심하네요."

　미안이는 본인이 질문하고 본인이 답을 내면서 들여다보는 시간을 가졌습니다. 미안이의 인지도식은 '엄마가 타인을 욕한다 = 불특정다수가 욕한다 = 타인은 내가 될 수 있다 = 나는 불특정다수로부터 욕을 먹는다 = 보호받지 못한다'로 되어 있다는 것을 발견했습니다.

　불안한 감정을 일으킨 것은 불안한 생각이 먼저 일어난 것입니다. 불안한 생각을 종이 위에 써서 미안이에게 보여주었습니다. 미안이는 종이 위 글자들을 한 글자 한 글자 가슴에 새겨야겠다면서 뚫어지게 바라보고 곱게 접어 노트에 끼워 넣었습니다.

　이제 다음 단계로 미안이에게 불안할 때 어떤 생각이 떠오르는지를 알아차리게 하는 연습을 시켰습니다. 번번이 떠오르는 생각은 위의 인지도식 생각의 틀을 벗어나지 못하고 있다는 것을 다시 재발견했습니다. 재발견한 다음, 다시 다음 단계로 미안이에게 알아차렸으니 이제 생각을 걷어차는 연습을 하자고 했습니다. 불안을 일으키는 생각과 이 생각으로 인하여 일어나는 감정을 검은 늑대라 명명하게 하고, 흰 늑대를 마련해주었습니다. 검은 늑대는 비합리적 생각이고, 흰 늑대는 합리적 생각입니다. 비합리적 생각이 습관이 되어 있으니, 합리적 생각을 하는 새로운 습관을 들여야 합니다. 이 연습이 가장 중요한 포인트입니다. 새로운 습관을 들이는 것에 정성을 들이지 않으면 완치의 길은 험난합니다.

흰 늑대 마련으로 미안이에게 이렇게 알려주었습니다.

"미안아, 세상 사람들이 엄마나 이모라고 생각할 수 있어? 어린 나이의 미안이는 그랬을 수 있어. 어리니까 당연히 미성숙한 사고를 하는 거야. 미성숙한 사고의 검은 늑대가 여태까지 미안이를 지배했어. 미안이는 흰 늑대를 본 적도 없고 합리적인 생각에 대해 고민해본 적도 없어. 여기서 합리적인 생각은 무엇일까? 세상 사람들이 엄마나 이모처럼 나를 욕할 것 같다고 생각하는 것이 사실일까? 사실이야? 이렇게 자문하는 습관을 들여야 한단다.

미안아, 나를 욕하는 사람들이 있을 수는 있어. 그들의 취향이야. 그들 자유야. 나에게 자유가 있는 것처럼 그들에게도 자유가 있어. 욕하라고 해, 내가 안 먹으면 돼. 세상 사람들은 엄마와 이모가 아니야. 욕먹기 싫다라는 집착이 욕먹을까봐를 만들었어. 그들의 자유를 인정하자. 인정해야 미안이가 자유로워져. 집착을 내려놓아야 미안이가 자유로워져.

검은 늑대가 올라오면 알아차리고 흰 늑대에게 밥을 주자. 되뇌자. 그들 자유를 인정하고 그들은 엄마와 이모가 아니라는 말을 되뇌는 연습을 하자. 흰 늑대의 힘이 검은 늑대보다 강해지는 그때까지만 연습하면 돼. 검은 늑대의 힘이 세서 부지불식간에 검은 늑대에게 말리는 것은 그만큼 비합리적 생각을 많이 했다는 증거야. 무의식적으로 미안이도 모르는 사이에 아주 많이 했다는 거야. 인간은 무의식으로 산다고 프로이트가 그랬어. 이제 알았어. 어떤 무의식 생각이 있는지를 미안이가 알았어, 이미 의식화한 거야. 무의식을 의식화했어. 다른 드라이브를 걸어야 하는 이때가 제일 힘이 들어가. 익숙한 생각을 하는 것은 힘이 안 들어가. 익숙한 생각이 검은 늑대야. 익숙하지 않았던 생각, 새로운 생각, 합리적인 생각을 만들어야 감정이 편안해져.

미안아, 그들이 너의 망상소설에 재료를 준 것은 맞아. 그러나 그 재료로 너는 너만의 소설을 만들었고. 물론 너도 모르고 만든 소설이야. 네가 만든 망상소설에 너는 갇혀버렸어. 네가 만들었기에 너만이 그 틀을 깨부수고 나올 수 있어. 선생님은 네가 그 틀을 깰 수 있도록 안내해주는 사람에 불과해. 어떻게 깨부수어야 하는지 알려주었으니 이제 너의 연습량에 따라 시간을 당길 수도 있고 치료가 더딜 수도 있어. 모르고 부정적으로 만들어버린 너만의 세상에서 네가 이곳, 현실 세계로 나오는 거야. 현실은 살 만해. 이야기를 만들지 않으면 고통스럽지 않아. 검은 늑대 이야기를 리얼하게 만들어서 그 안에서 재밌게 많이 놀았다고 생각하자. 그리고 이제 그 안에서 그만 놀자. 실은 고통스러웠잖아. 선생님이 안내해준 길로 한 걸음씩 걸어가보자.

정리하자. 스텝 1, 감정이 불안하면 어떤 생각을 했는지 알아차린다. 스텝 2. 되뇐다. 검은 늑대에게 밥 안 줄 거야. 이제 흰 늑대에게 밥줄 거야라고 되뇐다. 스텝 3. 세상 사람들이 엄마와 이모처럼 모두가 나에게 욕하는 것이 맞는지 되묻는다. 검은 늑대의 생각에 따진다. 세상 모든 사람은 어떤 생각을 할 자유가 있다. 설령 욕을 하더라도 내가 안 가지고 오면 된다를 되뇌자. 할 수 있지?"

미안이는 열심히 연습했습니다. 은둔형 외톨이로 보낸 6년의 시간을 보상하는 것이 연습이라고 생각하며 어두운 검은 늑대의 생각이 올라올 때마다 스스로 정신 차리자라고 구호를 불러가며 부정적 생각을 선택하지 않는 연습을 치열하게 했습니다. 그리고 드디어 미안이는 검정고시를 치르고 합격했습니다. 지금은 편의점 아르바이트 등 닥치는 대로 일을 하면서 돈 버는 재미를 느끼며 살고 있습니다.

며칠 전 미안이로부터 문자 한 통을 받았습니다. "선생님, 이번 달 월급 타면 선생님 맛있는 거 사드리러 센터에 갈게요. 조금만 더 기다려주세요."

미안이에게 맛있는 것을 얻어먹지 않아도 이미 제 마음은 충분히 배부릅니다. 그 문자를 읽는 순간, 상담자로서 받을 수 있는 최고의 선물을 이미 다 받은 기분이었습니다. 그동안 미안이가 자신을 바로 세우기 위해 얼마나 치열하게 알아차림의 연습을 해왔는지 저는 누구보다 잘 압니다. 스스로 만든 망상소설 속에서 그녀가 얼마나 불안해하고 아파했는지도 선명히 느낍니다.

왜냐하면 저 역시 그 어두운 망상소설 속에서 오랫동안 헤맨 사람이기 때문입니다. 나의 아픔과 고통을 숨기지 않고 꺼내 미안이가 고통의 강을 무사히 건너갈 수 있도록 징검다리가 되어줄 수 있었음에 감사하며, 그리고 그 여정을 기꺼이 함께해준 미안이에게도 고맙습니다.

1. 가정 내 '평가질'이 공포의 뿌리임을 직면하세요.

부모가 타인을 비하하는 말은 아이에게 '나도 저렇게 비난받겠구나'라는 공포로 학습됩니다. 타인에 대한 그들의 평가는 그들의 성품 문제일 뿐, 당신의 가치와는 무관합니다.

2. 타인에게 '욕할 자유'를 주고 나는 자유를 얻으세요.

모두에게 사랑받으려는 집착이 공포를 만듭니다. 누군가 나를 욕하는 것은 그 사람의 취향이자 자유라고 인정해버리세요. 평가의 리모컨을 회수해야 외출이 자유로워집니다.

3. 습관적인 '검은 늑대'의 목소리에 속지 마세요.

부정적 생각은 낡은 습관입니다. '모두가 나를 욕한다'라는 소리가 들릴 때마다 '사실이 아니다, 내 망상이다'라는 합리적인 생각에 의식적으로 힘을 실어주세요.

4. 내가 쓴 '망상소설'은 나만이 찢어버릴 수 있습니다.

타인이 준 재료로 비극적인 소설을 쓴 작가는 나 자신입니다. 내가 썼기에 내가 끝낼 수 있습니다. 현실은 당신의 소설만큼 가혹하지 않으니 이제 그만 밖으로 나오세요.

언니가 죽을까봐 불안합니다

비안 씨 언니는 암 수술을 무사히 마치고 현재 항암치료를 받고 있습니다. 비안 씨는 막연한 불안으로 상담을 시작했는데, 상담할 때마다 언니가 병으로 죽을까봐 불안하다는 호소를 했습니다. 언니에게 가장 많이 의지하면서 살았는데, 언니가 죽어버리면 남은 생을 누구에게 기대어 살아야 하냐며 상담할 때마다 매번 울음을 터트렸습니다.

그녀는 언니가 세상을 떠난 뒤 홀로 남겨진 자신의 삶을 상상하며 슬퍼했습니다. 언니가 없는 세상은 상상할 수도 없고, 언니가 자신 곁을 떠나는 상상만 해도 마음이 미어지는 듯한 아픔이 밀려온다면서 울었습니다. 얼마나 꺼이꺼이 우는지, 가슴이 찢어지는 듯한 아픔을 느끼며 울고 또 울었습니다. 약 6개월을 매주 상담에서 울었던 것 같습니다.

처음 한 달 정도는 우는 모습을 바라보며 충분히 공감해주는 시간을 가졌습니다. 두 달째부터는 비안 씨가 벌어지지 않은 미래의 망상소설을 쓰며 우는 것이라고 조심스럽게 이야기를 해주어도 들리지 않는 듯했습니다. 그러나 포기하지 않고 매주 울 때마다 아직 일어나지 않은 일임을 반복해서 알려주는 정성을 다했습니다.

"언니가 암에 걸렸잖아요. 사람이 아프면 죽잖아요. 죽으면 나는 어떻게 하나요? 어떻게 사나요? 언니보다 차라리 내가 먼저 죽었으면 좋겠어요. 언니 대신 내가 죽었으면 좋겠어요. 나보다 먼저 죽는 사람을 떠나보내는 고통이 오지 않았으면 좋겠어요. 저 혼자 이 세상에 남겨지는 것은 죽는 인생보다 못해요. 너무 괴롭고 고통스러워요." 비안 씨는 매번 이 말을 되풀이했습니다.

하루는 비안 씨가 말하는 것을 메모하면서 상담하는데, 6개월째에 드디어 비안 씨가 메모한 종이를 본인 앞으로 가져가더니, 물끄러미 한참을 쳐다보면서 말했습니다. "선생님, 매번 상담할 때마다 종이 위에 제가 한 말을 적으시더니, 저는 매번 같은 말을 하고 있었네요. 제가 매번 같은 말을 하고 있다는 것조차 인지하지 못했던 것 같아요. 선생님께서는 벌어지지 않은 일이라고 매번 말씀하신 것 같은데, 저는 마치 벌어질 것만 같아요. 선생님 어떻게 하면 좋나요?"

드디어 비안 씨가 언니가 죽을까봐라는 신파를 쓰면서 울던 것을 잠시 멈추고 어떻게 하면 되냐는 방법을 묻는 질문을 했습니다. "비안 씨는 저와 상담을 처음 시작할 때부터 어떻게 하면 되는지 물으셨습니다. 그러나 이때까지 제 말이 과연 비안 씨 귀에 들어갈까 의심스러울 정도로 비안 씨는 그다음 주에 오면 또 같은 말을 되풀이했습니다. 저는 매번 망상소설임을 알려드렸고요. 오늘은 이것이 망상소설임을 아시겠는지요?”

“아니요, 모르겠습니다. 선생님께서는 계속 망상소설이라고 하셔도 그 말이 무슨 말인지 저는 모르겠습니다. 저는 언니가 죽는 것이 싫어요. 남겨진 내 인생이 싫어요.” 비안 씨는 마치 아이처럼 떼쓰듯이 언니가 곧 죽을 것이며 그 뒤에 본인은 홀로 남겨질 텐데, 홀로 남겨지는 인생이 싫다는 말을 해대었습니다.

늘 반복되는 말이었지만, 다시 호흡을 가다듬고 말했습니다. “비안 씨, 천천히 질문해보겠습니다. 제 질문에 대답해주세요. 암이라는 병에 걸린다는 죽는다인가요?” 그리고 저는 종이 위에 ‘암에 걸린다 = 죽는다’라고 썼습니다.

“네, 암이라는 병에 걸리면 죽지 않나요?”

“맞습니다. 암에 걸려 죽는 사람들도 있지요. 그러나 병을 극복하고 산 사람들도 있어요. 암에 걸린 모든 사람은 죽는다는 도식이 맞는 도식인가요? 조금만 마음을 가라앉히고 본인 생각에 함몰되지 말고, 조금 객관화하여 대답해봅시다. 오늘은 정말이지 그 생각의 틈을 만들어봐요. 비안 씨 언니가 암에 걸려 죽을 것 같다는 생각은 뒤로 좀 미루고, 보편적 상식으로 한번 생각해봅시다. 다시 질문하겠어요. 암에 걸린 사람들은 모두 죽나요?"

비안 씨는 크게 호흡을 가다듬더니 말했습니다. "아니요, 암에 걸린 사람이 모두 죽지는 않습니다. 암을 극복하여 산 사람도 있고, 죽는 사람도 있습니다. 그러나 왠지 저희 언니는 죽을 것만 같아요."

"비안 씨 언니가 죽을 것만 같다는 심정은 이해합니다. 이거 빼고 다시 대답해보세요. 암에 걸린 모든 사람은 죽는다가 맞는 말인가요?"

"아닙니다. 부분은 맞고 부분은 틀립니다."

"좋습니다. 오늘 비안 씨와 상담하고 헤어진 후 저는 교통사고로 죽을 수도 있습니다. 또는 안 죽고, 사고당하지 않고 다음 주에 또 밝은 모습으로 만날 수도 있습니다. 우리가 우리 미래를 알 수 있나요? 우리 미래가 If~ok일지 If~not ok일지 아는 사람이 이 세상에 존재할까요?"

"존재하지 않습니다. 그러나 나의 미래는 왠지 If~not ok일 것만 같아요."

호흡을 가다듬고 저는 다시 이야기를 이어갔습니다. "검은 늑대와 흰 늑대가 싸우면 누가 이긴다고 했나요? 밥 많이 준 놈이 이긴다고 했지요. 이제 알아차립니다. **미래는 오직 모를 뿐**으로 흰 늑대를 마련합니다. 불안이 올라올 때, 즉 검은 늑대가 올라올 때 알아차릴 수 있어요. 그때 바로 흰 늑대에게 밥을 줍니다. **미래는 오직 모를 뿐**이라고, 정신을 차리면서 이 말을 되뇌는 연습을 합니다.

그리고 비안 씨는 벌어지지 않은 미래, 그것도 비극의 미래로 가서 그곳에서 **비련의 여주인공 소설**을 쓰며 울고 있습니다. 비극 속 주인공이 되니, 카타르시스가 가슴에서 역동적으로 일어나지요. 고통스럽지만 카타르시스를 느끼니 살아 있는 듯하지요. 그런데 희극으로도 카타르시스를 느낄 수 있습니다. 비극으로 카타르시스를 느끼는 습관을 고쳐야 합니다.

비안 씨는 '언니가 암에 걸렸다 = 죽는다 = 홀로 남겨졌다 = 고통스럽다, 죽고 싶다.' 이렇게 무의식적으로 인지도식을 만들어놓았습니다. 본인이 이렇게 이야기를 만들었습니다. 조금 전에 말한 것처럼 암에 걸려 죽을 수도 있고, 안 죽을 수도 있습니다만, 비안 씨는 무엇 때문인지 이렇게 만들어놓았습니다. 본인이 만든 이야기입니다. 파국화로, 극단적 비극으로 이야기를 만들어놓았습니다."

웬일인지, 6개월 만에 드디어 비안 씨는 본인이 만들었다는 것을 인정했습니다. "맞아요. 저는 이런 식으로 이야기를 만들었군요. 비극으로 이야기를 만들었습니다. 그때 선생님께서 지안이 이야기를 해주셨는데, 초등학교 4학년 여자아이가 스스로 비련의 여주인공 놀이를 즐기는 것을 알아차렸다고 말씀해주셨는데, 저도 그 아이와 마찬가지로 비련의 여주인공 비극 놀이를 하는 걸까요?"

저는 고개를 끄덕이며 답변하였습니다. "예, 비안 씨가 인정해야 합니다. 비안 씨가 지안이처럼 스스로 비극을 고통스럽다고 하면서 즐기고 있구나라고 알아차리면 좋겠습니다. 자, 보세요. 진짜 고통스럽다면 어떻게 해야 합니까? 온갖 여러 방법을 써보며 그 고통에서 벗어나는 연습, 노력을 해야겠지요. 진짜 고통이라면 그 안에 있으면 안 되겠지요. 연습하는 방법을 거의 6개월 동안 알려드렸습니다. 그러나 비안 씨는 6개월 동안 제대로 연습하지 않았습니다. 진짜 고통스럽습니까? 비극 놀이를 멈추고 싶습니까? 그렇다면 흰 늑대에게 밥 주는 연습을 꾸준히 하셔야 합니다. 40여 년간 검은 늑대에게 무의식적으로 밥을 주었다면, 적어도 의식적으로 4년은 줘야 검은 늑대를 물리칠 수 있지 않을까요? 연습만이 살 길이라고 하면서 미래는 오직 모를 뿐을 연습합니다.

비극의 망상소설 쓰는 습관을 포기합니다. 망상소설 쓰는 그 자아를 오늘 과감히 포기한다고 선언하세요. 재미없습니다. 재미없다고 인지합니다. 그리고 선포합시다. 비극의 망상소설을 쓰면서 카타르시스를 느끼고 싶어하는 그 자아를 포기합니다. 지금, 여기에서 언니와 행복하세요. 언니와 도란도란 정을 나누며 언니의 힘이 되어주세요. 하늘도 한번 보면서 감사한 마음을 내고, 언니와 함께 마시는 차 한 잔, 이런 것들로 카타르시스를 느끼려고 하세요.

한번 본인 모습을 객관화하여 봅시다. 언니 앞에서 여태까지 슬픈 마음으로 언니를 바라볼 때, 비안 씨 마음은 어땠나요? 만일 그때 언니 앞에서 언니와 그 시간을 오롯이 함께했다면 어땠을까요? 어느 쪽이 비안 씨에게 도움이 되는 생각인가요? 비극의 소설을 쓰면서 언니를 바라보며 마음으로 우는 것이 과연 언니에게나 본인에게 도움이 되는 생각일까요? 정신을 차립니다. 비극의 주인공 놀이를 포기합니다. 진심으로 포기해야 한다는 결의와 다짐을 하셔야 합니다. 그래야 비안 씨가 삽니다.

망상은 허상이지요. 허상이 힘이 있습니까? 허상은 힘이 없습니다. 망상은 힘을 빼갑니다. 그러나 지금, 여기에서 언니와 있는 시간에 집중한다면, 지금, 여기는 힘이 있습니다. 지금, 여기는 실존이기 때문입니다. 실존하지 않는 것은 힘이 없습니다. 실존하는 것만이 힘이 있습니다. 망상 놀이를 멈추셔야 합니다. 지난 상담 시

251

간, 6개월이라는 시간이 실은 너무 아깝습니다. 너무 울었어요. 무려 6개월이나 우셨습니다. 벌어지지 않는 비극의 소설을 쓰고 비극의 여주인공이 되어 많이도 우셨습니다. 그건 진짜 눈물이 아닙니다. '가짜 눈물'입니다. 상상 속에서 이야기를 만들어 놓고 비극의 여주인공이 되어 흘리는 연극 무대 위의 눈물입니다. 이제 진짜 그만 웁니다. 자신을 위해 가짜 눈물을 멈춥니다.

그러나 오늘에라도 알아들으셔서 다행한 일이고 감사합니다. 지금이 이겨야 합니다. 망상이 이기도록 해서는 안 됩니다. 알아차림을 놓치지 않으셔야 합니다. 그리고 설령 언니가 계속 아파서 죽었다고 합시다. 그러면 돌아가신 분 마음이 어떻겠습니까? 살아 있는 사람들이 자신을 잊어버리고 행복하게 살기를 바라지 않을까요? 죽은 사람을 붙들며 하루 종일 눈물로 사는 것을 원할까요? 누구나 사랑하는 가족, 사람들이 행복하기를 바랄 것입니다."

비안 씨는 웬일로 떼쓰지 않고 잘 들어주었습니다. 지난 6개월 동안은 이런 말을 하면 죽는다는 말을 하지 말라면서 더 울었거든요. "이제 조금 들립니다. 그동안 제가 얼마나 징징거렸는지가 보입니다. 망상에서 얼마나 허우적거렸는지가 보입니다."

"다행입니다. 이렇게 보여야 합니다. 보였다 함은 이제 본인 생각에 갇혀 있지 않고 본인 생각을 떨구어 바라보는 힘이 생겼다는 것입니다. 생각에 틈이 생겼습니다. 콩나물시루에 물 주는 심정으로 한 말 또 하고 또 했는데, 오늘 훌쩍 커버리신 것 같군요.

그런데요, 비안 씨. 솔직히 말하면 우리 중 그 누구도 죽음에 대해서 아는 사람이 없습니다. 이것도 **오직 모를 뿐**입니다. 죽어본 경험을 한 사람은 아무도 없습니다. 죽음을 생각하면 공포스럽지만, 우리는 그 공포를 모릅니다. 상상 속에서 공포스럽습니다. 죽은 후에는 죽었기에 그 느낌을 지금 산 사람이 느낄 수 없습니다. 죽음 이후는 모릅니다. 죽어본 적이 없고, 죽어서 살아난 사람이 없습니다. 산 자는 살아있기에 죽음을 모릅니다. 그러므로 우리 모두는 죽음을 모른다입니다. 상상 속에서 공포스럽다며 두려워하고 있는 것입니다. 죽으면 공포스러운지 어떤지 모릅니다. 죽음에 관한 생각도 모른다가 이겨야 합니다. 알면 덜 두렵습니다. 몰라서 무지하여 두렵습니다. 막연한 것을 구체화하고 구체화한 것을 아는 것인지 모르는 것인지 구분하여 배웁니다. 알면 덜합니다.”

그러고는 소크라테스의 『파이돈』에 나오는 다음 구절을 보여주었습니다.

“그분이 독약을 마시는 모습과 이미 잔을 다 비우신 것을 보았을 때에는 더 이상 참을 수가 없었소. 나 자신도 모르게 눈물이 폭우처럼 줄줄 흘러내려서, 나는 얼굴을 감싼 채로 큰소리로 엉엉 울며 통곡하고 말았지요. 하지만 내가 그렇게 통곡한 것은 선생님을 위해서가 아니라, 그런 인생의 동반자를 잃어버린 내 처지 때문이었습니다.”

밑줄 친 부분을 한 번 더 강조하면서 읽어주었습니다. “비안 씨는 시종일관 언니가 죽으면 남겨진 나는 어떻게 하냐며 지난 6개월 동안 울었습니다. 언니 죽음을 두려워하며 우는 듯했지만, 언니가 죽은 후 남겨진 자신의 슬픔으로 자신의 처지가 불쌍해서 운 것입니다. 인간이 그러합니다. 자신의 처지 때문에 웁니다. 기원전 2600년 전 인간들도 그러했습니다. ‘내 처지 때문에 운다’는 것을 알아차려야 합니다. 언니가 죽으면, 마치 언니를 위해서 운 것 같지만, 실은 비안 씨는 본인 처지 때문에 운 것입니다. 언니를 생각한 눈물이 아니라, 본인 처지를 생각하여 운 것입니다. 이렇게 알아야 합니다. 누구를 위한 눈물이었습니까? 불편하겠지만 진실을 봅니다. 나의 처지를 슬퍼하는 눈물이었습니다. 그것도 아직 벌어지지도 않은 망상의 미래 속에서 비극의 영화를 찍으며 비안 씨는 울었습니다.

비안 씨는 망상, 허상, 가상 속에 있었습니다. 본인이 만든 이야기에 본인이 갇혀 울며 고통스러워했습니다. 그러면 이제 어떻게 해야 할까요? 계속 망상, 허상 속에서 본인 처지를 아파하면서 울어야 할까요? 지금, 여기에서 언니랑 잠시라도 즐겁고 행복해야 하지 않을까요? 적어도 최소한으로 망상소설, 비극의 이야기를 만들며 우는 것은 멈춤!해야 합니다. 재미없습니다. 다음 주까지 고통스럽다고 하는 그 생각 아래에서 즐기는 나를 한번 찾아와보시길 바랍니다. 본인이 고통을 즐기는 자아를 직접 찾아야 화들짝 놀라, 그 쓸데없는 습관을 고치려 할 것이기 때문입니다. 쓸 곳이 없는, 사용할 곳이 없는, 쓸데없는 생각을 하는 습관을 고치려면 알아차림이 늘 있어야 합니다."

계속 잘 들어주는 비안 씨였습니다. 6개월 만에 처음 있는 일이었습니다. 그동안 위와 같은 말을 계속 반복했음에도 불구하고 그녀는 듣지 않았습니다. 시종일관 떼쓰며 죽는 것은 싫다며, 남겨지는 것은 싫다며 장장 6개월을 울었습니다. 그러던 그녀가 말합니다. "선생님, 그러면 이곳에 오는 내담자들은 모두 이야기를 만드는 사람들 아니에요? 모두 망상 이야기를 저처럼 만들고 그 이야기로 선생님과 상담하는 거 아니에요? 선생님은 망상 이야기인 줄 알면서도 우리를 이해하시며 상담하셨던 거였어요? 상담 오는 사람들 대부분은 비극의 이야기를 만들고 그 이야기 안에서 상담하지 않나요?"

6개월 정성을 들인 보람 같은 것이 느껴지는 발언이었습니다. "이제 확실히 본인이 어떤 이야기를 만들었는지가 보였나 보네요. 타인들도 이야기를 만들고 있다는 것이 보이는 것을 보니 다행한 일입니다. 다음 주 숙제 기억합시다. 고통스럽다며 망상 속에서 우는 자아 아래에 즐기는 자아가 있다고 했습니다. 고통 놀이를 즐기는 나를 찾아옵시다."

비안 씨는 지난 6개월의 시간이 아까웠는지, 연습에 총력을 다했습니다. 비극의 소설을 쓰는 자신을 알아차리고, 지금 여기에서 언니와의 소소한 일상에 집중하는 연습을 했습니다. 언니는 아직 암 투병 중이지만, '암은 곧 죽음'이라는 막연한 공포에 사로잡혔던 과거의 망상에서도 스스로 걸어 나왔습니다. 현대 의학의 발달로 완치된 수많은 사례를 직접 확인하며 현실을 직시하자, 죽음의 그림자는 걷히고 그 자리에 평온한 삶이 채워졌습니다.

이제 그녀는 비극의 소설 집필을 내려놓았습니다.

1. 아직 오지 않은 눈물을 '가불'하여 흘리지 마세요.
누군가 죽을까봐 미리 우는 것은 벌어지지 않은 미래에 감정을 낭비하는 일입니다. 슬픔은 일이 터진 뒤에 느껴도 늦지 않습니다. 미리 비극을 연출하는 습관을 멈추세요.

2. '암=죽음'이라는 단정적인 공포 소설을 찢으세요.
암에 걸렸다고 모두가 죽는 것은 아닙니다. '반드시 죽을 것'이라는 파국적인 결말을 스스로 확정 짓지 마세요. '오직 모를 뿐'인 미래를 비극으로 고정하는 인지 오류를 경계해야 합니다.

3. 슬픔에 잠기는 것이 '최선'이라는 착각에서 벗어나세요.
미리 슬퍼하는 것이 가족을 위하는 길이라 착각하지 마세요. 비극의 주인공이 되어 우는 동안 정작 소중한 '지금, 여기'의 시간은 죽어버립니다. 망상은 힘이 없고, 실존만이 힘이 있습니다.

4. 망상의 눈물을 멈추고 지금 내 곁의 사람과 차를 마십니다.
실체 없는 공포에 떨며 시간을 버리는 대신, 지금 내 눈앞에 살아 있는 사람과 눈을 맞추고 온기를 나누세요. 실존하는 행복에 집중할 때 비로소 허구의 불안에서 해방될 수 있습니다.

생각을 만들고 있는 나를 발견했어요

시안 씨는 그림책 활동가로 16년째 일하는 베테랑 강사입니다. 시안 씨를 볼 때마다 천사가 있다면 이 사람을 대신한 것 같다는 느낌을 받습니다. 내어주는 것에, 나누는 것에, 베푸는 것에 거리낌이 없고, 타자 공헌과 공동체를 위하는 마음이 밝고 예쁜 사람입니다.

그런데 딱 하나, 남편에게 걸리는 마음이 종종 올라와 그녀를 괴롭히곤 했습니다. 시안 씨는 '책 뿌수기 프로젝트'에 참가하여 총 5권의 책을 읽었고, 그 후 에리히 프롬의 책들을 읽었습니다. 계속 '고전철학 뿌수기 프로젝트'에 들어가서, 소크라테스와 아리스토텔레스를 읽었습니다.

『아리스토텔레스 정치학』을 읽던 어느 날, 그녀에게서 길고 긴 문자가 한 통 왔습니다. '선생님, 제가 어떻게 생각을 만들고 있는지를 보았어요. 선생님께서 끊임없이 생각을 만들어 그 생각 속에서 고통스럽다고 하셔서, 그 맥락으로 제 생각을 바라보는 연습을 했습니다. 물론 하루아침에 되지는 않았습니다. 디다봐학교에 와서 '책 뿌수기'와 '고전 철학 뿌수기'를 하며 지난 1년 동안 읽은 책은 고작 10권뿐이었으니까요. 하지만 저는 그 10권의 책을 단순히 읽지 않고, 문장들을 거울 삼아 제 생각을 끊임없이 비춰보았습니다. 그렇게 1년을 버티니 이제야 제 생각이 어떻게 비극의 소설을 쓰는지 보였습니다. 비련의 여주인공 소설을 일단 씁니다. 그리고 그 안에서 괴로워합니다. 고통을 즐긴다고 하셨는데, 고통을 왜 즐긴다고 하실까? 의문이었습니다. 저는 고통스러운데 말입니다. 그런데 제가 어떻게 생각을 만드는지가 보이니까, 생각 만드는 것을 즐기는 나가 있었습니다.

재미있더라고요. 비극의 생각을 만들고 비극 속에서 고통의 카타르시스를 느끼고 있었습니다. 비극의 생각을 만들기 전의 패턴도 발견했습니다. 뭔가 심심하거나 재미없거나 바쁘지 않다고 느끼면 에누리 없이 만들고 있었습니다. 누군가가 그랬습니다. 먹고살기 바쁘고 할 일이 태산처럼 많이 있는데, 우울증 걸릴 시간이 어디 있냐고요. 제가 남편으로 힘들어할 때, 지인이 해준 말이었습니다. 심심하면 생각은 널을 뛸 준비를 하는 듯했습니다. 한시도 가만히 있기를 싫어하는 듯했습니다. 남편과의 문제도 마음으로 내려놓아 걸릴 것이 없다며 편안해하고 있었는데, 난데없이 생각을 또 일으키고 있었습니다.

생각이 쉬는 것을 모르는 듯했습니다. 일을 벌일 생각도 일으키고, 일이 없으면 어떻게 하나라는 걱정의 생각도 일으키고, 남편은 왜 저 모양이야라는 생각도 일으켰습니다. 각 생각마다 감정은 널을 뛰었습니다. 이 감정이 바로 카타르시스였습니다. 온갖 희로애락을 느껴야 살아 있는 듯했습니다. 감정의 널을 뛰어야 살아 있는 듯했습니다. 그래서 생각을 일으키고 있었다는 것을 발견했습니다. 심심하거나 일이 없을 때면 어김없이 이 소설을 집필하고 있었습니다. 단 1년, 불과 10권의 책을 깊이 있게 '뿌순' 것만으로도 이 거대한 메커니즘을 발견하게 될 줄은 몰랐습니다.'

이런 연락을 받을 때면, 비로소 한 사람이 자기 생각의 거대한 구조를 대면했다는 깊은 안도감이 듭니다. 스스로 지어낸 소설의 실체를 보았으니, 이제 남편에 대한 걸림의 마음은 가벼워질 것입니다. 저는 벅찬 마음을 누르며 그녀에게 답장을 보냈습니다.

'자신이 어떻게 생각을 만드는지 알아차렸다면, 그다음 단계는 그 생각을 가만히 '바라보는 연습'입니다. 불쑥불쑥 올라오는 생각들에 휘말리지 않고, 그저 객관적인 거리를 두고 바라보는 연습을 거듭합니다. 그렇게 연습에 연습을 더하다 보면, 어느 순간 그 생각들이 내 삶을 흔들지 못하고 저 아래로 툭, 떨어져 보이는 날이 반드시 옵니다.

올라오는 생각이 나라는 인간을 온통 휘감을 때는 무방비로 생각에 당하여 감정이 요동칩니다. 그런데 이제 어떻게 생각을 만들고 있는지를 알아차렸다면, 생각이 또 스멀스멀 올라오는구나를 알아차리는 경지에 이르렀다는 것입니다. 스멀스멀 올라올 때, 딱 그

것을 잡습니다. 이건 내가 만든 생각이야, 내가 무의식적으로 만든, 모르고 계속 검은 늑대에게 밥을 주는 자동적인 나의 생각습관일 뿐이야. 이제 이 생각에 속지 않을 거야. 검은 늑대에게 밥 주지 않을 거야. 바라볼 거야. 이 생각은 내가 아니야. 모르고 잡았어, 모르고 그랬어라고 그 생각을 바라보며 계속 되뇌길 바랍니다.

생각은 에너지입니다. 스멀스멀 올라오는 그 생각을 바라보며 검은 늑대에게 밥 주지 않는다면, 점점 그 생각은 힘을 잃습니다. 힘을 잃어 더 이상 올라오지 않는 경지에 가게 됩니다. 생각이 끊겼다는 것도 알아차릴 수 있게 됩니다. 그러면 누가 좋습니까? 내가 좋습니다. 당분간 연습만이 살 길이다를 잡읍시다. 연습으로 스멀스멀 올라오는 비극의 이야기를 만드는, 생각 놀이는 멈춤하게 됩니다. 그리고 지금, 여기에서 느낄 수 있는 카타르시스는 얼마든지 있습니다. 지금, 여기에서 이야기를 만들지 않고 있는 그대로를 바라보는 연습도 함께 합시다.'

시안 씨는 연습을 꾸준히 했고, 이제는 더 이상 생각을 만들지 않는 경지에 다다랐습니다. 본디 천사 같던 시안 씨는 더욱 맑아졌습니다.

이안 씨에게서도 며칠 전에 본인이 어떻게 생각을 만들고 있는지를 찾았다는 연락을 받았습니다. 이안 씨는 마음공부한다는 곳을 수년간 다녔고, 그 해답을 찾지 못하던 중에 저의 책『마음의 안부를 묻는 시간』을 읽고, 연락이 닿아 상담을 하러 오신 분입니다.

사람은 사용하는 말이 같아질 때, 생각을 들여다보는 초점도 맞춰집니다. 그래서 이안 씨에게도 책 뿌수기 프로젝트를 권했고, 그 과정을 통해 저와 같은 언어로 자신의 마음을 바라보기 시작했습니다.

이안 씨도 남편과의 문제에서 생각을 만드는 습관이 있다는 것을, 그것도 비극적 신파 소설을 쓰고 있다는 것을 알아차렸습니다. 더 나아가 이안 씨는 그 안에 집착이 있었다는 것까지 알아차렸습니다. 집착을 알아차렸지만 그 집착을 놓지 않고 힘들게 들고 있다는 것도 알아차렸습니다. 끝까지 남편에게 사랑받고 싶은 집착, 남편이 손이 발이 되게 빌면서 사과를 해야 한다는 집착, 이 두 개의 집착을 놓지 못한다는 것을 알아차렸습니다.

이안 씨에게도 연습만이 살 길이라며 연습해야 함을 강조했습니다. 스멀스멀 올라오는 집착의 생각을 알아차리고 올라오는 그 생각을 선택하지 않는 선택을 하면서 바라봐야 합니다. 그 생각이 올라올 때는 바라보는 연습을 하고, 평소에는 집착을 내려놓는 공부를 합니다.

　이안 씨는 이제야 문제를 해소할 수 있는 방법이 바로 눈앞에 보인다고 하며 기뻐했습니다. 그리고 그녀는 스멀스멀 올라오는 생각에 깨어 있으려 노력했고, 검은 늑대의 생각을 본인이 구체적으로 만들었다는 것을 계속 재인식하면서 스멀스멀 올라오던 검은 늑대의 생각은 점점 힘을 잃어갔습니다. 평소에는 집착을 내려놓는 연습을 함께하면서, 올라오는 딱 그때 검은 늑대의 생각을 바라보게 했더니, 이안 씨는 점점 생각으로부터 자유로워지고 있습니다. 본인이 만든 생각이었기에 본인만이 생각의 틀을 깰 수 있습니다.

　스멀스멀 생각이 올라올 때, 딱 그때 깨어 있어서, 검은 늑대에게 밥을 주지 않는 연습을 한다면 그 생각은 힘을 잃고 영원히 나를 괴롭히지 않게 될 것입니다. 딱 5회만 그때를 놓치지 않고 연습하면 됩니다.

　이안 씨에게도 「다섯 장으로 된 짧은 자서전」이라는 시를 읽어드리고 5회독을 강조했습니다. 제가 이 시를 잡고 딱 그때 깨어 있으면서 다른 선택을 했습니다. 늘 외우고 있는 시입니다. 내담자들에게, 책 뿌수기 참여자들에게 외우게 하는 시입니다. 딱 그때 5회만 깨어 있으면서 다른 선택을 한다면, 검은 늑대는 더 이상 올라오지 않는다는 경험이 있었기에 저와 인연되는 분들께는 거의 외우게 강조하고 있습니다.

생각이 끊긴 자리, 그 자리는 궁극의 안도를 경험하는 자리입니다. 그곳에서 느끼는 나가 '진짜 나'입니다. 텅 비어서 편안한 자리, 이곳이 나의 집입니다. 저는 7년 동안 가부좌 틀고 앉아서 겨우 이 자리에 다다르게 되었습니다만, 이제 제가 인도하는 사람들은 저보다 훨씬 효율적으로 이 자리에 다다르고 있습니다. 이 자리에 다다르는 분들이 점점 많아지고 있어 참으로 다행한 일입니다. 나부터 깨우쳐 타자에게 도움이 되고자 하는 마음으로 용맹정진했던 과거의 나에게 애썼다고 토닥토닥해주고 싶어집니다.

불과 1년 남짓한 시간이었습니다. 열 권의 독서를 통해 자신의 생각을 온전히 바라보는 자리에 이르는 과정을 곁에서 지켜봤습니다. 놀라운 일이었습니다. 생각을 관찰하는 힘은, 올바른 언어와 올바른 방향만 주어지면 우리가 상상했던 것보다 훨씬 더 빠르게 그 경지에 다다를 수 있었습니다.

어떻게 이토록 진도가 빠를 수 있었을까요? 저는 그 비결이 바로 '생각을 다루는 도구'로 언어를 사용했기 때문이라고 확신합니다. 우리는 흔히 감정을 느끼는 것이라고만 생각합니다. 하지만 생각으로 만들어진 모호하고 막연하며 불편한 그 모든 감정들을, 책이라는 도구를 빌려 '언어'라는 세밀한 그물로 건져 올린 결과는 사뭇 달랐습니다. 언어는 구석구석을 비추는 등불과도 같았습니다. 막연한 생각에 또렷한 언어의 이름을 붙여 명료화하기 시작하자, 어두웠던 마음은 비로소 밝아지고 맑아졌습니다. 비로소 안도하는 경지, 그 평온한 자리에 머무는 일이 가능해진 것입니다.

이 모든 변화의 과정이 불과 1년 만에 일어난 것입니다. 이 길은 다름 아닌 '언어'로 정성껏 닦아낸 길입니다. 막연하게 떠돌며 날 괴롭히던 생각의 에너지들을 또렷한 언어의 눈으로 하나하나 이름 붙였고, 1차 까봐에 집중하기, 2차 까봐부터는 걷어차기, 비극의 여주인공 놀이 멈추기 등 비합리적인 생각(언어)의 도식들을 합리적인 생각(언어)이라는 도구로 해체시켰습니다. 그렇게 실체가 드러난 허상의 생각(언어)들을 마침내 언어의 힘으로 소멸시켰습니다.

비극은 당신이 쓴 문장 안에서만 숨을 쉽니다. 명료한 단어 하나가 천 페이지의 망상소설을 소멸시킵니다.

1. 무료할 때 시작되는 '비극 놀이'를 경계하세요.

평온함이 지루함으로 느껴질 때 우리 뇌는 가짜 비극을 만듭니다. 요동치는 감정을 카타르시스로 착각하지 마십시오. 심심할 때 망상 소설이 시작됩니다.

2. 올라오는 생각을 나와 분리하여 관찰하세요.

생각에 휘말리지 말고 스멀스멀 올라오는 상태를 지켜보세요. '아, 또 생각이 일어나는구나'라고 명명하는 순간, 당신은 피해자가 아닌 관찰자가 됩니다.

3. 딱 '5회'만 깨어 있기를 연습하세요.

검은 늑대에게 밥 주지 않는 연습은 처음이 가장 힘듭니다. 딱 다섯 번만 의식적으로 생각을 걷어차보세요. 그 5회의 성공이 당신의 무의식을 바꿉니다.

4. 막연한 감정을 명료한 '언어'로 해체하세요.

괴로울 때 그 실체를 단어로 규정하세요. 무엇이 집착이고 누구의 생각인지 언어로 명확히 선을 긋는 순간, 망상의 에너지는 소멸합니다.

생색내고 보상받아야겠어요

지안 씨는 『마음의 안부를 묻는 시간』을 읽었다면서, 저자를 만나야 본인 문제가 해결될 것 같다며 다급하게 전화해온 내담자입니다. 이곳저곳을 다니며 수천만 원을 써도 문제가 나아지지 않아 괴로웠고, 마음공부라는 곳을 다니며 에고라는 것을 알아차리고 에고대로 살면 안 된다고 하지만 그 말도 무슨 말인지 모르겠기에 답답하던 차였다고 했습니다. 이 책의 사례들이 모두 자신의 사례같이 느껴져 SNS를 찾아 전화를 하게 되었다고 했습니다.

몇 년간 마음이 편안해지는 길을 찾아다녔지만, 마음공부라는 것을 하면 할수록 미궁에 빠지는 듯한 느낌이라는 것이 처음 주호소였습니다. 지안 씨는 여러 귀동냥으로 아는 것은 많았지만, 막상 이것들을 일상에서 활용하는 것이 어려운 듯했습니다. 바로 상담을 시작했고, 여러 귀동냥은 생각을 정리하는 것에 도움이 되었습니다. 그 어떤 자원도 버릴 것이 없다며 지안 씨를 응원하면서 독서 치료 상담을 진행했고 공동 용어를 함께 쓰면서, 그녀는 초집중하는 자세로 자신을 들여다보았습니다. 집중한 만큼 그녀는 내면으로 들어가는 속도가 빨랐습니다. 그녀와의 상담은 즐겁고 재미났습니다. 하나를 알려주면 더 깊은 곳을 찾아오고, 독서 치료 책이 인도하는 수순대로 본인의 내면을 잘 찾아갔습니다.

이런 지안 씨에게도 어김없이 어린 시절의 아픈 상처가 있었습니다. 그녀는 초등학교 3학년 때 부모님이 이혼한 뒤 친할아버지에게 아무 설명도 없이 내맡겨졌습니다. 친할아버지는 권위주의적인 분으로 명령에 복종하지 않으면 자주 집 밖으로 쫓아내 그녀는 한겨울에 집 앞에서 벌벌 떨며 엄마와 아빠를 그리워했다고 합니다.

어느 날 지안 씨는 집중하는 것은 좋은데, 집중하는 것을 강박적으로 느끼고 있다고 했습니다. 그러면서 아래와 같이 한 호흡으로 자신이 그 주에 들여다본 것을 보고했습니다.

"선생님, 지난주에 여러 가지 일로 바빴는데요. 지난주에 내주신 숙제가 머리에서 떠나질 않았어요. 여동생이 조카를 낳아서 돌보아야 했는데, 당연히 바쁘지요. 그러면 그냥 그 일에 집중하면 되는데, 저는 숙제에 꽂혀서 선생님이 내어주신 숙제를 안 하는 나를 계속 비난하고 있었어요. 그리고 평소와 조금 다른 일이 벌어진 것에 엄청난 압박감을 느끼는 듯했어요. 일이 좀 마무리되고 이 압박감은 무엇인지를 들여다보았어요. 그런데요, 선생님, 저는 일을 전쟁이라고 생각하는 듯했어요. 일은 전쟁이고 저는 전쟁을 치르는 전사처럼 느껴졌어요. 어떤 사소한 일이든 모든 일을 전쟁 치르듯 목숨 걸고 하는 전사처럼요.

선생님께서 늘 하시는 꼬리물기 질문법으로 더 들어갔어요. 그래서 원하는 것이 무엇이냐고 물었어요. 그랬더니, 이렇게 전쟁 치르듯 일을 하고 있는데, 남편이 이 일을 대신 도와줄 리도 없고 내가 다해야 한다는 억울한 마음이 있더라고요. 억울한 마음 아래를 더 들여다보았어요.

억울한 마음 아래에는 이렇게 전쟁 치르듯 일하는 나를 사람들이 다 알아봐줬으면 좋겠고, 생색내고 싶고, 모든 것을 보상받고 싶은 마음이 있더라고요. 겨우 집안일 하나 하는 것, 시댁에 물건 가져다드리는 것, 그 아주 사소한 모든 일에도 생색내고 보상받고 싶은 나가 있더군요. 나 이만큼 하는 사람이야 하고 막 뽐내며 전사처럼 나대고 싶어하는 나가 있었어요.

깜짝 놀랐어요. 저 미친 거 아니에요? 아니 어떻게 집안일 좀 하고 시댁에 물건 좀 갖다드리는 것을 전쟁이라 여기고, 전사의 느낌으로 마치 전쟁에서 승리한 것처럼 모든 이들에게 보상받아야 한다고 생각하고 있냐고요. 이런 내가 있다니요? 부정하고 싶어요. 꼴도 보기 싫어요. 어떻게 이런 어린아이가 저에게 있나요? 선생님 늘 말씀하시는 알라(아이)가 거기에 있더라고요.

프로이트 가르쳐주실 때 신생아적 사고라고 말씀하시더니, 바로 이거 아닌가요? 정말 비합리적으로 생각하고 비효율적으로 지각하고 있는 제가 있었어요. 이런 식으로 범사를 인식하고 행동했던 것 같아요. 나는 아무것도 안 할래, 너희가 다 해줘, 내가 이만큼 했으니까 너희는 나를 사랑해주고 인정해주고 추앙해주고 칭찬해주고 존경해줘야 한다는 신생아 마음이 똬리를 틀고 있었어요. 프로이트 이론을 배울 때는 그런가 보다 하며 배웠는데, 정말이지 저에게도 그런 모습이 있다는 것에 깜짝 놀랐어요. 제 나이가 40이 넘었는데, 이게 무슨 일이래요. 모두가 나만 쳐다봐야 한다는 느낌이 있었어요. 우선 나부터 쳐다보고 우쭈쭈 해줘야 한다는 느낌이 있었어요. 저만 그런가요? 선생님도 그러셨어요? 다른 내담자들도 그런가요? 이것이 비합리적 소망, 이기적 욕망 아닌가요? 이런 내 모습이 혐오스러운데, 어떻게 하면 좋을까요?"

저는 내담자가 자신의 내면을 깊숙이 들여다보고, 마침내 그 안에 숨어 있던 아이 같은 민낯을 대면했을 때 속으로 쾌재를 부릅니다. '이걸 스스로 찾아내시다니요!' 대개는 자신의 미성숙한 모습을 부정하거나 외면하기 급급한데, 이를 용기 있게 직면하며 고백하는 것 자체가 이미 엄청난 도약이기 때문입니다. 그간 답을 찾기 위해 헤매며 공부했던 시간도 결코 헛되지 않았습니다. 버릴 것은 하나도 없습니다. 방황의 조각들이 본인 안에 단단히 쌓여, 비로소 보고 싶지 않았던 저 밑바닥까지 정면으로 볼 수 있는 힘이 되어준 것이니까요.

　　지안 씨는 스스로 찾아냈습니다. '일 = 전쟁, 일하는 나 = 전쟁을 치르는 나 = 전사 = 전사는 환영받고 추앙받아야 함'이라는 인지도식을 가지고 있음을 찾았습니다. 여기서 조금 더 구체적으로 아주 사소한 일조차 전쟁으로 과잉 생각하고 있다는 것까지 알아차렸습니다.

　　지안 씨에게 일상은 전쟁이었습니다. 부모님의 이혼 후, 친할아버지 집에 맡겨졌을 때부터 그녀의 세계는 전쟁터로 변했습니다. 할아버지의 불호령 아래에서 보낸 날들은 치열한 전투에 가까웠습니다. 그녀는 늘 전사의 마음으로 하루를 버텨냈습니다. 그리고 이제, 그 전사는 보상을 기대합니다. 그것은 욕심이 아니었습니다. 처절하게 버텨온 자만이 가질 수 있는 생존의 논리였습니다.

　　전쟁터에서 그저 숨을 붙이고 살아 돌아오는 것만으로는 충분하지 않습니다. 전쟁터에서 살아남기 위해 얼마나 치열하게 싸웠는지, 무너지지 않으려 얼마나 애썼는지 누군가는 알아주어야 합니다. 왜 부모로부터 버려져야 했는지, 왜 친할아버지 집에 맡겨져야 했는지 설명조차 듣지 못했던 어린아이. 기준이 없는 친할아버지의 훈육으로 잘하지 않으면 또다시 버려질지 모른다는 공포 속에서 사소한 일조차 목숨을 걸고 해내야 했던 작은 아이. 그 아이는, 죽을힘을 다해 살아남았습니다. 그리고 이제는 이 말을 꼭 듣고 싶었을 것입니다.

"잘했다." "고생했다." "그래도 너 덕분에 버텼다." 이 말을 듣고 싶었을 것입니다. 하지만 단 한마디도 듣지 못했던 전사는 결국 스스로에게 묻게 됩니다. '이 싸움은 대체 왜 치른 걸까? 나는 무엇을 위해 이렇게까지 애쓴 걸까?' 공허한 질문 끝에 전사는 보상을 상상하기 시작합니다. 전쟁이 끝난 뒤 돌아왔을 때, 누군가가 등을 두드려주고 따뜻한 자리를 마련해주며 "당신이 있어서 참 다행이었다. 네가 해줘서 고맙다"라고 말해주는 장면을 그립니다. 그것은 신생아적 욕망이 아니라, 자신의 존재가 부정당하지 않았음을 확인받고 싶은 처절한 몸부림이었습니다.

지안 씨의 일상은 늘 그런 전쟁터였습니다. 청소할 때도, 시댁에 물건을 가져다 드리는 사소한 일을 할 때도 그녀는 마음속에서 무거운 갑옷을 입었습니다. '이건 아무나 하는 일이 아니야. 이만큼 했으면 알아줘야 해. 이 정도면 좀 쉬어도 되잖아.' 그러나 서글프게도 일상에는 종전 선언이 없습니다. 가슴에 달아줄 훈장도 없으며, 꽃가루 날리는 환영식도 없습니다. 계속 싸워야 하고, 보상은 끝없이 미뤄집니다. 그때 전사는 분노합니다. 그리고 억울해집니다.

마음 깊은 곳에서 외침이 터져나옵니다. '이렇게까지 했는데 아무도 몰라준다. 나는 왜 늘 당연한 사람이 되어야 하지?' 지안 씨가 보상을 요구하는 마음은 게으름에서 나오지 않았습니다. 그것은 자신이 버텨온 세월을 부정당하지 않기 위한 처절한 항거였습니다. 그녀가 생색을 내고 싶었던 것은 대단한 대접을 바란 게 아니었습니다. 그저 이 말이 필요했을 뿐입니다. "너는 충분히 애썼다."

그러나 그 말을 해줄 사람이 곁에 없을 때, 전사는 스스로를 더 가혹하게 몰아붙입니다. 다음 전투로, 또 다음 전투로. 그렇게 일상은 전쟁이 되었고, 성취는 생존이 되었으며, 보상은 마지막 버팀목이 되었습니다. 지안 씨의 날 선 태도는 타인을 향한 수동 공격이 아니라, 제발 나를 좀 봐달라는, 나의 수고를 헛수고로 만들지 말아달라는 소리 없는 비명이었습니다.

지안 씨가 사소한 일상이 전쟁이었다는 자기 고백을 했을 때, 저는 그녀의 생 너머로 서글픈 드라마가 스치는 것을 보았습니다. 그것은 전장 한복판에서 살아내려고, 버텨내려고 온몸으로 비바람을 맞는 전사의 처절한 기록이었습니다. 그녀의 드라마 속 주인공은 단 한 번도 무기를 내려놓은 적이 없었습니다. 누군가에게는 평온한 안식처인 일상이 그 전사에게는 전열을 가다듬어야 하는 격전지였고, 사소한 집안일조차 실패하면 버려질지 모른다는 공포를 이겨내야 하는 전투였습니다. 제가 본 드라마는 살아남았다는 안도와 아직 끝나지 않은 전쟁에 대한 피로가 뒤섞인 비극이었습니다.

"지안 씨, 불과 10여 회기로 여기까지 찾으시다니 대견합니다. 다행입니다. 이드, 원본능의 민낯을 잘 찾으셨습니다. 찾는 것까지는 잘하셨는데, 이것을 부정하면 안 됩니다. 누구의 모습이겠습니까? 나의 모습입니다. 내가 모르고 만들었지만, 어느 날 무엇 때문에 이렇게 만들 수밖에 없었던 원인이 있을 겁니다. 그 원인까지는 몰라도 되지만, 내가 만들었으니 부정보다는 받아들임으로 가야 합니다. 이유가 있었으니, 이리 만들었을 거야 하고 수용해줍니다.

어린 시절 갑자기 호랑이 같은 친할아버지와 함께 살게 되면서 어린 지안이가 얼마나 긴장하고 위축되었겠습니까? 누구 하나 학교생활은 어떻게 해야 하는지 등 일상생활의 구석구석을 가르쳐주는 이 없이 혼자 부딪히며 배워야 했으니, 어린 지안의 일상이 얼마나 힘이 들었겠습니까? 할아버지 말을 안 들으면 쫓겨나고 엄마, 아빠는 찾으러 오지 않고, 어린 지안이가 얼마나 부모님이 그리웠겠습니까? 또 밉기도 했을 겁니다. 당연합니다. 모든 일들, 아주 사소한 일들도 어린 지안이에게는 버거웠을 겁니다. 이해가 됩니다.

어린 지안이를 많이 안아주세요. 많이 위로해주세요. 나라도 나의 마음을 알아줘야 합니다. 나라도 나의 편이 되어줘야 합니다. 나를 부정할수록 모든 일들, 사소한 작은 일들을 지금과 같이 전쟁이라고 인식하며 전사의 느낌으로 살게 됩니다. 과거의 내가 이렇게 만들 수밖에 없었다고 수용해야 합니다. 한번 제가 시키는 대로 해보세요. 일상의 모든 일이 훨씬 수월하게 흘러갈 것입니다.

이번 주 숙제입니다. 자기 위로를 해주고 오세요. 수시로 자주 해주시는 것을 추천합니다. 매일 몇십 번씩 하셔도 좋습니다. 만일 정말 바빠서 못했다면 적어도 하루에 꼭 두 번 아침에 눈을 떴을 때, 밤에 잠들기 직전에 꼭 자기 위로의 시간을 루틴으로 가지시길 바랍니다. 자신이 이해되고 자신을 수용해야 자기 사랑을 할 수 있습니다. 자기 사랑이 되어야 비로소 타자를 이해하고 수용하며 사랑할 수 있습니다. 자기 이해와 수용, 그리하여 자기 사랑까지 매일 최소 두 번은 자신을 토닥토닥해주십니다."

"그렇게 말씀해주시니 어린 시절의 제가 불쌍하네요. 힘들었겠네요. 전쟁하는 마음으로 지금까지 살았던 것 맞습니다. 그랬네요. 시키시는 대로 숙제 매일 하겠습니다."

지안 씨는 매일 적어도 하루에 꼭 두 번은 자기 위로의 시간을 가졌습니다.

지안 씨는 자기 위로의 시간을 자주 가질수록 일상에서 쓰던 힘이 조금씩 빠지고 있다는 것을 알아차렸다고 했습니다. 전에 사용하던 힘은 버텨야 한다는 힘이었고, 잘해야 한다는 힘이었고, 전쟁처럼 살아야만 무너지지 않을 것 같았던 긴장이었습니다. 힘이 빠지자, 세상이 달라 보이기 시작했습니다. 나만 힘든 것이 아니라는 것이 보였고, 타인의 형편과 속도도 자연스럽게 눈에 들어왔다고 했습니다. 무엇보다 가장 크게 달라진 것은 아이들과의 관계였습니다. 매일을 전투처럼 치르던 시간이 지나가고, 잔소리는 줄었고, 급발진하듯 터지던 목소리도 잦아들었습니다.

요즘은, 아무 일도 일어나지 않는 하루가 조금 심심할 정도라고 했습니다. 그러나 그 심심함은 공허가 아니라, 더 이상 싸울 필요가 없다는 신호였습니다. 지안 씨는 그렇게 조용해졌고, 느슨해졌고, 마침내 편안해졌습니다. 그녀는 이제 버티지 않아도 되는 자리, 증명하지 않아도 되는 자리, 전사가 아니라 사람으로 머물 수 있는 자리에 도착해 있습니다. 지안 씨는 안(安)해졌습니다.

1. 보상 심리는 이기심이 아닌 '생존의 흔적'입니다.

생색내고 싶은 마음은 그만큼 처절하게 버텨왔다는 증거입니다. 자신을 비난하지 마세요. 그 마음 아래에는 '고생했다'라는 말을 듣고 싶어했던 어린아이가 서 있습니다.

2. 일상을 '전쟁'으로 인식하는 습관을 버리세요.

완벽해야만 버려지지 않을 것이라는 공포가 당신을 전사로 만듭니다. 오늘 당신이 하는 일은 생존을 건 전투가 아니라, 그저 흘러가는 일상의 한 조각일 뿐입니다.

3. 세상에 구걸하기 전, 나에게 먼저 보상을 주세요.

타인의 인정을 기다리면 억울함만 쌓입니다. 매일 아침저녁으로 자신을 토닥이며 '오늘도 애썼다'라고 말해주세요. 자기 수용이 깊어질수록 타인의 시선에서 자유로워집니다.

4. '심심한 일상'을 최고의 승전보로 여기세요.

긴장이 풀리고 일상이 단조로워진 것은 내면의 전쟁이 끝났다는 신호입니다. 자극적인 성취 없이도 평온한 오늘이 바로 당신이 그토록 바랐던 안(安)의 상태입니다.

버림받을까봐 두려워요

치안 씨도 『마음의 안부를 묻는 시간』을 읽고 저를 찾아왔습니다. 마침 사는 동네도 센터의 옆 동네였습니다. 치안 씨는 유튜브를 보면서 마음공부를 하고 있었습니다. 명상 센터도 가보고 책도 읽어보고 유튜브를 끼고 살면서 마음을 들여다보곤 했는데, 자신을 인도해줄 선생님이 필요하다는 것을 느끼던 와중에 『마음의 안부를 묻는 시간』을 알게 되어 찾아오게 되었습니다.

'책 뿌수기 프로그램'을 권유했고, 치안 씨는 치열하게 자신을 꼼꼼히 들여다보았습니다. '책 뿌수기 프로그램'은 자기치유 프로그램으로 매일 비공개 카페에서 독서 치료 프로세스대로 글을 씁니다. 그리고 그 글에 저는 피드백을 해드립니다.

그 글들로 참가자들의 아픈 서사를 알게 되는데, 치안 씨는 유치원 때 입양된 사연이 있었습니다. 어린 치안이는 친구들과 웃고 떠드는 순간에도 '혹시 내 행동에서 입양된 아이라는 티가 나면 어쩌지? 내가 조금이라도 실수하면 사람들이 나를 가엾게 여기거나, 혹은 가차 없이 등을 돌리면 어쩌지?'라는 공포를 느꼈습니다. 버림받지 않기 위해 그녀가 선택한 전략은 '완벽한 아이'가 되는 것이었습니다. 누구에게나 친절하고, 화내지 않으며, 주변의 기대를 충족시키는 아이. 하지만 그 친절함은 생존을 위한 처절한 연기였고, 그 완벽함은 무너지지 않기 위한 최후의 방어선이었습니다.

'들킬까봐'의 불안은 성인이 되어서도 지독하게 그녀를 따라다녔습니다. 타인과의 관계가 깊어질수록 치안 씨의 두려움은 커졌습니다. 상대가 결국 나의 '뿌리 없음'을 발견할 것이고, 그때가 되면 반드시 나를 떠날 것이라는 비합리적인 인지도식이 깊게 뿌리내리고 있었기 때문입니다. 그녀에게 타인은 언제든 나를 버리고 떠날 수 있는 잠재적 배신자였습니다. 그녀는 검은 늑대가 속삭이는 "너는 결국 혼자가 될 거야"라는 망상소설의 주인공으로 살고 있었습니다. 이 단단한 생각의 감옥을 부수기 위해서는 자신의 존재가 조건 없이 수용될 수 있다는 근원적인 경험이 필요했습니다.

치안 씨에겐 '입양한 것을 들킬까봐'라는 불안이 있었고, 그다음에는 '입양한 것을 들키면 주위 사람들에게 버림받는다'라는 인지도식이 있다는 것을 알아차리게 했습니다. 그녀는 검은 늑대의 생각습관을 알아차렸습니다.

그러고는 흰 늑대를 다음과 같이 마련해나갔습니다. "치안 씨, 입양한 것을 만일 들켰다고 합시다. 나의 잘못이 아닌데, 입양한 것을 들켰어요. 어떤 친구가 입양된 사실을 알았다고 합시다. 그래서 그 친구가 치안 씨와 거리를 두고 치안 씨를 버린다면 그 친구의 인격이 조금 비인격이지 않을까요? 버릴 수는 있지요. 그 사람의 선택이니까요. 그런데 나의 잘못도 아닌데, 나를 버리는 친구를 군이 내 친구로 곁에 두어야 할까요? 인격적으로 성숙하지 못한 사람들과 군이 인간관계를 이어가야 할까요? 그런 사람들에게 입양된 것이 들킬까봐 전전긍긍하면서 지낼 필요가 있을까요? 과연 그런 가치가 있을까요? 그런 사람들조차 없어서 외롭다면, 기꺼이 외로움을 선택하는 것이 옳습니다. 자, 한번 주위를 둘러봅시다. 본인 친구들을 한번 봅시다. 만일 입양한 것을 고백한다면 그 친구들이 떠나나요?"

치안 씨는 눈을 동그랗게 뜨며 뭔가를 찾은 듯 대답했습니다. "아니에요, 선생님. 이미 저의 친한 친구들은 제가 입양된 것을 알아요. 알았는데도 아무도 나를 버리지 않았어요. 제 남자친구도 제가 입양된 것을 알아요. 그러나 나를 버리지 않았고요. 놀랍네요. 이미 버림받지 않았음을 경험했으면서도 저는 계속 버림받을까봐에 갇혀 있었던 것이네요. 선생님이 늘 말씀하시는 망상소설을 제가 써놓고 그 안에 갇혀 있었네요. 그런데 선생님, 지금 이렇게 알아차려서 놀랍지만, 아직도 마음에 불편함이 있어요. 이 불편함이 사라졌으면 좋겠는데 어떻게 하면 좋을까요?"

치안 씨가 쓴 망상소설의 장르는 언제나 '파국'이었습니다. 입양 사실이 알려지는 작은 사건 하나가 순식간에 눈덩이처럼 불어나, 비참하게 생을 마감하는 끔찍한 결말로 치닫곤 했습니다. 이것이 바로 심리학에서 말하는 '파국화'의 전형적인 모습입니다. 발생할 확률이 극히 낮은 최악의 상황을 기정사실로 믿고, 미래의 고통을 지금 이 순간으로 끌어당겨 미리 겪는 것이지요.

하지만 이제 치안 씨는 이 소설의 작가가 '자신'이었음을 똑똑히 목격했습니다. 그러나 알아차렸음에도 불편한 감정을 어찌해야 하는지 몰랐습니다. 그러나 아직 불편하다는 감정도 알아차렸습니다. 알아차렸다고 바로 해소되는 것은 아니니까요. 이제 치안 씨를 행동 치료로 인도해야 할 시기가 왔습니다.

프로이트는 아버지와의 어떤 미해결과제로 기차를 못 탔다고 합니다. 아버지와의 어떤 미해결과제를 해결하는 정신 분석이 끝나자 약 60여 세가 넘은 나이에 비로소 기차를 탔다고 합니다. REBT(합리정서행동치료)의 창시자 앨버트 엘리스는 타인에게 거절당하는 것에 대한 두려움을 20대 젊은 나이에 공원에서 여성들에게 말을 걸고 거절당하는 경험을 함으로써 벗어났다고 합니다. 프로이트는 기차에 대한 두려움을 정신 분석으로, 엘리스는 행동으로 치료했습니다. 만일 프로이트가 엘리스처럼 기차 타는 것이 두려웠을 때 기차를 탔다가 내렸다가 하는 행동 치료에 중점을 두고 연습했더라면 60여 세라는 나이까지 가지 않고 기차를 탈 수 있지 않았을까 하는 생각을 해봅니다.

치안 씨에게 프로이트와 엘리스 이야기를 전해주면서 행동 치료를 더 하기로 했습니다. "치안 씨, 이제 행동 치료로 넘어갑시다. 새로운 사람들을 만나면 먼저 입양했다는 사실을 본인 입으로 고백해봅시다. 먼저 고백할 때 떨릴 것입니다. 떨면서 해봅시다. 떨리는 그때 알아차리면서 말을 해봅니다. 망상소설에서 떨리는 거야, 그동안 이 생각을 내가 너무 잡아서 이 안에서 가상, 허상 안에서 떨리는 거야, 이것은 진짜가 아니야, 라는 흰 늑대의 소리 하나를 마련해놓습니다. 그리고 안 떨리는 것을 기대하지 않습니다. 잘하려고도 하지 않습니다. 덤덤하게 감정을 싣지 않고 말하는 경지가 되기를 바라겠지만, 이것은 한 번에 되지 않습니다. 이미 생각습관이 몸의, 가슴의 벌렁거리는 불안으로 체화되었습니다.

떨리는 나를 인정하고 받아들이면서 해보는 겁니다. 망상임을 알지만, 그럼에도 망상에서 떨립니다. 떨지 않고 말하고 싶은 것은 욕심입니다. 한번에 되지 않습니다. 이미 나의 몸은 검은 늑대가 진실이라고 우기고 있기 때문입니다. 속지 않습니다. 비록 몸은 사시나무 떨리듯 떨리겠지만, 떨면서 말을 해봅니다. 치안 씨가 생각하는 아킬레스건을 스스로가 탁 하고 고백해봅니다."

치안 씨는 굳은 의지를 내는 듯한 표정으로 답했습니다. "알겠습니다. 한번 해보겠습니다." 치안 씨는 심리상담대학원에 진학했습니다. 본인과 같이 입양된 아이들을 돕고 싶다는 꿈이 생겼고, 그 일을 하려면 대학원에 진학해 몇 개 자격을 갖추어야 할 필요성을 느낀 겁니다. 대학원에 진학한 3월, 치안 씨는 계속 버림받을까봐에 시달렸습니다. 새로운 사람들을 만났고, 과거의 생각습관이 올라와 그들에게 막연하게 들킬까봐의 불안을 느끼고 있다는 것까지는 알아차렸지만, 알아차림만으로는 불안을 낮추는 것이 미약했습니다.

그러던 어느 날, 치안 씨가 대학원 동기생들, 교수님과 함께 한자리에 모여서 오리엔테이션을 하는데, 교수님께서 본인의 어두운 감정과 서사에 대해 고백을 하시더랍니다. 그리고 연이어 각자의 어두운 감정과 서사를 A4용지에 쓰라고 하셨답니다. 종이에 다 쓰고 나니, 교수님은 아무렇지도 않게 자리에서 일어나, "너희들끼리 종이 위에 쓴 이야기를 나누어봐"라고 툭 던지듯 말씀하시고는 문을 닫고 연구실 밖으로 나가셨다고 합니다. 얼떨결에 치안 씨와 동기생들은 교수님에게만 보여주는 줄 알고 작성했던 본인의 어두운 서사를 이야기하기 시작했고, 치안 씨도 얼떨결에 종이 위에 쓴 입양 서사를 고백했다고 합니다.

치안 씨는 새로운 사람들에게 입양 사실을 먼저 고백하는 선택을 했습니다. 그 경험 이후 그녀는 '버림받을까봐'라는 공포에서 완전히 자유로워졌습니다. 입양 사실을 말해야 할지 말아야 할지, 혹은 말하면 사람들이 이상하게 생각할 것이라는 이분법적 사고도 함께 사라졌습니다.

생각으로만 알고 있던 것을 몸의 경험으로 다시 쓰며 망상으로 굳어진 인지도식을 붕괴시킨 것입니다. 치안 씨는 이미 알고 있었습니다. 버림받은 기억은 과거일 뿐이며, 현재 자신은 안전한 관계 속에 있다는 사실을 말입니다. 그런데도 불안은 사라지지 않았습니다. 생각은 정리되었지만, 몸은 여전히 과거의 공포 속에 머물러 있었기 때문입니다. 이런 치안 씨에게 행동 치료는 과거의 틀에서 벗어나는 결정적인 계기가 되었습니다. 직접 행동하고 체험하는 '좋은 경험'이 쌓였을 때 비로소 몸은 과거를 지나 현재로 건너올 수 있었습니다.

입양의 상처로 유기 불안에 시달렸던 치안 씨는 이제 완치되었다고 말합니다. 학문적으로는 과거의 기억을 완전히 지울 수 없기에 완치라는 표현을 경계합니다. 하지만 치안 씨가 경험한 완치는 기억의 삭제가 아닙니다. 과거의 기억이 떠올라도 현재의 내가 아프지 않은 상태, 그 기억이 나라는 존재를 조금도 흔들지 못하는 정서적 해방입니다. 그녀는 생각의 구조 너머에 머물게 되었을 때, 이론이 말하는 한계를 넘어선 '완치'의 진짜 의미를 알게 되었다고 고백합니다.

　치안 씨는 디다봐학교에서 배운 이 통찰을 더 많은 사람이 알기를 바랍니다. 그래서 직접 '디다봐TV' 유튜브 채널을 개설하고, 촬영과 편집을 자처하며 저의 든든한 조력자가 되어주고 있습니다.

　유튜브를 촬영하는 날이면 그녀와 나누는 즐거운 수다로 하루가 행복하게 채워집니다. 촬영하고, 편집하며 누군가의 마음을 어루만질 새로운 안부들을 세상에 띄웁니다. 이 모든 것은 스스로 삶의 주인이 되어 기꺼이 그 역할을 자청해준 치안 씨 덕분입니다.

1. 과거의 기억을 현재의 사실로 착각하지 마세요.
어린 시절 상처는 유령일 뿐입니다. 과거의 안경을 벗고, 지금 내 곁을 지켜주는 안전한 사람들을 똑바로 보세요.

2. 나쁜 평가를 내리는 사람에게는 내가 먼저 등을 돌리세요.
당신의 배경 때문에 떠날 사람이라면 곁에 둘 가치가 없습니다. 성숙하지 못한 사람의 인정을 받으려 애쓰는 것은 에너지 낭비입니다.

3. 들킬까봐 떨지 말고, 차라리 먼저 툭 털어놓으세요.
비밀이 탄로 날까봐 조마조마하며 끌려다니지 마세요. 내 입으로 먼저 말하는 순간, 더 이상 남의 눈치를 보지 않는 '당당한 주인'이 됩니다.

4. 머리로 이해했다면 몸으로 직접 부딪치세요.
아는 것과 느끼는 것은 다릅니다. 두려운 상황에 직접 뛰어들어 '별일 없네?'라는 사실을 몸으로 확인해야 공포의 사슬이 비로소 끊어집니다.

실수할까봐 겁이 나요

히안 씨는 발표 불안이 매우 심했습니다. 팀장이 되어 팀원들 앞에서 발표도 해야 하고 상사에게 보고도 해야 하는데, 여러 명이 모인 곳에서 발표하는 것에 불안과 더 나아가 두려움과 공포심까지 있었습니다.

구안 씨는 실버 복지관에서 강사로 일해달라는 부탁을 받았습니다. 강사로 첫발을 내딛어야 하는데, 사람들 앞에서 발표, 강의, 말하는 것이 두렵다고 했습니다.

히안 씨와 구안 씨의 말버릇이 있었습니다. "저는 선생님만큼 말하지 못해요. 선생님은 많은 사람 앞에서 떨림 없이 말을 잘하시잖아요. 저는 사람들 앞에서 말할 때마다 선생님처럼 할 수가 없어요. 저도 선생님처럼 말을 안 떨면서, 대중을 웃겨가면서 능수능란하게 하고 싶어요. 하지만 떨려서 발표, 말하기를 포기하고 싶어요. 사람들이 나를 뭐라고 생각하겠어요. 비난할 것만 같아 무섭고 겁이 나요."

선생님만큼, 선생님처럼이라는 말이 입에 붙어 있었지요. 저는 여느 때와 같이 종이 위에 그들의 생각을 씁니다. "구안 씨, 구안 씨 생각 구조는 이렇게 되어 있습니다. 잘 들여다봅시다. 구안 씨는 초보 강사입니다. 초보 강사는 떠는 것이 당연할 수 있습니다. 그런데 구안 씨 생각에는 '비교의 상'이 있습니다. 윤주은이라는 '비교의 상'이 있습니다. 윤주은과 비교하여 본인이 못하다며, 본인을 작게 생각하고 있습니다. 모자라고 부족하다고 생각하고 있습니다. 만일 윤주은이라는 비교의 상이 없다면 어떠합니까? 처음 하는 일입니다. 전문가가 아닙니다. 실패의 경험들이 쌓이고, 그 경험들을 개선하는 노력을 하면서 전문가가 되는 겁니다. 집중합시다. 이런 생각을 하는 구안 씨 생각 안에는 이런 노력들을 하지 않고 한방에 윤주은과 같은 전문가가 되기를 바라는 마음이 있습니다. 이것을 **마술적 사고**라고 합니다."

구안 씨는 눈을 휘둥그레 뜨며 호들갑스러운 반응을 했습니다. "어머낫! 맞아요. 선생님, 저는 늘 비교하고 있군요. 저의 위치를 망각하고 늘 전문가와 비교하고 있었네요. 어머나 어머나. 세상에나 이런 생각 구조를 가지고 있다니요?"

다시, 구안 씨와도 되짚어보았습니다. "구안 씨. 구안 씨는 어디에서 불안했던 걸까요? 무엇이 두려웠던 것일까요? 구안 씨 생각의 흐름은 이렇게 흘렀습니다. '초보 강사로 사람들 앞에서 말한다 → 떤다 → 떠는 모습을 사람들이 안 좋게 본다 또는 평가절하한다. 왜냐하면 나는 윤주은 선생만큼 말을 잘하지 못하기 때문이다. 그래도 떨지 말아야 한다 → 들켜서는 안 된다 → 들킬까봐 겁이 난다. → 두렵다.' 구안 씨 말을 제가 받아 적은 것입니다. 이렇게 생각이 흘렀습니다. 맞나요? 이 종이 위 글을 봅시다. 구안 씨 생각의 흐름을 도식화한 것을 봅시다. 구안 씨는 겁이 난다며, 무섭고 두렵다며 강사 제안이 온 것을 포기하고 싶어했습니다. 구안 씨는 어디에서 포기하려고 마음먹은 것입니까? 집중하여 잘 봅니다. 지금-여기, 이 자리에서 포기하려 한 것입니까? 망상 이야기를 만들고 본인이 만든 망상소설 안에서 포기하는 겁니까? 그리고 무엇이 들키면 안 되는 것입니까? 대관절 무엇이 들키면 안 되길래 무섭고 두렵다는 겁니까? 여기에 어떤 사실이 있습니까?”

지난 12년간 상담을 하며 가장 자주 만나는 호소 중 하나가 ‘사람들 앞에서 말하기가 겁이 나요, 무서워요, 차라리 포기하고 싶어요’라는 이야기입니다. 그 두려움은 내담자에게 늘 진지하고, 결코 가볍지 않습니다. 다만 오랜 시간 상담 현장에서 지켜보며 알게 된 것은, 이 공포가 실제 상황보다 생각 속에서 훨씬 크게 자라난 경우가 많다는 사실입니다.

구안 씨는 이 이야기에 집중하면서 심각해졌습니다.

“선생님, 태어나서 처음으로 이런 질문을 들어봅니다. 아무도 저에게 이런 질문을 해준 적이 없습니다. 저 스스로도 제게 이런 질문을 한 적이 없습니다. 선생님이 내 이야기를 듣고 쓰신 글에서, '떤다 = 사람들이 안 좋게 본다 또는 평가절하한다'는 나의 생각이군요. 그들이 나를 어떻게 볼지는 아무도 모르는 것인데, 그들의 생각을 나는 모르는 것입니다.

무엇이 두렵냐고 하셨습니다. 글쎄 말입니다. 무엇이 들키면 안 되는 것일까요? 선생님처럼 전문가가 아닌 것을 들키면 안 되는 것일까요? 내가 말한 것을 바탕으로 선생님께서 종이 위에 적으셨으니, 이것들을 들여다보니, 이것들이 다 제가 내뱉은 말이잖아요. 그럼 내 생각이라는 것이잖아요.

선생님만큼의 모습이 아닌 것을 들키면 사람들이 저를 비난할 것만 같네요. 초보인 주제에. 이걸 모르고 이때까지 강사 제안이 올 때마다 포기했습니다. 이런 생각의 흐름에서는 포기할 수밖에 없었겠군요. 어느 것 하나 사실이 없습니다. 경험한 것이 없습니다. 오늘의 모든 이야기는 제가 만들었습니다. 망상 안에서 포기했습니다. 나이가 60이 다 되어갑니다. 내가 이때까지 이런 생각을 하며 포기했단 말입니까? 어쩌다가 인간이 이 모양이 되었단 말입니까?"

호들갑스러운 반응을 가라앉히며 진중해진 구안 씨에게 말했습니다.

"들킬까봐가 있습니다. 그럴 수 있습니다. 자신에게 그럴 수 있었다고 다독입니다. 그리고 들켜버립니다. 첫 수업 때 사람들 앞에서 떨면서 하십니다. 그리고 말씀합니다. 저는 오늘 첫 수업이라 많이 떨립니다. 제가 잘할 수 있도록 많은 응원을 바랍니다. 이렇게 솔직한 고백을 합니다. 처음인 것을 들키고 싶지 않은 마음이 있습니다. 처음인데 어떻게 안 들킵니까? 들킵니다. 구안 씨가 아무리 안 들키려고 애를 써도 들킵니다. 들켜도 괜찮습니다. 처음에 떨었다고 사람을 자르는 그런 기관은 없습니다. 떨면서 정성껏 수업을 준비하세요. 준비를 좀 많이 하세요. 초보여서 떨리지만, 준비는 많이 해왔다고 말하세요.

결국은 인정받고 싶은 것이잖아요. 초보 강사가 저처럼 전문가로 보이고 싶다는 욕심을 내려놓고, 본인 수준에 맞추어 준비를 많이 해간다면, 그들도 다 보는 눈들이 있기에 인정해주실 겁니다. 안 떨어야 한다는 이상한 핵심 신념을 내려놓습니다. 말이 아닌 소리는 잡지 않습니다. 소리를 잡으며 살지 않도록 합니다. 기억합니다. 떨면서 하는 겁니다. 어리바리해도 하는 겁니다. 이것들이 경험으로 쌓이면 어느 날 덜 떨리는 날이 오고, 이 날들이 쌓이면 자연스럽게 말 잘하는 날이 기필코 옵니다. 첫술에 배부를 수는 결코 없습니다. 혀는 짧고 침을 길게 뱉고 싶다는 속담을 아시지요? 본인 형편에 맞추어 본인이 할 수 있는 선에서 최선을 다하시면 됩니다."

히안 씨, 구안 씨는 무엇이 들킬까봐도 모른 채 두려워했습니다. 실체를 찾아보니, 윤주은 선생처럼, 만큼 말하지 못할까봐, 전문가처럼 보이지 않을까봐, 이것이 들킬까봐 두려웠습니다. 본인들 생각을 눈 밖으로 꺼내어 보면 아연실색하게 됩니다. 말이 아닌 소리를 잡고 고통스러워했던 형국이니까요. 더 나아가 그들은 막연한 '들킬까봐'로 발표를 포기하고 강의를 포기하려 했습니다. 어디에서 포기하려 한 것입니까? 망상에서 포기하려 했습니다. 본인이 만든 이상한 이야기 안에서 포기하려 했습니다. 우리는 도대체 어디에서 사는 것일까요? 이야기를 만들고 이야기에 갇혀 떨며 두려워하거나, 포기합니다. 포기하고 싶을 때 들여다볼 일입니다. 지금 내가 어떤 이야기를 만들었으며, 어떤 망상소설 안에서 포기하려고 하는지를 들여다볼 일입니다.

히안 씨에게도 동료들 앞에서 발표하려니까 떨린다고 말하면서 미리 원고를 준비해가는 것을 권유했고, 원고를 읽을 때 스스로에게 '떨어도 괜찮아. 떨면서 해보자'를 되뇌게 했습니다. 히안 씨와 구안 씨는 사람들 앞에서 자신의 말을 하기 전에 "이 자리가 많이 떨립니다. 떠는 저를 응원해주시길 바랍니다"라는 말을 시작으로 떨면서 말하는 연습들을 해갔습니다.

히안 씨는 동료들 앞에서 발표할 때, 아직도 떨면서 말합니다. 물론 조금씩 나아지고는 있습니다. 그러나 떠는 자신을 비난하지는 않습니다. 두렵다며 포기하는 선택은 하지 않습니다.

구안 씨는 이제 베테랑 강사가 되었습니다. 윤주은이라는 사람과 비교하고 있다는 것을 알아차린 그 순간, '비교의 상'을 만드는 생각습관을 한방에 고쳤습니다. 첫 수업 때, 떨면서 하는 초보 강사를 응원해달라고 했더니, 모두가 따뜻한 눈빛으로 바라보더랍니다. 진심으로 응원해주었다고 합니다. 구안 씨는 이 따뜻한 경험으로 내가 강사로서 어떻게 보일까에 신경 쓰던 에너지를 수강생들에게 어떤 도움을 더 드릴까로 바꾸는 것에 쓰기 시작했습니다. 지금은 바빠져서 많은 기관에 불려다니고 계십니다.

망상에서는 떨립니다. 두렵습니다. 망상의 망은 망령될 망입니다. 망령된 생각입니다. 우리는 산 자들입니다. 망상은 망령된 죽은 자의 생각입니다. 망상의 생각을 하고 있음을 알아차리고 세차게 머리를 흔듭니다.

'나는 산 자야. 죽은 자의 망령된 생각을 하지 않을 거야.' 이렇게 되뇌며 화들짝 놀라십시오. 화들짝 놀라야 이 망상소설을 만드는 버릇을 고칠 수 있습니다. 이 버릇은 반드시 고쳐야 하는 습관입니다. 나쁜 습관입니다. 망상소설을 쓰는 습관은 나쁜 습관이라고 명명합니다. 백해무익한 버릇입니다. 반드시 고쳐 나아가야 할 버릇입니다. 두려움이 고통스럽다면, 포기하는 자신이 안타깝다면 반드시 자신을 위해서 고쳐야 할 습관입니다. 나의 영혼을 죽게 하는, 망령되게 하는 생각 버릇입니다. 내가 나를 죽이는 꼴입니다. 내가 만들었으니, 내가 망상의 생각 틀을 깰 수 있습니다. 나만이 깰 수 있습니다.

이 책에서 보여주는 사례들로 알아차리면서, 화들짝 놀라면서, 반드시 깨야겠다는 결의와 다짐을 하면서 연습해간다면 그 끝은 "완치"입니다. "안도"입니다.

그리고 지금 여기에 집중합니다. 내가 할 수 있는 일에 집중합니다. 망상에서 포기하는 어리석은 짓은 이제 그만합니다. 지긋지긋하지 않습니까? 망상 이야기를 만드는 에너지를 쓰지 않는 선택을 합니다. 망상의 생각 창조는 지긋지긋합니다. 그만합니다. 그만하기 위해서는 나의 생각을 관찰해야 합니다. 머릿속에서 관찰하는 것보다 나의 생각을 종이 위에 나열해서 써보는 것을 적극 권유합니다. 망상 이야기를 만들지 않으면 고통스럽지 않습니다. 두렵지 않습니다. 어둠의 생각을 만들었기에, 지금 나의 감정이 어두운 것입니다. 밝은 생각을 하면 지금 나의 감정은 밝음입니다.

만일 망상소설이라는 단어가 문화가 된다면, 망상 이야기를 만드는 것을 알아차리는 의식이 문화가 된다면, 심리상담센터는 망할지도 모르겠습니다. 저는 이런 단어들이 문화가 되어, 의식이 문화가 되어 저희 센터가 망하기를 기원합니다. 저는 망해도 좋으니, 더 이상 망상으로 괴로워하는 사람들이 없었으면 좋겠습니다. 정말 간절한 소원입니다. 이 소원이 이루어지기를 이 글들을 쓰는 지금 이 순간에도 간절히 바랍니다.

망상으로 망상의 소설을 쓰며 괴로웠습니다. 나의 고통은 망상의 생각을 만듦으로써 생긴 고통이라는 것을 깨우쳤습니다. 고통에서 나오는 길은 자신이 어떤 망상의 소설을 쓰고 있는지를 알아차리고, 소설 구조를 관찰하여, 생각 구조를 파악하여, 생각의 구조를 바꾸는 것입니다. 본인이 만들었기에 본인만이 생각의 틀을 깰 수 있고, 본인만이 생각의 구조를 바꿀 수 있습니다. 모르고 무심결에 사는 대로 생각을 선택한 검은 늑대를 소멸시키고, 의식하여 생각하며 사는 흰 늑대를 선택하면 우리 모두는 안(安)할 수 있습니다.

우리 윗세대가 모르고 우리에게 전했습니다. 우리 때는 시대의 어른이 드물었습니다. 모르고 어둠을 우리에게 묻혔습니다. 모르고 막연한 불안을 야기하는 교육을 했습니다. 우리도 우리 생각을 의심하지 않고 우리 아이들에게 막연한 불안을 묻히고 있습니다. 벌어지지 않은 막연한 불안을 묻혀, 그들이 어둠 속에서 고통스럽게 하고 있습니다. 이것은 개개인의 잘못이 아닙니다. 집단 지성의 문제이며 집단의식이 덜 성장한 탓입니다. 사회 공동체가 문제의식을 가지고 저마다가 자신의 생각을 회의하고 의심하여 '2차 까봐'로 가는 자신을 알아차리면서 지금 여기에 있는 사회가 된다면, 더 이상 우리 아이들에게 어둠을 묻히지 않을 것입니다.

그리스 철학자 에피쿠로스는 말했습니다.

"인간의 고통을 치료해주지 못하는 철학자의 말은 공허할 뿐이다. 신체의 병을 제거해주지 못하는 의술이 아무 도움이 되지 못하듯, 철학에서도 그것이 마음의 병을 제거해주지 못한다면 아무 쓸모가 없다."

망상인지도 모르고 사는 대로 생각하며 살았습니다. 이제 망상이 무엇인지를 압니다. 에피쿠로스의 이 말을 흰 늑대로 잡으며 살았습니다. 그런데 저만 망상에서 나오는 것은 공허하며 아무짝에도 쓸모가 없습니다. 나의 완치가 타자의 완치를 돕지 못한다면 아무

쓸모가 없습니다. 나를 구했듯, 다른 이들에게도 자신을 구하는 방법을 알려드려야 하고, 반드시 이리 살아내야 합니다. 스스로에게 명(命)했습니다. 이리 살으라 명령했습니다.

살아보면 2차 까봐가 없어도 힘든 일이 발생합니다. 뜻하지 않은 일들이 발생하여 삶을 고난과 고통에 빠지게 합니다. 원하지 않았지만, 사건과 사고가 일어나 괴로운 일들이 발생합니다. 굳이 벌어지지도 않았는데, 사건 사고가 일어나지도 않았는데, 비련의 여주인공, 비련의 남주인공 놀이를 하면서 망상 속에서 자신을 고통스럽게 만들 일은 없습니다. 그래서는 안 됩니다. 자신에게 못할 짓입니다. 괜스레 사연 있는 비련의 주인공 놀이는 멈추어야 합니다. 자신을 피해자로 만드는 놀이는 그만해야 합니다.

들여다보면 생각의 문제인 것이지, 현실을 잘 되짚어보면 그다지 나를 가해한 사람은 없습니다. 나의 견해, 나의 당위성, 나의 자기중심적 생각, 나의 미성숙한 생각 등이 나를 피해자로 만들었지, 그들 세상이 나를 피해자로 만들지 않았습니다. 2차 까봐, 3차 까봐, 4차 까봐로 가지 않고, 지금 여기에서 무엇을 할 것인지를 '스몰 스텝'하다 보면 조금씩 성장하여 전문가가 되기도 하고 조금씩 성장하여 완치를 하기도 합니다. 먼 미래의 꿈, 목표가 있다면 미래의 나에게 툭 하고 던져놓고, 그 미래를 향한 오늘, 하루 무엇을 할 것인가를 생각합니다.

　어둠의 생각을 만들지 않으면 두려움은 없습니다. 두려움, 불안이 없는데 심리상담센터에 올 일이 무엇이 있겠습니까? 교육으로, 알려드림으로, 세상에 더 많이 더 넓게 퍼져 나갔으면 좋겠습니다. 2차 까봐는 망상임을 알아차리는 문화 만들기, 저에게는 너무도 간절한 소망입니다. 이 소망이 이루어지는 날은 그들 모두가 '안(安)' 해질 것이기 때문입니다. 안(安)해진 그들은 아이들에게 자녀들에게 더 이상 망상을, 어둠을 묻히지 않을 것이기 때문입니다. 이 나라의 불명예인 청소년 자살 1위는 역사의 뒤안길로 갈 것이기 때문입니다. 그들을 살려야겠고, 우리 아이들을 살려야겠습니다. 2차 까봐부터 하지 않으면 살릴 수 있습니다. 살아집니다. 문화가 되어야 합니다.

　작년에 이어 올해도 ○○종합복지관에 발달장애 부모연수를 다녀왔습니다. 그분들 사정을 공감하면서 '2차 까봐는 망상임을 알아차리자'는 강의를 2년 연속 했습니다. 자녀가 사회에 적응하지 못할까봐, 사람들과 어울리지 못할까봐 등등 많은 까봐가 있다는 것은 너무도 그 심정이 이해가 되는 바였습니다. 올해 연수를 마치고 소감을 나누는 시간에 작년부터 연속으로 연수에 참가하셨던 분께서 말씀하셨습니다.

"작년에 2차 까봐는 망상이라는 강의를 듣고, 정신 차리고 살았습니다. 강사님께서 2차 까봐가 오면 화들짝 놀라면서 머리를 세차게 흔들라는 팁을 주셨습니다. 그 팁대로 2차 까봐는 망상임을 알아차리고 머리를 세차게 흔드는 연습을 했습니다. 정말이지 아주 많이 좋아졌습니다. 2차 까봐까지만 안 가도 정말이지 아주 아주 많이 편안해졌습니다. 알아차림이 쉬워졌습니다. 우리 아이가 발달장애라는 사실이 머리에서 떠나지 않고 늘 불안했는데, 이제 오늘 하루 우리 아이와 즐겁게 보낼 수 있게 되었습니다. 행복했습니다. 행복합니다. 타인의 시선을 얼마나 많이 생각하고 있는지도 알아차렸습니다. 상관없다고 하면서도 신경 쓰고 있는 자신을 발견했습니다. 이제 상관없다가 흰 늑대라는 것을 알게 되었고 저는 흰 늑대로 살 수 있는 사람이 되었습니다. 마음에 힘이 있다는 것을 알았습니다."

교육의 힘으로, 2차 까봐는 안 된다는 알려드림으로, 고작 2시간 연수로, 이렇게 알아차리시고 안(安)해지신 분들은 헤아릴 수 없을 정도로 많습니다. 그러니 안 뛸 수가 없습니다. 전국 어디든 불러만 주신다면 달려가야 합니다. 이만큼 쉬운 단어가 없습니다. 알아차리기에 딱 좋은 단어를 만들었습니다. '2차 까봐는 망상이다.' 이 말을 외우고, 알아차리면 안(安)해집니다. 막연하게 알아차리는 것보다 합당한 단어와 말을 앎으로써 알아차리는 것이 명확해집니

다. 머릿속 생각이 눈앞에 펼쳐지듯 선명해집니다. 무엇이 문제인
지가 선명해졌다면 이제 문제 해결은 거의 다 된 것이나 마찬가지
입니다. 세차게 머리를 흔들면 됩니다. 검은 늑대의 생각을 선택하
지 않으면 됩니다.

히안 씨와 구안 씨 사례를 보면서 독자분들도 자신의 이야기를
연결해보시면, 어느 부분에서 망상 이야기를 만들고 있는지를 찾게
될 것입니다. 찾으시길 바랍니다. 찾으셔야 합니다.

1. 전문가처럼 보이고 싶은 ‘마술적 사고’를 버리세요.
초보가 떨지 않고 완벽하길 바라는 것은 욕심입니다. 처음이라 떨리는 것은 당연한 권리임을 인정할 때 불안의 사슬이 풀리기 시작합니다.

2. ‘2차 까봐’가 시작되면 화들짝 놀라며 머리를 흔드세요.
2차 까봐부터는 명백한 망상입니다. 망상 소설을 쓰고 있음을 알아차리는 즉시 세차게 머리를 흔들어 그 흐름을 강제로 끊으세요.

3. 들킬까봐 떨지 말고, 먼저 ‘떨림’을 고백하세요.
‘지금 많이 긴장됩니다’라고 먼저 털어놓는 순간, 타인의 시선에 갇혀 있던 주도권이 나에게로 돌아옵니다. 진실한 고백은 불안을 잠재우는 가장 빠른 길입니다.

4. ‘2차 까봐는 망상’임을 알아차리는 문화를 만듭시다.
이것은 개인의 문제를 넘어선 집단의식의 혁신입니다. 나부터 2차 까봐를 멈추고, 우리 아이들에게 어둠의 망상을 묻히지 않는 ‘안(安)의 문화’를 함께 만들어가야 합니다.

'실수할까봐'라는 두려움 아래의 시비심, 분별심

히안 씨와 구안 씨의 실수할까봐 두렵다는 것을 더 들여다보게 했습니다. 실수하는 사람들에 대해 어떤 시선으로 보는지를 들여다보게 했지요.

히안 씨는 발표하는 사람이 떨고 있으면 안되어 보인다고 했습니다. 불쌍해 보인다고 했습니다. 얼마나 자신이 없으면 저렇게 떨까? 얼마나 속이 텅 비었으면 저렇게 떨까? 그래서 자신도 사람들이 불쌍하게 볼 것 같고, 속이 텅 빈 못 배운 사람으로 볼 것 같아 불편하다고 했습니다.

구안 씨는 앞에 선 강사가 능수능란하지 않으면, 초보 강사가 어리바리하게 강의하면 시간 아깝다는 생각을 하고, 저런 강사에게 수업을 듣는다는 것이 한심스럽게 느껴진다고 했습니다. 그러니 본인도 초보 강사로 어리바리하게 강의하면 사람들이 시간 아깝다고 생각할 것 같고, 비난할 것 같다고 했습니다.

그리스 고대 철학자 에픽테토스는 말했습니다.

"우리는 사물 자체가 아니라 사물에 대한 견해 때문에 혼란스럽다."

히안 씨와 구안 씨는 자신들이 보는 견해대로 사람들에게 받는 평가가 두려웠습니다. 내가 타자를 시비하지 않고 분별하지 않으면, 내가 타인들을 있는 그대로 시비심이나 분별심 없이 바라만 본다면, 타인들 평가는 무섭지 않습니다. 타인들 평가가 무섭다면 자신의 시비심과 분별심을 들여다볼 일입니다.

시비심과 분별심을 일으키는 것에는 '반성적 사고'가 필요합니다. 반성적 사고는 더 깊은 학습과 이해를 가능하게 합니다. 피상적 경험을 넘어 통찰해야 합니다. 단순히 어떤 일을 겪는 것만으로는 충분한 학습이 일어나지 않습니다. 반성적 사고를 통해 그 경험의 의미, 원인, 결과를 분석하고 자신에게 어떤 영향을 미쳤는지 파악해야 비로소 깊이 있는 이해에 도달할 수 있습니다. 반성적 사고는 단순히 과거에 머무는 것이 아니라, 과거를 발판 삼아 현재를 더 잘 이해하고 미래를 더 나은 방향으로 설계하는 능동적 과정이라 할 수 있습니다.

히안 씨과 구안 씨에게는 타인을 분별하고 시비하는 생각에 대한 반성적 사고를 하는 시간을 갖도록 인도했습니다. 타인을 위에서 아래로 내려다보며 판단하고 평가하는 생각습관을 깊이 들여다보게 했고, '내가 뭐간데요'라는 하심의 연습, 겸손의 연습 미션을 주었습니다.

그리고 불쌍해 보이는 이를 응원하는 마음으로 바라보기, 초보 강사에게 응원의 마음을 담아 진심으로 잘되기를 바라는 마음으로 바라보기 등의 연습을 하도록 했습니다. 히안 씨와 구안 씨는 깊은 성찰의 시간을 가졌습니다. 그리고 발표에서 떠는 사람들, 초보 강사들을 시비하지 않고 분별하지 않으며 그들을 진심으로 응원하기 시작했습니다.

타인이 욕할까봐, 비난할까봐가 두렵고 무섭다면 들여다볼 일입니다. 나에게 어떤 시비심이 있는지, 무엇을 분별하는지, 무엇을 평가하고 있는지, 무엇을 디스카운트하고 있는지 들여다볼 일입니다.

'내가 뭐간데, 나도 발표하면서 떨면서, 내가 뭐간데, 나는 초보 강사도 한 적 없으면서'라는 하심을 키우는 것이 좋습니다.

내가 보는 대로 세상이 나를 본다고 생각합니다. 인간 시선의 이치입니다. 내가 누군가를 진심으로 늘 응원하는 마음으로 바라본다면, 세상 사람들도 나를 응원한다고 생각합니다. 내가 분별하지 않으면 세상도 나를 분별하지 않습니다. 내가 시비하지 않으면 세상도 나를 시비하지 않습니다. 내가 비난하지 않으면 세상도 나를 비난하지 않습니다. 내가 칭찬하면 세상도 나를 칭찬한다고 생각합니다. 내가 예뻐하면 세상도 나를 예뻐한다고 생각합니다. 내가 좋아하면 세상도 나를 좋아한다고 생각합니다. 내가 편안해하면 세상도 나를 편안해한다고 생각합니다.

『미움받을 용기』에서 기시미 이치로는 말했습니다.

"바꿀 수 있는 것과 바꿀 수 없는 것을 구분하고, 바꿀 수 있는 것을 바꾸는 용기를 가져라."

바꿀 수 있는 것은 세상이 나를 보는 시선이 아닙니다. 세상이 나를 보는 시선은 바꿀 수 없습니다. 내가 바꿀 수 있는 것은 나의 시선입니다. 내 안의 시비하는 마음을 알아차리고 교만하게 타인을 평가절하하는 생각을 알아차려, 내려놓음을 선택합니다. 나를 바꾸는 것을 선택합니다.

시비하고 분별하는 생각의 틀이 없다면 '실수할까봐'라는 두려움은 오지 않습니다. 타인을 내 잣대로 판단하는 생각이 없다면 까봐의 불안은 없습니다. 까봐로 불안하다면 내 잣대가 무엇인지를 들여다봅니다. 그리고 그 잣대를 내려놓습니다. 내가 자유로워지는 길은 이 길뿐입니다. 잣대를 가지고 불안에서 해방되는 길은 없습니다. 뻔한 말이지만, 이 뻔한 말을 행하지 않는 이유는 잣대를 가지면서 불안에서 자유롭기를 바라는 환상적 사고가 있기 때문입니다. 불안에서 자유롭고 싶다면서 잣대를 내려놓지 않는 것은 ‘불안에 있겠다’라는 불편한 진실이 똬리 틀고 앉아 있는 것입니다.

진심으로 불안에서 안(安)으로 가고자 한다면, 먼저 스스로 세워 둔 잣대를 내려놓아야 합니다. 불안은 몰라서 생기지 않습니다. 대부분의 불안은 이미 알고 있으면서도 그에 따라 살지 않기 때문에 발생합니다.

우리는 대체로 너무 많은 말을 알고 있습니다. 내려놓아야 한다는 말, 지금 여기에 머물러야 한다는 말, 집착이 고통을 만든다는 말, 타인을 바꿀 수 없다는 말까지 이미 귀에 닳도록 알고 있습니다. 문제는 이 말들이 삶의 선택으로 이어지지 않는 데 있습니다. 실천하지 않는 데 있습니다.

아는 것과 사는 것이 어긋날 때, 인간은 필연적으로 불안을 동반합니다. 이 불일치가 바로 불안의 구조입니다. 지행일치란 대단한 수행이 아닙니다. 새로운 깨달음을 얻는 일도 아닙니다. 이미 알고 있는 한 문장을 오늘의 행동으로 옮기는 일입니다.

그러나 우리는 종종 ‘아직은 어렵다, 나는 예외다, 지금 상황에서는 어쩔 수 없다, 이 일만 끝나면’이라면서 불일치를 정당화합니다. 이러면 결코 불안은 사라지지 않습니다. 오히려 더 공고해집니다. 말과 삶의 언행일치가 갈라질수록 영혼은 점점 어두워집니다.

함께해야 할 것이 있고, 함께해서는 안 될 것이 있습니다. 불안과 지행불일치는 함께 살아서는 안 될 관계입니다. 불안에서 나오는 길은 분명히 존재합니다. 그러나 그 길은 지금까지 불안을 만들어온 바로 그 잣대 위에는 없습니다. 나의 잣대를 가지고 불안에서 나오는 길은 기필코 존재하지 않습니다.

타인을 향한 잣대를 꺾고 자유를 얻는 법

1. 타인을 비난하는 시선이 곧 나의 두려움이 됩니다.

남이 나를 비난할까봐 무섭다면, 내가 평소 남을 어떻게 평가했는지 돌아보세요. 세상을 향한 나의 엄격한 잣대가 결국 나를 가두는 감옥이 됩니다.

2. '내가 뭐라고'라는 겸손으로 타인을 응원하세요.

타인을 위에서 아래로 훑어보는 교만을 버리세요. 실수하는 사람을 진심으로 응원할 때, 나 또한 실수의 공포에서 비로소 자유로워질 수 있습니다.

3. 아는 것을 입으로만 외우지 말고 몸으로 실천하세요.

내려놓아야 한다는 말을 귀로만 듣지 말고 오늘 당장 행동으로 옮기세요. 아는 것과 사는 것이 일치될 때 비로소 마음의 안도(安)가 찾아옵니다.

4. 내 고집을 꽉 쥔 채 마음이 편해지길 바라지 마세요.

나를 지키려고 세운 엄격한 기준들이 도리어 나를 찌르는 칼날이 됩니다. 편안해지고 싶다면 지금 꽉 쥐고 있는 그 고집스러운 잣대부터 당장 놓으세요.

'까봐'는 둔갑이다. 까봐 아래 욕망 알아차리기

'까봐'는 둔갑이다. 까봐 아래 욕망 알아차리기

히안 씨와 구안 씨는 까봐 아래 시비심과 분별심을 들여다보아, 하심의 공부를 했습니다. 까봐라는 불안과 두려움 아래 시비심과 분별심이 있다는 것을 들여다보아 알아차렸습니다. 그런데 이것으로 끝이 아닙니다. 하나가 더 있습니다. 여기가 끝입니다. 여기까지 왔다면 나의 민낯은 끝까지 온 것입니다. 민낯은 프로이트가 말하는 이드(원본능)와 닮아 있습니다. 이드와 같은 의미, 다른 단어라고 말해도 좋습니다. 충동, 신생아적 사고, 이기적 욕망, 비합리적 소망이 숨어 있는 곳입니다.

이곳에 똬리를 틀고 있는 '날것의 자아', '천방지축의 자아'를 찾는다면, 유레카를 외쳐도 좋습니다.

히안 씨의 '날것의 자아'는 이런 생각을 가지고 있었습니다. '내가 발표할 때, 나는 불안해서 떨 거야. 나는 떨지만, 너희는 나를 욕해서는 안 돼. 나를 비난해서는 안 돼. 내가 떨었다고 뒤에서 험담하면 안 돼. 너희는 나를 위로해줘야 해, 나를 보듬어줘야 해, 나를 이해해줘야 해. 얼마나 무서워서 떨었겠냐며 나를 안아줘야 해. 그럴 수 있다고 나를 위로해줘야 해. 나의 실수 따위는 보지 마. 만일 보았더라도 나를 예뻐해야 해. 나를 지적하는 것은 있을 수 없어. 나는 완벽해. 나를 위해 너희들은 존재하는 거야. 내가 아무리 발표 때 떨더라도 너희들은 나를 사랑스럽게 봐야 해. 나를 우쭈쭈해줘

야 해. 나를 추앙해야 해.'

구안 씨도 마찬가지입니다. '나는 초보 강사야. 처음부터 잘하는 사람이 어디 있어? 너희들은 나를 평가하면 안 돼, 나를 비난해서는 더더욱 안 돼, 내가 못하더라도 너희들은 나를 인정해야 해, 나를 판단하지 말고 존중해야 해, 나를 소문내야 해. 내가 초보 강사였지만, 내가 잘한다고 인정하고 존중해서 나를 많은 곳에 소문내줘야 해. 그래야 내가 멋있어. 나를 비참하게 만들면 안 돼, 나를 인정하여 내가 잘나가게 해줘야 해. 너희들은 나를 위해서 존재하는 거야. 나를 받들고 소문내고 나를 전문가로 인정하고 내가 이곳저곳에 강의를 많이 할 수 있도록 해야 해. 그러니까 나를 욕하거나 뒤에서 험담하거나 나를 평가하는 일은 일어나서는 안 돼. 나를 존경해야 해.'

이런 이기적 욕망, 비합리적 소망의 자아까지 들여다보아 찾았다면, 거의 다 왔습니다. 욕구는 욕심이 되고 욕망이 됩니다. 결핍이 욕구를 만듭니다. 있는 그대로 수용받지 못했던 과거의 아픈 상처들이 결핍을 만듭니다. 결핍은 배고픔입니다. 내가 배고픈데, 타인이 배가 고픈지 안 고픈지 신경을 쓸 수 없습니다. 나부터 먹어야 합니다. 내 배가 불러야 비로소 타인이 배고픈지 여부가 보입니다. 결핍이라는 것은 이런 겁니다. 결핍 때문에 성인이 되었음에도 나부터 배 채워야 하는 이기적인 나가 되었습니다. 나이만 들었지, 어른이 아닙니다. 결핍이 존재할 수 없는 것들을 원하게 만들어버렸습니다. 이 세상에 존재하지 않는 것들을 만들어버렸습니다.

어릴 때는 그럴 수 있었습니다. 프로이트는 인간은 상상, 꿈속에서라도 억압된 소망을 이루려고 한다고 했습니다. 어린 시절, 어떤 원인으로 상상했을 겁니다. 그것이 비록 비합리적이라 할지라도 결핍으로 배고팠던 어린아이는 소망이 이루어지기를 바랐을 것입니다. 비록 이기적이라 할지라도 욕망이 이루어지기를 바랐을 겁니다. 결핍은 집착으로 발전합니다. 꼭 받고야 말겠다는 집착으로 발전합니다. 받아야만 만족할 것 같습니다. 받아야만 행복할 것 같습니다. 받지 않으면 불행합니다. 받지 않으면 고통입니다.

본인의 민낯이 무엇을 원하는지 날것으로 바라보면서 결핍을 스스로가 채우는 작업이 필요합니다. 『도정신치료 입문』을 집필한 이동식 박사는 우리에게 다섯 가지 욕구가 있다고 했습니다. 인정받고 싶은 욕구, 존중받고 싶은 욕구, 사랑받고 싶은 욕구, 이해받고 싶은 욕구, 보호받고 싶은 욕구가 있다고 했습니다. 이동식 박사는 이 욕구를 알아차리고 내려놓으라고 말합니다.

인정받지 못한 결핍이 인정받고 싶은 욕구를 낳습니다. 인정받고 싶은 욕구가 충족되지 못하면 인정받고 싶은 욕망과 욕심이 됩니다. 더 나아가 집착이 됩니다.

누안 씨와는 몇 년 전 어느 모임을 할 때 인연이 되었습니다. 모임에서 우리는 같이 집행부 일을 했습니다. 누안 씨는 집행부 일을 하다 보니 회원들에게 지적당하는 소리를 듣는 경우가 왕왕 있었습니다. 참여한 회원들은 모임이 보다 나은 방향으로 가기를 원하는 마음으로 이번 모임에서는 이것이 부족했다, 이랬으면 좋겠다, 저랬으면 좋겠다는 저마다의 생각을 내어놓았습니다. 이런 소리를 들을 때마다, 집행부로서 행사를 진행했던 누안 씨는 번번이 기분이 상했습니다. 행사를 준비할 때 누가 물어보지 않고 일방적으로 행사에서 나대었다고, 자신을 무시했다고 화를 내고, 또 누가 지나치게 간섭했다고 기분 나빠했습니다. 그리고 그는 '무시당했다'는 말을 자주 사용했습니다.

내담자가 아니고 사회에서 만난 사람이어서 좀처럼 그의 마음을 알아차리게 돕는 일은 힘이 들었습니다. 그저 그의 하소연을 들어주는 것 말고는 내가 해야 할 일은 없는 듯했습니다. 그러던 어느 날, 그는 저에게 진중하게 상담을 요청해왔습니다. 일을 잘하고 남다른 감각도 있어 모두에게 인정받고 칭찬받는 분이셨는데, 약간의 한 소리조차 용납하지 않는 완벽주의자에 자존심이 매우 강한 분이어서 조심스럽게 접근했습니다.

비단 누안 씨뿐 아니라, 우리는 흔히 주위에서 이런 분들을 자주 접하게 됩니다. 저도 과거에 어느 곳에서 이랬던 적이 많이 있었습니다. 무슨 한 소리 듣는 것을 끔찍스러울 만큼 싫어했으며, 그 소리가 걸려 몇 날 며칠 잠 못 이루던 적이 비일비재했습니다.

저는 조심스럽게 제 자존심을 들여다본 경험을 누안 씨와 나누었습니다. "누안 씨, 저는 오늘 자존심에 대한 이야기를 해보려 합니다. 저는 아예 대놓고 '이게 답이다'라는 식의 주입식 교육을 좋아합니다. 내 마음을 들여다보며 공부할 때, 이 마음을 이렇게 정의하는 것이 맞나? 이게 아니고 다른 것이지 않을까라며 자신을 믿지 못하던 때가 많았거든요. 고작 내 마음이고 무슨 역사에 남을 만한 논문이나 문학상을 목적하는 것도 아닌데, 제 마음 들여다보고 명명하는 것도 맞냐며 의심을 하곤 했지요. 내가 내 마음을 명명하는 것조차 마치 평가받는 것처럼 생각해 정의 내리지 못하는 날들이 많았습니다. 마음이라는 곳을 들여다보면 내 마음 구조나 상대의 마음 구조나 도긴개긴인데 말입니다. 내 것이라고 특별히 못난 것도 아니며, 타인의 것이라고 특별히 잘난 것도 아닌데 말입니다. 왠지 내가 '잘못 명명할까봐'라는 불안이 있었습니다.

이렇게 아무것도 아닌 것을 두고 정의 내리고 명명하는 것에 두려움이 있었던 저는 어느 날부터 '○○인가?' 하는 것을 '○○이다'라고 명명하는 습관으로 바꾸어갔습니다. 그러자 마음 들여다보기가 훨씬 쉬워지고 마음습관을 고치는 것이 훨씬 수월해졌습니다. 마음습관은 생각습관이니까요.

어떻게 들여다봐야 하는지 방향을 모르고, 명명하는 것에 대한 두려움을 느낄 때, '바로 이것이야!'라는 가르침을 받았더라면, 그 길을 따라 비교적 빨리 내 마음을 만날 수 있었을 텐데 하는 아쉬움이 있었습니다. 그래서 이렇게 '이거야! 그러니까 차라리 외우시오!'라고 알려드리는 것을 선호합니다. 그 덕분에 저와 공부를 하면 다른 마음공부보다 훨씬 빨리 알아차리시고 진도가 무척이나 빠른데, 저는 거기에 빠른 명명이 큰 도움이 되었다고 생각합니다. 이미 많은 분이 증명해내셨기에, 가르치는 사람 입장에서는 뿌듯합니다. 오늘은 서론이 깁니다." 이렇게 조심스럽게 양해를 구하며 생각의 뿌리를 향한 집중의 이야기를 이어갔습니다.

"자존심이 강하다, 자존심이 세다는 것은 그만큼 아상(我想)이 크다는 것입니다. 여기서 아상이란 내가 만들어놓은 나의 자아상입니다. 내가 나를 무의식적으로 어떠어떠한 사람, 대단한 사람, 잘난 사람으로 만들어놓았습니다. 내가 나를 대단한 사람, 잘난 사람, 홀

률한 사람으로 만들어놓은 이상은 매우 자존심이 강합니다. 이상을 에고라고 표현하기도 합니다. 에고는 시비와 분별하는 것에 최적화되어 있고 그것을 몹시 즐깁니다. 나는 맞고 너는 틀렸다, 너의 이런 점이 틀려먹었다라며 끊임없이 시비하고 분별합니다.

에고는 무슨 소리를 한마디 듣지 못합니다. 에고에게 저는 '나 잘난 사장'이라는 별명을 지었습니다. 내가 누구인데 나를 못 알아보고, 나를 감히 하대하고, 나에게 싫은 소리를 하다니, 나에게 뭐라고 하는 인간을 인간 이하 취급하면서 미워하고 싫어하고 증오합니다. 누가 나에게 한 소리를 했을 때 화가 나고 기분이 상한다면 이것을 '자존심 상한다'고 명명합니다. 우선 명명하는 습관을 들여 '자존심 상한' 그 생각에 집중해봅니다. 내 안의 '나 잘난 사장'을 찾습니다.

진정으로 잘난 사람은 '나 잘난'을 할 필요성을 느끼지 못합니다. 본인이 무의식적으로 아는 겁니다. 본인 안에 얼마나 '열등한 나'가 있는지를 아는 겁니다. '결핍의 나'를 아는 겁니다. 이건 양심이 아는 겁니다. 누군가의 지적을 '열등한 나'가 받아버렸습니다. 들켜버렸습니다. 들키지 말아야 하는데, 어이쿠 들켜버렸습니다. 그러니 방어기제로 화를 냅니다. 무시당했다고 자존심 상해합니다. 무시당한 '열등한 나'의 목소리입니다. '결핍의 나'의 소리입니다.

즉 '자존심이 세다 = 열등감이 많다'입니다. 열등감으로, 결핍의 방어기제로 내가 나의 자아상을 높게 만들어놓았습니다. 철옹성 크기만큼 높고 두껍게 만들어놓았습니다. 나의 결핍으로, 나의 열등감으로 내가 만들어버렸는데, 어이쿠, 내가 갇혀버리고 말았습니다. 열등감은 비교하여 만들어졌습니다. 비교하는 생각이 없다면 열등감은 없습니다. 늘 나보다 나은 사람들과 비교하는 생각습관이 열등감을 낳게 했습니다. 우리는 사회적 동물이기에 타자를 보지 않을 수 없습니다. 타자를 보면서 분별하고 시비합니다. 옳다 그르다 판단합니다. 내가 무의식적으로 타자와 비교하며 분별하면서 차곡차곡 열등감을 저장해두었습니다.

유튜브에서 이런 것을 보았습니다. 공감력이 떨어진다고 하면 별로 기분 나빠하지 않는데, 공감력은 지능이라고 하면 기분 나빠한다고 합니다. 공감력이 떨어지는 것은 받아들일 수 있는데, 지능이 떨어진다는 것은 받아들일 수 없는 게 인간 심리인 게지요. 본인이 머리가 나쁘다는 것은 받아들이기 힘들다는 것입니다. 이제 이렇게 생각합니다. 자존심을 세우는 것은 지능이 떨어지는 일이라고 생각합니다. 자존심을 세우는 그때, 과연 상대가 나를 어떻게 바라볼까요? 존중할까요? 인정할까요? 추앙할까요? 아니요. 거꾸로 없어 보입니다. 자존심을 세울 때, 본인의 열등감은 이미 다 들켜버렸습니다. 나만 모르지, 타자에게 다 들켜버렸습니다. 마치 『벌거벗은 임금님』의 임금님처럼 벌거벗은 것을 다 들켜버렸습니다. 안 들키려고 그렇게 자존심을 내세웠건만, 웬걸 다 들켜버렸지 뭡니까? 다 들켜버렸지만, 타자들이 나에게 아무 말도 하지 않았던 것은 나라는 존재를 인정하고 존중해주었기 때문입니다. 더 기분 나빠질까봐, 자존심 상해할까봐 배려해준 것이라고도 볼 수 있습니다.

그리고 자존심이 상할 때가 정말 좋은 공부의 기회입니다. 나의 무수한 열등감을 찾아 정화하고 소멸시키는 공부의 기회입니다. 놓치면 아깝습니다. 열등감을 찾아 열등감과 조우해서 토닥토닥해주는 연습이 훨씬 효율적입니다. 자존심을 내려놓는 연습을 할 필요가 없을 정도입니다. 타인과 비교하며 나를 열등감이라는 감옥에 갇히게 한 나에게 우선 미안하다는 사과를 하면서 나의 열등감을 하나씩 보듬어줍니다.

그럴 수 있었습니다. 몰라서 그랬고 알면 덜했을 것입니다. 모르고 그랬던 수많은 실수들 중에서 알아차리고 깨달은 것들은 두 번 다시 그러지 말자고 다짐하며 개선했던 것들도 많습니다. 모르면 배우면 되는 것이고, 배운 것은 익힐 때까지 연습하면 되는 것입니다. 내가 나를 공감해줍니다. 부족한 것을 있는 그대로 받아들여주고 인정해줍니다. 이게 공감이지요. 이게 지능이지요. 자기와의 대화, 자기와 친구하기 과정을 통해 공감 역량을 키우면 지능이 높아집니다. 자존심은 사라집니다. 이상은 내려갑니다. 높디 높게 설정해놓았던 이상의 크기를 가늠해볼 수 있습니다.

조용히 마음을 침잠시키고 명상하면 나의 이상 크기를 알아차릴 수 있습니다. 이상, 에고를 내려놓는 애씀보다는 그 안에 쭈그리고 앉아 있는 '열등한 나'를 찾아 따뜻하게 보듬고 친절하고 상냥하게 말을 건네는 자기와의 대화가 필요합니다. 이렇게 자기와 친구가 되면 타자의 지적하는 소리가 귀에 잘 안 들어옵니다.

연예인 이효리 씨의 일상이 SNS에서 유명하게 돌고 있더군요. 남편 이상순 씨가 책상 밑을 닦자, '오빠는 누가 본다고 책상 밑을 닦아?'라고 하니, 이상순 씨가 그랬답니다. '내가 알잖아'라고요.

내가 나의 노고를 누구보다 잘 압니다. 비록 부족했지만, 어찌되었든 살아보려고 애썼고 살아내고 있습니다. 내 '마음의 비판자' 소리에 휘둘리며 살았습니다. 더 잘하라고 내가 나를 강박적으로 밀어붙이며 살았습니다. 내가 나에게 연민의 마음을 가져야 합니다. 내가 나를 보듬어주지 않으면 누가 나를 보듬어주겠습니까? 나라도 보듬어줘야 합니다. 나의 잘한 부분만 칭찬하는 것이 아니라, 남과 비교하여 못난 부분, 부족한 부분이라고 생각했던 것을 있는 그대로 받아들입니다. 나라도 나의 편이 되어줍니다. 애쓰며 산 나를 나만큼 잘 아는 사람도 없으니까요.

그리고 평소에는 하심(下心)을 되뇌면 좋겠습니다. '내가 뭐간데요? 나는 지적받을 수 있어요. 나는 비난받을 수 있어요. 나는 평가받을 수 있어요. 나는 욕먹을 수 있어요.' 이렇게 하심의 마음을 평소에 키워놓습니다. 이것이 흰 늑대에게 밥 주는 겁니다. 공부는 평소에 늘 하는 것입니다. 평소에 공부를 해놓으면, 어느 날 부지불식간에 테스트가 올 때, 즉 누가 지적할 때, 비난할 때, 화를 낼 때, 그때 테스트를 통과하면 자존심 공부는 끝이 나게 됩니다. 자존심 공부가 끝났다는 것은 아상이 그만큼 줄어들고, 에고가 힘을 잃었다는 의미입니다. 이 정도 되면 아주 살 만해집니다. 그물에 걸리지 않는 바람처럼 내 마음이 어디에도 걸리지 않으니, 이것을 대자유라고 표현하고 싶어질 지경이 오게 됩니다.

내가 만든 아상이기에, 나만이 깰 수 있습니다. 나만이 아는 나의 결핍, 나의 열등감이기에 내가 제일 많이 위로해주고 공감해줄 수 있습니다. 자존심에게 지지 말고 이제 승리하는 싸움을 합니다. 지피지기면 백전백승이라고 했습니다. 자존심 실체를 알았으니, 이제 승리뿐입니다. 연습만 하면 됩니다. 자존심이 나에게 '0', '제로'가 되는 날이 옵니다. 나는 내가 됩니다. 자존심은 나가 아닙니다. '가짜 나'입니다. '아상'입니다. 이놈에게 내가 모르고 나를 갖다 바쳤으니 이제 되찾아오기만 하면 됩니다. 이제 주권을 찾아옵니다."

긴 호흡의 말을 끝까지 잘 경청해주신 누안 씨는 모임에서 회원들이 한 소리 할 때마다 그때를 공부의 기회로 삼고 자존심과 한판 승부를 하며 점점 편안한 마음의 길로 가고 있습니다. 그리고 누안 씨는 이제 더 이상 타인의 한 소리에 걸리지 않는 마음이 되었습니다. 이겼습니다. 더 나아가 신비한 일이 일어났습니다. 이렇게 변한 누안 씨를 사람들이 더욱 존중해주며 인정해주고 추앙해주는 일까지 일어났습니다. 누안 씨가 존중도 인정도 추앙도 모두 놓아버리고, 욕먹어도 괜찮다는 하심을 하고, 한 소리 들을 때마다 본인의 열등감을 만나 토닥여준 결과였습니다. 누안 씨는 참 편안한 사람이 되었습니다. 그의 앞에 서면 나라는 존재가 더 이상 분별당하지 않는다는 안심을 주는 따뜻한 사람이 되었습니다.

히안 씨와 구안 씨에게도 결핍의 나를 만나게 했습니다. 열등의 나를 만나게 했습니다. 부족한 나를 만나게 했습니다. 나에게 괜찮다는, 부족해도 괜찮다는 위로를 많이 해줘야 합니다. 욕구가 높을수록 이 작업의 시간이 더 걸립니다.

내가 누구보다 먼저 자신을 인정해주어야 합니다. 존중해주어야 합니다. 내가 나의 부모가 되어줍니다. 인정, 존중, 사랑, 이해,

보호해주는 부모를 만나지 못한 것은 나의 잘못이 아닙니다. 인정, 사랑, 존중, 이해, 보호해주는 부모를 만나 양육되었다면, '날것의 자아'는 그만큼 비합리적이고 이기적이지 않았을 것입니다. 부모님도 몰라서 그랬습니다. 그들도 받아본 적이 없었기에 줄 수 없었습니다. 부모에게, 타자에게 받으려는 집착을 놓습니다.

받을 수 없다는 사실을 인정할 때, 저는 이때가 가장 아팠습니다. 받을 수 있는 줄 알고 매달렸는데, 그들의 눈치를 보고, 안색을 살피고, 그들(타자)의 말 한마디 한마디에 일희일비하며 살았는데, 그들에게 받을 수 없다는 것을 깨우친 그 순간, 너무도 아팠습니다. 가슴이 미어져 찢어지는 듯했습니다. 간혹 받는 이들이 주위에는 있습니다. 무슨 복으로 받는지 부럽기 그지없었습니다. 왜 나는 그런 복을 타고나지 못했는지 하늘이 원망스러웠습니다. 지금도 그때가 상기되면서 아픕니다. 나의 잘못이 아니지만, 내 탓이 아니지만, 내가 짊어져야 하는 책임이 되어버린 '내 결핍'이 불쌍하고, 여태까지 '내 결핍'을 알아주지 못한 나 자신에 대한 미안함으로 몹시도 아팠습니다.

받을 수 없음을 인정하며 받아들여야 합니다. 그래야 다음 스텝이 있습니다. 받을 수 없음을 인정하고 받아들이면서 썩을 대로 썩은 염증의 고름을 다 짜내고 나니, 지혜의 목소리가 가슴을 울렸습니다. '주은아, 이제 내가 인정해줄게, 이제 내가 존중해줄게. 내가 먼저 이해할게, 내가 단단히 보호해줄게, 꼭 보호할게.'

이렇게 계속 다짐을 하며 호흡이 가다듬어지자, '이런 아픔이 있는 사람들을 이제 내가 보듬어주는 사람이 되자, 내가 그들의 '단 한 사람'이 되어주자'라는 결의와 다짐의 목소리가 가슴을 울리면서, 인간성 회복, 사랑 회복이라는 말의 뜻을 비로소 체득하는 경험을 하게 되었습니다. 어른이 되는 듯했습니다. 어른이 되고 싶었는데, 자비로운 어른, 품는 어른이 되고 싶었습니다. 타자의 말 한마디에 흔들리지 않고, 타자의 마음을 이해하는 어른이 되고 싶었습니다. 그의 속마음을 이해하는 사람이 되고 싶었습니다.

까봐는 둔갑입니다. 욕망의 둔갑입니다. 둔갑은 여우가 둔갑한다고 할 때의 둔갑입니다. 모양을 바꾸어 사람을 속이는 겁니다. 욕망이 까봐로 자신을 속입니다. 타자도 속입니다. 비합리적이고 이기적인 욕망을 찾습니다. 결핍으로 욕망을 만들 수밖에 없었습니다. '결핍의 나'들을 찾아서 내가 보듬고 위로해줍니다. 나만이 결핍의 깊이와 넓이를 알 수 있습니다. 충분히 보듬어줄 수 있는 사람은 나뿐입니다. 결핍으로 인해 괴물처럼 생겨버린 욕망, 집착을 내려놓습니다. 내가 나를 보듬어야 내려놓을 수 있습니다. 내려놓으면 누구보다 내가 좋습니다. 나를 위하여 내려놓습니다.

1. '까봐'라는 불안은 이기적 욕망이 부린 '둔갑술'입니다.

'실수할까봐 두렵다'라는 말 뒤에는 '내가 실수해도 너희는 나를 떠받들어야 한다'라는 신생아적 욕망이 숨어 있습니다. 불안이라는 포장지를 뜯고 그 안의 이기적인 민낯을 똑바로 마주하세요.

2. 자존심이 세다는 것은 지능이 낮다는 증거입니다.

자존심은 열등감을 감추려는 가짜 갑옷입니다. 자존심을 내세울 때 당신의 결핍은 오히려 천하에 들통납니다. 진짜 지능이 높은 사람은 부족한 자신을 있는 그대로 인정하는 '자기 공감' 능력이 탁월한 사람입니다.

3. '타인에게는 받을 수 없다'라는 진실을 받아들이세요.

부모나 타인에게 인정과 사랑을 구걸하던 집착을 이제는 끊어내야 합니다. 그들도 줄 능력이 없음을 인정하는 일은 뼈아프지만, 그 지점에서 비로소 타인의 말에 흔들리지 않는 진짜 어른의 삶이 시작됩니다.

4. 이제 내가 나의 부모가 되어 결핍을 채워주세요.

타인에게 향하던 구걸의 눈길을 거두고, 배고픈 내 안의 아이를 직접 안아주세요. '이제 내가 너를 존중하고 보호할게'라고 스스로에게 약속하세요. 내가 나를 책임질 때 비로소 어떤 바람에도 걸리지 않는 대자유가 찾아옵니다.

지금 여기에서는 '오직 할 뿐'

불안을 안(安)으로 바꿀 필요가 없습니다. 불안을 일으킨 불(不)을 알아차리고 불을 걷어내면 됩니다. 불안이라는 감정을 일으킨 것은 생각입니다. 불안이라는 감정부터 알아차릴 수 있어야 합니다. 감정은 가슴 언저리에서 일어나는, 몸에서 일어나는 느낌으로 역동적이기에 먼저 알아차릴 수 있습니다. 불안하다면 막연한 미래를 생각한 것입니다. 막연한 미래의 불안과 두려움에 대해 생각한 것입니다. 잘못될까봐, 실수할까봐 등의 까봐를 한 것이라고 알아차립니다.

앞서 출간한 『마음의 안부를 묻는 시간』에서는 막연한 불안을 일으키는 생각에 이름을 붙이는 법을 다루었습니다. '○○까봐'라는 문장 포맷을 만들어 전국으로 강의를 다녔고, 이 간단한 도구만으로도 많은 분의 마음을 안(安)으로 돌려놓았습니다. 복잡한 이론없이도 누구나 자신의 불안을 객관화할 수 있는 이 문장 포맷을 보급했다는 것에 저는 큰 자부심을 느낍니다.

사실 시중에 나온 알아차림 명상, 간화선, 화두 명상 등은 그 깊이가 깊은 만큼 일반인이 접근하기 어렵습니다. 저는 그 어려운 진리를 최대한 쉽게 전달하고 싶었습니다. 그 쉬운 길을 찾기 위해 역설적으로 저는 아주 오랫동안 치열하게 공부해야 했습니다.

그 끝에서 궁극의 안도라 불리는 자리, 흔히 무아(無我)나 공(空)이라 말하는 그 자리가 진짜 나임을 체득했습니다. 직접 가보니 그곳은 참 다다르기 쉬운 자리였습니다. 하지만 그곳에 닿기까지의 과정은 참으로 힘겨웠습니다. '조금 더 쉬운 말로 공부했더라면 이 고생을 덜 했을 텐데' 하는 아쉬움이 있었습니다.

제가 체득한 평온의 자리를 저만의 언어로 표현하려 애썼습니다. 언어는 비록 진리에 닿기 위한 수단에 불과하지만, 제가 닦아놓은 이 말들이 길라잡이가 되기를 바랐습니다. 그리하여 누구나 '내 모든 생각은 내가 만들었음'을 깨닫고, 그 생각을 가만히 바라보는 경지까지 함께 가고 싶다는 염(念)이 생겼습니다. 그 염으로 디다봐학교 커뮤니티가 만들어졌고 그곳에서 책 뿌수기, 고전 철학 뿌수기 등으로 자신을 들여다보는 장을 마련했습니다. 아래 3단계가 디다봐학교에서 인도하는 과정입니다.

1단계: 불안하다 = 까봐다, 까봐를 찾아라

1-1. 잘못될까봐, 욕먹을까봐, 비난받을까봐 등의 이름을 붙인다.

1-2. 1차 까봐는 오케이다. 2차 까봐는 망상소설이다. 낫오케이다.

2단계: ○○까봐다 = 둔갑이다

2-1. ○○까봐의 결핍을 찾는다. 보듬는다.

2-2. 날것의 자아를 찾는다. 내려놓는다.

2-3. 날것의 자아, 미성숙한 자아를 어른으로 키운다.

3단계: 이 모든 생각을 내가 만들었다. 일어나는 생각들을 바라보라

실은 3단계만 용맹정진해도 됩니다. 계속 알아차리고 알아차려, 생각을 바라보고 바라보는 연습만 해도 됩니다. 그런데 저의 경우 1단계에서 2단계까지의 과정을 하고 난 후, 진도가 잘 나갔습니다. 내 생각이 진짜 나라고 믿고 있기에, 이 생각을 가라앉히는 데에는 자기 이해라는 과정이 있어야 했거든요. 자신의 생각을 나라고 믿으며, 생각 하나로 슬펐다가 기뻤다가 일희일비하는 속에서 고통스러워하는 나를 진짜 나라고 믿었기 때문입니다. 나라고 믿는 나에게 우선 맞다고 하며 접근해야 했습니다. 바로 3단계를 하기가 버거웠습니다.

『장화홍련전』이라는 전래동화가 있습니다. 장화홍련이 우물에 빠져 죽은 한을 사또에게 이릅니다. 사또는 장화홍련의 한 맺힌 이야기를 들어줍니다. 상징적인 이야기입니다. 내가 장화홍련이고 내가 사또입니다. 한 맺힌 이야기, 상처, 결핍의 이야기를 풀어내면 에고가 약해집니다. 더욱이 에고는 따뜻하게 보듬어 녹여 더욱 약해졌습니다. 에고가 나라고 믿고 살아내주었습니다. 감사한 에고입니다. 나라고 믿으면서 모진 풍파를 다 이겨내었습니다. 에고의 고뇌를 알아주고 보듬어주면 에고는 점점 약해집니다. 에고가 생각입니다. 에고가 약해지면, 비로소 그때 생각을 바라보는 힘이 강해집니다.

깨닫고 싶었던 것은 '무아와 연기'였습니다. 먼저 깨치는 것이 무아였습니다. 무아를 체득하자 남은 공부가 연기인데, 연기는 차츰차츰 깨닫게 되었습니다. 일어나고 사라지는 것이 연기입니다. 무엇으로 일어났다가 무엇으로 사라집니다. 실은 자아가 없는 상태, 무아(자아가 없는 상태가 될 수는 없지만, 설명을 위한)인데, 밥을 먹어야 하고 일을 해야 합니다. 연기가 일어납니다. 연기가 일어나는 연유를 인간은 알 수 없습니다. 우리는 죽음을 경험하지 않아서 모르듯이, 연기도 왜 일어나는지 알 수 없습니다. 그러나 일어납니다. 감정이 일어나고 생각이 일어납니다. 일어났다가 어떤 연유로 또 사라집니다. 그저 일어날 뿐이고 그저 사라질 뿐입니다. 미래는 오직 모를 뿐이고, 연기도 오직 모를 뿐이며, 죽음도 오직 모를 뿐입니다. 오늘 나는 하루를 더 살아낼 뿐입니다. 지금 여기에서는 오직 할 뿐입니다.

1단계에서 2단계까지 세심하게 잘 다스린 분들은 3단계가 비교적 빨리 되었습니다. 오는 것을 바라보고 가는 것을 지켜봅니다. 과정에 약간의 버거움이 있었지만, 잘 해내고들 계십니다. 진실로 진도가 어마어마하게 빠른 디다봐학교라 자부합니다.

2단계는 본격적인 연습이 필요한 시기입니다. 여전히 검은 늑대는 부지불식간에 튀어나옵니다. 오랫동안 사는 대로 생각하던 습관이 강하게 남아 있기 때문입니다. 이제 막 흰 늑대를 맞이하여 새로운 습관을 기르는 중이라, 아직은 과거 습관의 힘이 더 세게 느껴질 수 있습니다.

이 지점이 가장 힘겨운 시기입니다. 낡은 습관의 힘은 여전한데 새로운 습관은 아직 뿌리 내리지 못해, 마치 제자리걸음을 하는 듯한 피로감을 느끼기 때문입니다. 하지만 이 힘겨움도 정신 차리고 깨어 있으면서 5회만 연속으로 반복한다면, 사는 대로 생각하던 생각습관을 깰 수 있습니다. 사는 대로 생각하던 생각습관을 깨고, 흰 늑대에게 꾸준히 밥을 주면서 새로운 생각을 하는 습관을 들이면 의식은 성장하고 어른이 됩니다. 실은 좀 더 엄격하게 말하면, 연습하여 의식이 성장하고 어른이 되었다고 하지만, 실은 내 안에 다 있던 지혜들입니다. 알아차림으로 어둠을 거둬내었기에, 내 안에 있던 지혜라는 보물이 모습을 드러낸 것입니다. 말은 '흰 늑대에게 밥을 줘라'였지만, 우리 안에 이미 흰 늑대가 존재하고 있습니다. 원래 나는 안(安)하고 무(無)하고 공(空)하고 선(善)합니다.

원래 그 자리에 가려면, 나라고 우기는 녀석들을 당분간 보듬어주어야 합니다. 나라고 우기는 녀석들의 생각을 관찰하고 생각 구조를 파악하여 사는 대로 생각하는 습관을 깹니다. 이 작업의 여러 사례들을 재구성하여 이번 책에 실었습니다. 이 내용이 부디 많은 독자분들에게 전해져서 제가 제시하는 포맷대로 자신을 들여다보신다면, 여러분도 기필코 안(安)의 자리에 갈 것이며, 생각을 바라보는 경지에 다다르게 되실 겁니다. 여기까지 가는 것이 이번 생에 태어난 목적이라고 생각하셨으면 좋겠습니다. 생각하는 '나'가 '나'가 아니지만, 생각하지 않고 살 수는 없습니다. 어떤 생각을 잡을 것인가, 이 생각을 잡으시고 스스로를 고통의 늪에서 구하셨으면 좋겠습니다. 여러분 한 분 한 분이 스스로를 구하시면, 이 나라의 아이들을 구할 수 있습니다. 이 믿음으로 저는 오늘도 지금 여기에서, 오직 할 뿐입니다.